野生の

炎頭《ファイヤーヘッド》／ILL. YahaKo

ラスボスが現れた！4

wild final boss appeared!

▼変装時

person

登場人物

俺(♂)

オンラインゲーム『エクスゲート・オンライン』でルファスをマイキャラをとして作って遊んでいた人物。創世神アロヴィナスに「新たな役割を与える」と言われ、気付いたらゲーム内の彼女に憑依していた。

ルファス・マファール

世界征服の寸前まで成し遂げ、『黒翼の覇王』と恐れられる女傑。200年前に封印されたはずだったが、ひょんなことから復活し、旧友である『七英雄』と自分の配下『覇道十二星天』に出会うために旅を続けている。

アイゴケロス

ルファスに仕える覇道十二星天の『山羊』。

リーブラ

ルファスに仕える覇道十二星天の『天秤』。

アリエス

ルファスに仕える覇道十二星天の『牡羊』。

ディーナ

参謀として行動を共にする美少女。

これまでに出会った人物

『乙女』ウィルゴ

前任者に代わって、新たに覇道十二星天に加わることとなった天翼族の少女。

『蟹』カルキノス

ルファスに仕える覇道十二星天の一人。十二星天最大の防御力を持つキングクラブ。

『蠍』スコルピウス

ルファスに仕える覇道十二星天の一人。毒のスペシャリストであるエンペラー・バーサク・スコーピオン。

南十字瀬衣

現代日本から召喚された『勇者』。ごく平凡な青年だが、真面目で正義感が強い。

ルーナ

魔神王に仕える七曜の一人。

テラ

魔神王の息子。

魔神王

魔神族の長であり、公式ラスボス。

これまでのあらすじ

story

ゲームのマイキャラである
ルファス・マファールに憑依してしまった俺は、
参謀の少女・ディーナと**十二星天**の仲間たちとともに、
『乙女』パルテノスに会うため**ヴァナヘイム**へ向かっていた。

ところが、着いてみれば
ウィルゴという天翼族の少女が
たった一人で暮らしていた。
彼女曰く、
パルテノスは**既に亡くなっている**とのこと
……まじかよ。
そこで、パルテノスに代わってウィルゴを
新たな『乙女』として仲間に迎え入れた俺達は、
今度は**ブルートガング**へと向かうことに。

ブルートガングで無事に
『蟹』のカルキノスと再会したはいいものの、
街は突然**魔物の襲撃**に遭う。
その魔物の群れを率いるのは、
なんと**『蠍』のスコルピウス**だった――。

contents

1

ブルートガングの街中を量産型リーブラに案内されて歩く。彼女が言うには王室エリアへと連れて行ってくれるらしい。

マスター、とやらに会わせてくれるらしいが彼女達の製作者といえばミザールで間違いない。

とすると、ミザールが生きているのだろうか？

それとも、あるいは持ち主を替えただけかもしれない。

リーブラだって製作者はミザールだが、俺の事をマスターと呼ぶ。それと同じだと考える方が自然ではあるだろう。

……とりあえず逃げる準備だけはしておこう。

もしもスコルピウスを引き渡せとか言われたら、悪いが速攻で離脱させてもらうし暴れるのも厭わない。

出来ればそんな事はしたくないのだが、俺も身内が大事なのだ。

そうして歩いていると道の向かい側から本物のリーブラとアリエスが走って来た。

リーブラは最初に半壊している量産型三体へと視線を向けたが、まるで何事もなかったかのように俺へと向き直る。

「マスター。街中の魔神族の掃討、終了しました。ところで、そこにいる私の同型機は……」

「初めまして。量産型リーブラ三号機と申します。貴女はオリジナルですね？　ようこそ、ブルートガングへ。貴女のご来訪を歓迎致します」

「これはどうもご丁寧に。リーブラと申します」

リーブラと量産型リーブラは互いに礼をし、そしてそのまま当たり前のように並んで歩いた。

……え？　リアクションそれだけ？

もっとこう、あるだろ。何か。

リーブラ同士の会話は驚くほど簡単に終わり、以降は雑談すらも交わさない。

流石《さすが》ゴーレムというべきか、驚くほどに淡白である。

後はアイゴケロスだが……あ、いた。

壁に空いた穴の前で呆然と突っ立っており、黄昏《たそがれ》ている。あいつは何をしているんだ。

「おい、アイゴケロス」

「!?」

俺が声をかけると大げさなくらいに反応し、振り向いたかと思えば突然擬人形態になって土下座を始めた。

ああ、山羊《やぎ》のままだと足がないから土下座出来ないもんな。別にして欲しいとも言ってないが。

「も、申し訳ありませんでした我が主！　主から仰せつかった役である七曜生け捕りの任、果たす事も出来ずに……！」

ああ、なるほど。俺が与えた仕事を失敗してしまった事を気にしていたらしい。

まああれは仕方ない。七曜だけじゃなく魔神王の息子さんまで出てきたようだし、それを読めなかった俺のミスだ。

だがアイゴケロスはそう思っていないらしく、ひたすら平謝りをしている。

「ほうほう、レベルで圧倒的に劣る七曜に見事逃げられてしまったというのですか？　それはまた、とても信じられない失態ですね」

「ＨＡＨＡＨＡ、二百年会わないうちに腕が落ちたんじゃないですか、アイゴケロス！」

俺がどう慰めようかと考えていると、リーブラとカルキノスが流れるように傷口に塩を塗り込み始めた。

おいやめろ、お前達に情けというものはないのか。

ディーナはディーナでウィルゴに「ご覧なさい。あれが仕事の出来ない駄目な男ですよ」と教えている。だから追い討ちはやめろ。

唯一アリエスだけがアイゴケロスを慰めるように肩を叩いていた。

アリエス、お前だけはどうか変わらないでいてくれ。

「あー、うむ。まあ気にするな。失敗は次に活かせばよい」

「な、なんというご慈悲！　次こそは必ず、このアイゴケロスの命に代えても！」

「いや、命に代えられては困るのだが」

どうしよう、山羊の忠誠が痛い。

このままだとガチで自殺とかしかねないので、次辺りに簡単な仕事を割り振って自信を回復させてやらんとやばいかな。

それとも、何か気晴らしのイベントでも組んでみるか？　こう、草を食べ放題とか。

とりあえずこれで全員回収だ。未だ気絶しているスコルピウスはカルキノスに持たせて俺達は再び量産型の後を付いて歩く。

エレベーターのような物に乗り十四街まで行くと、そこには巨大な扉と、その前に立つ数人のドワーフが待ち構えていた。

武器などは持っていないから、戦う気ではなさそうだが……一応警戒だけはしておくか。

「ようこそ、ブルートガングへ。待っておりましたぞ、ルファス・マファール殿。儂はジェネル。このブルートガングにおける軍部の指揮を任せられておる者です」

「……なるほど、既に御存知というわけか。ならばこの包帯はもう要らんな」

どうやら俺の正体はとっくにお見通しらしい。

まあ、スコルピウスをブン殴って回収し、更にオリジナルのリーブラが近くにいるとなれば俺以外ありえんわな。

俺はステルス用の包帯を取ってディーナに預け、伊達眼鏡も外す。

するとドワーフ達は、予想していても衝撃が大きいのか「おおっ!?」などと呻いていた。

「それで、余を呼び出した理由は何だ？　誘いこんで捕縛でもしてみるか？」

「ご冗談を。ブルートガング内にスコルピウスを入れた状態で貴女方と敵対などすれば、それは我々の全滅を意味します。今も、貴女の機嫌を損ねないよう必死ですよ」

「ならばよい」

どうも、ドワーフ達はかなり緊張しているようだな。

まあ俺はこの世界じゃ世界的な大悪党で知られているわけで、彼等にしてみれば自分達の国内に前作で倒されたはずのラスボスを入れてしまったようなものだ。そりゃあ緊張だってするだろう。

最近忘れそうになっていたが、俺はこの世界じゃ基本的には恐怖の対象だ。

俺をルファスと知って尚、普通に接する奴はそういない。

そういう意味じゃこのドワーフ達はかなり頑張っている部類なのかもしれない。

「では用件を聞こうか。わざわざ王族と会わせるという危険まで冒すのだ。それ相応の話なのだろう？」

「それなのですが、貴女が会うのは王族ではありません。王室エリアの更に奥にいるお方と会って頂きます」

「何？　どういう事だ？」

「説明するよりも実際にお会いした方が早いでしょう。ご案内致します」

ジェネルと名乗ったドワーフが扉付近のレバーを引く。

すると扉が開放され、王室エリアとやらが俺達の視界に飛び込んできた。

まず一面に広がるのは広大な庭。

遠くにはプールや何らかのスポーツに使うのだろうコートも完備され、中央には高級ホテルのような白亜の建造物がどっしりと構えている。

番犬らしき魔物――鬣《たてがみ》がまるで獅子のような無駄にデカイ犬が数匹放し飼いにされており、こちらを見ている。

これは確か地球にも似たようなのがいたな。チベタン・マスティフっていう大型犬だ。

それを一回り大きくしたようなその魔物は見た目の威圧感が抜群だが、まあ恐竜とか普通にいるこの世界じゃ相対的に見てそこまで怖い魔物ってわけでもないのだろう。

実際どちらかというと魔物としては可愛い系だ。モフモフしてて触り心地もいいだろう。

しかし彼等は尻尾が揃って垂れており、プルプルと震えていた。

地味にショックである。俺、結構犬好きなんだけどなあ……。

そんな怯えるワンちゃん達の前を素通りし、俺達は更に奥へと進んだ。

時折こちらをチラチラと窺う視線を感じるが……どうやら城の中から見ている奴が何人かいるようだ。

目が合うと子供のドワーフが手を振ってくれたが、その直後に母親らしきドワーフが慌てたように子供を引っ張って行った。

別に目が合ったって取って食いやしないっての。

「あの者達、主に対して何と不躾な。我が皆殺しに……」

「やめんか馬鹿者」

いたよ、取って食う馬鹿。

俺はアイゴケロスを叱り、軽く小突く。

俺が変に怖がられてるのって絶対半分はこいつのせいだろ。

ほら、案内役のドワーフ達も怖がってるじゃないか。

いざとなったら命に代えても、みたいな悲壮な表情でこっちを見てるぞ。どうするんだよこれ。

やがてドワーフ達は王室エリアの最奥……つまりは壁に到達してしまったが、そこには何もない。

代わりに壁に手を置き、何かを呟く。

すると壁が開き、更に奥の部屋を開放した。先程呟いていたのは恐らく暗号か何かだろう。

「これは……」

そこは、無骨な部屋だった。

先程までの華やかさとはまるで別空間……石造りの壁や天井に囲まれた、何の飾りもない部屋だ。

飾りと呼べるものは中央に鎮座するクリスタルのようなものだけであり、それだけが淡く、青く発光している。

「ゴーレム、なのか？」

「はい。このゴーレムこそがブルートガングの中枢部であり、ブルートガングの頭脳そのものでもあります。そして、あの方が死の寸前に己の全ての記憶と人格を移植した我等の偉大なる王……」

「何？　それはまさか」

ジェネルの言葉に俺は思わずクリスタルを凝視した。

〝いる〟のか？

そこにお前がいるのか？　――ミザール。

俺のその問いに答えるようにクリスタルが発光し、そして聞き覚えのない……だが不思議と確かに知っている声を発した。

『来たか。久しいの、我が友ルファス。そして我が最高傑作《むすめ》よ』

「……ミザール」

「ミザール……様」

どうやら本当にミザールらしい。

リーブラが反応した事もそうだが、何より俺自身が確信出来た。

間違いない、こいつはミザールだ。

何か根拠があるわけではないが、それでもそう断言出来る。

俺の中の何かがそう言っている。

「なるほど。ブルートガングとは其方《そなた》が遺した護りであると同時に、其方自身でもあったわけか。

まさかゴーレムになっているとは……其方のゴーレム好きも大概だな」

『カッカッカ、それは褒めてるのか?』

「阿呆、呆れているのだ」

いやホント、まさかゴーレムになっているとか誰が予想するよ。

昔やったRPGにダンジョンが好き過ぎて最後には自分がダンジョンになってしまうダンジョンマンという愉快なキャラがいたが、まさかそれと同じ事をやる馬鹿が実際にいるとは思わなかった。

『まあそう言うな、必要な事だったんだからよ。何せ、あの時の儂はマトモじゃあなかったからな』

「……二百年前の事か」

『ああ。別に言い訳するわけじゃねえがよ、あの時の儂《ミザール》はおかしかった。ブルートガングの制御ゴーレムであるクリスタル……つまりは儂は早い段階で完成して人格の移植も終わったんだが、だからこそ言える。あの時のミザールは何かに動かされていた。ありゃあ苦痛だったぜ。日に日におかしくなっていくオリジナルを傍《はた》から見てるってのはよ。まるで自分以外の何かになっていくようだった。笑える話だろ？　コピーである儂の方が本当のミザールに近くて、本物のはずのミザールが別人になっちまったんだ。……どっちが本当のミザールなのか、途中からはもう分からなかったよ』

俺はその言葉に何も言えなかった。

人格を移植してゴーレムを創るというミザールならではの方法で一時的にミザールは二人に増えた。

一人は日に日におかしくなる本物のミザール。

一人はミザール本来の人格を持つコピーのミザール。

だがコピーがいるからこそ客観的に自覚してしまえる己の変貌ぶり。

自分が自分でなくなるのを、自分で見る。

……何の拷問だ。気がおかしくなりそうな状況だろ、それは。

「何時《いつ》から、おかしくなった？」

『そうだな……多分、お前さんと一緒に女神の聖域から帰って来た辺りからだ。その時から何となく、お前さんに敵愾心《てきがいしん》を抱くようになってたと思う。アリオトやメグレズ、ドゥーベも多分同じだ』

「他の者は？」

『メラクは元々位置がやばい。ヴァナヘイムなんざ女神の膝元みてえなもんだろ。フェクダは、まあ、あちこちウロついてたからな。どっかで接触しちまったんじゃねえか？　ベネトだけはよく分からん。あいつは元々お前さんに執着してたからな。正直女神が何もしなくても勝手にお前さんに喧嘩ふっかけた気がする』

……ベネトナシュ……本当、どこに行ってもあいつへの意見だけはブレないな。

一貫して『あいつは元々やばい』だ。

どんだけ仲間から危険視されてたんだよ、吸血姫。

とりあえずあいつの事は今は措《お》いておこう。

『元々お前さんにゃあアルケミストとして多少なりとも危機感は持っていたさ。もしかしたらミズガルズ一の鍛冶師としての座を奪われるんじゃないかってな。だが、だからって殺しちまおう、なんて考えるのは異常だ。だから儂は自分がまだマトモなうちに人格をゴーレムに移植し、マトモな自分を残した』

「…………」

『最後の方は完全に駄目になってた。お前さんをどう倒すかって事ばっか考えてよ。儂の言葉にも耳を貸さなくなった。で、まあ、後はお前さんも知っての通りだ』

ミザールは一度言葉を区切り、そして悔いるように、あるいは哀れむように言う。

『お前さんを倒しちまった後は憑き物が落ちたように元に戻ったが、全ては後の祭だった。せめてもの償いとして魔神王との戦いに向かったが、まあそんなやけっぱちで挑んで勝てるわけもなく惨敗、腕をもっていかれた。ミザールは……儂は、友も腕も、平和な世界も、何もかもを失っちまったのさ……。心底後悔して、いい歳こいて一日中泣き喚くオリジナルは……見てらんなかったなあ……』

そう、沈んだ声で言うミザールへ俺は何も言えなかった。

何と声をかければいいいか、分からなかったのだ。

2

『っと、すまねえ。辛気臭くなっちまったな。こんな事を言う為に呼んだわけじゃねえんだ』

クリスタルが淡く輝き、言葉を発する。

見た目はただのダイヤ型の物体でしかないが、俺はそこに不思議と頬を掻く無骨なドワーフの姿が見えた気がした。

多分身体があればそういう仕草をしていたのだろう、と何となく分かる。

後、どうでもいいが俺が見た幻影のミザールはやはり他のドワーフと見分けが付かない。

髭剃れ、髭。それのせいで全員同じに見えるんだよ。

『儂の知る女神の情報を伝えておこうと思ってな。と言っても、それほど目新しい情報ではないかもしれんがな』

「聞いておこうか」

女神の情報。それは現在俺達が最も欲しいものだ。

一連の出来事の裏にアロヴィナスがいるのはほぼ確定しているが、まず何をしたいのかがサッパリ見えてこない。

ディーナ辺りは何か知っていそうな感じはするんだがな。

『うむ、まず魔神族との関係についてじゃ。お前さん等も予想はついとるじゃろうが、魔神族と女神は繋がっておる。そして魔神族の正体とは』

「魔法だな」

ミザールの言葉を遮り、アイゴケロスが答えた。

その事で全員の注目がアイゴケロスへと集まる。

『何だ、知っとったのか。まあお前さんなら気付いていてもおかしくはなかったが』

「無論だ。あのような出来の悪い粗悪品、分からぬ方がどうかしている」

……どうかしてて悪かったたな。

とか口に出すとアイゴケロスの話が終わってしまいそうなので、とりあえず黙って話を聞いておく事にした。

「魔法って、あの魔法?」

「そうだ、アリエス。魔法とはマナを事象へと変換する術。金属性にも代表されるように、その力は物質の生成すらも可能とする」

「でも魔神族って生き物じゃ……」

「生きてはいない。生き物であるかのように創られた魔法だ、アレは」

アイゴケロスとアリエスの会話を聞きながら俺は、以前魔神王さんが言っていた言葉を思い出していた。

魔神族とは女神が創った存在であり、そして死ねば消えてしまう存在だと。

昔の俺は魔神族を晒し首にしていたらしいから、死んでもしばらくは残るんだろうが、形を保てなくなったら消えるってのは魔法にも共通している事だ。

そして死ねばマナとなる、という点もまた魔法と同じである。

いや、もしかしたらそれを確認する為に首を切って経過を観察していたのか？

「人類に向けて放たれた魔法……故に奴等は疑いもなく人類を襲う。炎の魔法などと同じだ。放たれた魔法が自分で『何故そこに撃たれたのか』などと疑問に思う事はない。アレは女神から放たれた人類への攻撃魔法なのだ」

「そ、そんな……」

「ｏｈ……」

アイゴケロスの説明にウィルゴが顔を青くし、カルキノスが天を仰いだ。

女神と魔神族の繋がりはとっくに分かっていたが、まさか魔法とはな。

創り出した生き物に命令を出したとか、思考誘導で動かしていたとか、そんな温い話じゃない。魔神族そのものが、女神から人類に対する攻撃だったのだ。

「もっとも例外はいるがな」

「その例外とはもしや、あのテラという男か？」

「その通りです、主。奴も魔法である事に違いありませんが、術者が違う。テラだけは、魔神王が創り出した魔法なのです」

「なるほど。故に魔神王の息子、というわけか」

魔神族が魔法、か。なるほど。

言われてみれば納得出来る要素はあった。

しかしそれは……随分と残酷な話だな。

「奴等は自らの意思を持っていると思いこんでいるだけの魔法……女神の生み出した魂なき人形なのです」

「……まるで、ＮＰＣだな」

「主？」

「いや、何でもない」

魂なき人形、と聞き俺が真っ先に思い出したのがゲームなどにおける、運営が用意するＮＰＣだった。

一見するとそれぞれの意思があって動いているような彼等だが、実際はそこに中の人などいない。

決められたプログラム通りに動くだけの、人を模した人形達。

それが魔神族の正体というわけだ。

逆に言えば、普段俺がＮＰＣと認識していた街の人々や魔物なんかはこの世界ではＮＰＣの定義に入らないのだろう。

彼等は魔法などではなく、確かに意思を持って生きているのだから。

もしも俺と同じく『向こう』の知識がある奴がこの事を知っていたならば、あるいは魔神族の事をＮＰＣと評したのかもしれないな。

『そして実はもう一人、女神が生み出した『意思を持つ魔法』が存在する。儂は長年の研究でそれを摑んだのだ』

アイゴケロスの説明が終わったタイミングでミザールが話の続きを引き継いだ。

俺はそちらに意識を戻し、とりあえずＮＰＣ云々の話を頭の片隅に措いた。

俺があいつ等に同情したところで、何かが変わるわけでもない。

『かつて女神はその者を己の代行者とするつもりだったが、人類に対する考えの相違からその者は女神から離反。魚へと姿を変え、海へ逃げたという』

「ふむ、テラを魔神王の息子とするならばその者はさしずめ女神の息子か。それで、名前は何というのだ？」

『エロスという』

「……酷い名前だな」

ミザールから聞かされた名前に俺は何とも言えない気持ちになった。

何だその名前。絶対そいつ名前でからかわれてるだろ。

テラと揃えば魔神王の息子と女神の息子、二人合わせてテラエロスってか。

世の中には酷い名前の奴が沢山いるが、エロスというのも中々に酷い。

アロヴィナスは一体何を考えてそんな名前を付けたのだろう。

そう思いながら仲間達を見ると、十二星の面々……アリエス、リーブラ、アイゴケロス、カルキノスが驚いたような顔をしていた。

「ル、ルファス様！」

「ん？」

「何でそこでその反応なんですか!?　エロスですよ!?　エロスって……『魚』のピスケスの本名じゃないですか!?」

………………。

なん……だと……!?

アリエスの口から出た驚きの事実に俺は硬直してしまった。

アロヴィナスの息子がまさかの身内!?

というか俺、女神の息子さん捕獲してたの？

こりゃいかん、と思って意識を己の内側へと埋没させた。

すると、確かに記憶の片隅に金髪の青年の姿が思い浮かぶ。

……仲間達に囲まれてエロスエロスと連呼されて半泣きになっているのは気のせいだろうか？

「あ、あー……うむ、そういえばそうだったか」

『何だ、お前さんの配下かい』

呆れたようにミザールが言う。

いや、俺だって今初めて知ったんだよ。

『ああそうだ、ルファスやい。出来れば破壊されたゴーレムや量産型リーブラの修理を頼めんか？材料はブルートガングにあるもんなら何使ってもいいから』

「それは構わんが、流石にバラバラになった物までは直せんぞ？」

『バラバラになっちまった奴は……お前さんの方で何か別の物に作り直してやってくれ。そのまま処分じゃあ、報われねえ』

「分かった」

ミザールの頼みを引き受け、俺はそこでふと考えた。

いっそ、バラバラになっちまった量産型のパーツを流用してリーブラ専用の武装でも新しく造ってやるってのはどうだろう。

ゴーレムの強さの限界は伸びない。以前まで俺はそう考えていたし、それが常識だった。

だが思うのだ。リーブラそのものの強さは上がらずとも、外付けパーツなどで強化する事は可能なんじゃないか、と。

例えば攻撃力だけにステータスを極振りしたゴーレムがいるとして、そいつは単体じゃ何も出来ない雑魚ゴーレムだ。

だがそいつが武器の形状をしていてリーブラが自在に操れるなら、それは実質リーブラの攻撃力増加になる。

「丁度造りたい物が出来た。ミザール、久方ぶりの共同制作といかぬか? 錬金術は出来ずとも、知識は健在だろう?」

『……面白え! お前さんの突飛な発想はいつだって儂を驚かせてくれた。今度はどんな物を思い付いたんだ?』

俺の提案にミザールも乗り気のようだ。

ならばここからは錬金術師の時間である。

どうせ見ていて楽しいものでもないし、アリエス達は外に出してしまうとしよう。

そう考え、俺は皆に退室命令を出した。

さあて、どんな面白武装を造ってやろうか。

＊　＊

流石に少し疲れた。

壊れたゴーレム全部に量産型リーブラ三体ときて、最後には粉々になった量産型リーブラのパーツを流用しての武装造りだ。

とはいえミザールの知識は流石というべきか、思っていたよりもいい物が出来上がったと思う。

まあ、実際に使ってみないと結論は出せないがな。

「というわけで、ひとまず性能のテストといこうか」

「はい、マスター」

今回造り出した新武装は、正確に言えば装備品ではない。

ある程度の自律行動も可能な武装型ゴーレムとでも言うべき存在であり、要は田中と似たようなものだ。

そしてその最大の特徴は、リーブラの要請に応じてどこからでも駆け付ける事が可能という点だ。

性能試験の為にブルートガングの外に出た俺とリーブラは周囲に誰もいない事、それと今回の射撃目標である、１㎞ほど離れた位置のでかい岩山の付近に誰もいない事を確認した。

間違えて巻き込んだら御免なさいじゃ済まないからな。

「では行きます……アーマメント・セレクション！　『アストライア』！」

リーブラが大きな声でそう発すると同時にブルートガングのゴーレム射出口が開き、中から鋼鉄の翼が飛び出した。

小型の飛行機、とでも形容すべきそれは空中を旋回するとリーブラの真上で止まり、形状を変化させる。

それと同時にリーブラが跳躍し、両者の間を赤い光の線が結ぶ。

するとまるで磁石が引かれ合うように二つのゴーレムが接近し、『アストライア』と名付けた追

加武装がリーブラの背にドッキングした。

そしてリーブラの肩の上に載せるように二つの砲門が展開され、前を向く。

それは今までリーブラの右腕のみに搭載されていた『右の天秤《ズベン・エル・ゲヌビ》』であり、この武装を付ける事でリーブラの砲撃力は今までの三倍となる。

更に腰を通して突き出ているのは二門の大砲であり、ファンタジーらしからぬ単純な火薬頼りの攻撃ではあるが、その火力は巨大な城だろうと一撃で灰に出来るだけの威力を与えていた。

最後にアストライアの翼が分かれ、三対六枚の鋼の翼と化した。

これぞ全自動追跡殺戮侍女リーブラの新たなる形態――名付けて、スーパーリーブラだ。それともアスト・リーブラとかの方がいいか？

スーパーなリーブラは己の右手を武器に換装し、合計三門の電磁砲と腰から伸びた二門の対城砲、計五門の砲身を岩山へと向け、ロックオンを済ます。

「火力最大……全砲撃一点集中……ファイア！」

一瞬、視界が白く染まった。

電磁誘導により加速された三発の砲丸と二発の火薬の塊が一直線に射出され、哀れな岩山へと直撃し――天まで届く火柱となって全てを消し飛ばした。

「…………」

あー、うん。これやべえわ。

多分これ、ブルートガングに命中すればブルートガングすらやばい事になる。

流石に一回で大破はしないだろうが貫通して中身大惨事だな。

レヴィアとか一発で蒸発するんじゃないかな。

そりゃそうだ。何せ右の天秤《ズベン・エル・ゲヌビ》の三連発に加えて更に火力追加だからな。

これゲームで言うと五回連続攻撃って事になるのかな?

カルキノスなら何とか耐えられるかな? ってレベルの酷い威力だ。

仲間の皆が呆れたような目で俺を凝視しているが、俺は目を逸らした。

し、仕方ないんだ……男の子ってのは一度あういうのに嵌《はま》るとどこまでも作り込みたくなるっていうか……ロマンを求めてしまうというか……。

とはいえ過剰火力である事は俺も認めざるを得ない。

七曜とか今の攻撃一回だけで殲滅《せんめつ》出来るわ。

リーブラは地上に降下すると、俺の前に立って一礼をした。

「素晴らしい威力です、マスター。この力があればいかなる敵をも排除出来るでしょう」

「う、うむ」

「私などにこのような武装を頂き、本当に有難うございます。ところで、マスター」

「ん? 何だ?」

リーブラは上目遣いで俺を見る。

まあ上目遣いといっても俺と彼女とではそこまで身長差もないので、普通はそうならない。

よく見ればリーブラはわざと俺よりも若干地面が低くなっている場所に立っており、明らかに計算して行っているのが読めた。

「――これを撃ち込める敵はどこですか？　あるいは、いつ頃接触する予定ですか？」

感情がないくせにどこかワクワクしたように言う彼女を前にして、俺はアストライアの封印を決めた。

少なくとも、俺の許可がない限り絶対に使えないようにしておく必要はあるだろう。

造ってしまった俺が言うのもあれだが、こいつ火力与えちゃ駄目なタイプだ。

3

ミズガルズ上空。

ヴァナヘイムよりも更に高度、成層圏付近に彼はいた。

青い肌に金色の瞳。背まで届く長髪は黒く、漆黒の外套に身を包むのはこの世界における魔の王だ。

その後ろには高レベルの魔物の軍勢がおり、疲れも見せずに魔神王に従っている。

彼――魔神王オルムはある目的の為にひたすらに上空を飛翔し、『それ』を捜し回っていた。

今日でもう一週間以上にはなろうか。

この辺りにいるとは聞いているのだが、常に移動を続ける『それ』を捕捉する事は魔神王を以てしても難しい。

だが苦労した甲斐はあった。捜し続けたそれは、今や目の前にある。

「見付けたぞ」

オルムが呟き、見上げる。それは船であった。

巨大な翼を生やした空を飛ぶ船、という矛盾に満ちた物体のマストの上。そこに一人の男が立つ。

陽光に照らされた明るい金色の髪は僅かに逆立ち、顔立ちは男らしさを保ちながらも、どこか繊細さを感じさせる青年だ。

筋肉質なその身体は身長１８０を超えるだろうか。秀麗な顔立ちと相まって立っているだけで様になる。

片目を眼帯で隠し、その衣装はいかにも『私は海賊です』と言わんばかりのものだ。

上からは白いコートを羽織り、背中には黒い翼を象《かたど》ったエンブレムが刻まれている。

彼の名はカストール。

またの名を――覇道十二星天、『双子』のジェミニ。

「来たか……お前が数日前から私達を捜し回っている事は知っていた。私に何の用だ？　魔神王よ」

「カストールか。君に用などない。私が用があるのは、その船に隠された秘宝だ」

魔神王を前にしてもカストールはまるで怯む事なく、オルムもまた不敵な笑みを崩さない。

一触即発の空気――しかし両者が共に余裕を保っていた。

まるで戦えば勝つのは自分だと分かっているかのように。それでいて、そこには一切の油断がない。

「なるほど、財宝が目当てか。それならば欲しい物をくれてやるが？」

「いやいや、生憎《あいにく》と私が欲するものは金などに換えられる物ではなくてね。天へ至る鍵が欲しいのだよ、私は」

「それは無理だな。天へ至るのは我が主一人だけ。断じてお前ではないぞ」

「あくまでアルコルの下《した》に甘んじるか。妹共々、所詮はそこが君の限界だな」

挑発するようにオルムが哂《わら》い、しかしカストールもこれを涼しげに受け流す。

まずは互いに手を出さずに会話のドッジボールだ。

「確かに私はルファス様の下だ。彼女に従う忠実な僕《しもべ》である事を否定はしない。だがお前の下になったつもりはないぞ、魔の王よ」

「ほう、私が十二の星よりも劣ると？　それは流石に自尊心に傷が付くな。これでも私は繊細なのだ」

「それは失礼をした。だが生憎と私は正直者でね。事実しか口に出来んのだ」

互いに浮かべる笑みは爽やかさすら感じる、何の嫌味もないものだ。

言葉さえ聞かなければ数年来の親友同士が思い出話に花を咲かせているようにすら見えるだろう。

だが放たれる言葉は毒であり、言葉に棘《とげ》をこれでもかと括《くく》り付けて相手に全力投球している。

「それはそれは……試してみたいな？」

「止《や》めておく事を勧めよう。結果の見えている戦いは私の好むものではない」

オルムが挑戦的に目を細め、彼の周囲の空気が蜃気楼の如く揺らめく。

それと同時にカストールが愛用の武器である錨《いかり》を手にした。

本来は船を停める為に使うそれだが、大きさは人間が持てる程度に、それでいて長さはまるで槍のように加工されている。

錨……というよりは錨に似た槍と言った方がいいかもしれない。

だがサイズこそ人が持てる物でも、その重量は規格外。

振り下ろすだけで地面を割るその錨を軽々と手にし、愛船であるアルゴー船から飛び降りる。

そして空中に静止し、オルムと正面から向き合った。

「だが来るというならば相手になるのもやぶさかではない。相応の火傷《やけど》は覚悟してもらうがな」

「火傷で済むのか。優しいな」

「全身が焼け爛《ただ》れようが火傷は火傷だ」

一閃――二閃。

音が後から聞こえる速度で振るわれた錨の攻撃は暴風を伴いオルムへと振るわれる。

だがオルムはそれを腕で防ぎ、掌から圧縮したマナを放った。

カストールは余裕を崩さぬまま錨を回転させてマナを弾き、大きく振りかぶる。

「風よ!」

振り下ろした錨から風の刃が放たれる。

同じ木属性の風を操る攻撃といえど、魔神族七曜のユピテルが放つそれとは規模が違う。

小さな島程度ならば両断してしまえる巨大な視えざる刃であり、当たればリーブラだろうとダメージを免れぬだろう。

だがオルムはこれすらも片手で弾き、カストールに接近するや蹴りの余波だけで彼の頬に傷を付けた。

「ふ。やはり個の力ではそちらが上回るか」

僅か数秒の手合わせではあるが、既にカストールは互いの力の差をほぼ正確に見切っていた。

〝予想通り〟……個の力では向こうが上だ。逆立ちしても勝てるかは分からない。

だがそんな事は最初から分かっていたし予定調和だ。何も驚くには値しない。

元よりカストールの真の強みは彼個人の武力に非《あら》ず。個の強さだけを言うならばレオンやリーブラの方が上だろう。

だがそれでも彼は、己こそが覇道十二星最大の戦力を持っていると疑ってはいなかった。

戦いとは個の強みに非ず。『軍』の強みこそが物を言う。

カストールが右手を空へと掲げる。

するとそれを合図とし、アルゴー船の甲板の上に多くの人影が集った。

そのいずれもが強者のオーラを放ち、威風堂々と出撃命令を待っている。

オルムの顔から初めて余裕が消え、顔つきを険しく変えた。

「我が同胞達アルゴナウタイよ！　その力を私に示せ！　我等が宿敵、ここに在り！」

号令——それと同時に『アルゴナウタイ』と呼ばれた英雄達が同時に飛び出した。

その数は総勢三桁に達し、いずれもがレベル５００を超えている。

否、強い者に至ってはカストールを超える１０００に到達すらしていた。

彼等こそは二百年前の大戦の生き残り。否、生き残りというのは正しい表現ではない。

彼等は間違いなく、一度は死んでいるのだから。

その正体はかつての戦いでルファスの側に味方した古《いにしえ》の英雄達。

そして敗れ、命を失っても尚妖精として再転生を果たし、黒翼の主への忠義を貫く戦士達だ。

死した者のごく一部は時に昇天せずに現世へと留まる。

それは怨霊であったり、動く死体であったり、あるいは魔物であったりと形は様々だ。

だがその中の更に一部の存在……強い魂を持つ者だけが例外として生前の理性と高潔さを失わぬままに『英霊』と化す事がある。

カストールの妹……『ジェミニ』の片割れである妖精姫ポルクスはそんな英霊達にマナで構成した仮初の身体を与える事で現世に復帰させ、軍勢として使役する『アルゴナウタイ』というスキルを持つ。

だがスキルこそ反則的なれど本人に指揮能力や戦闘能力はない。

故に、兄であるカストールが彼等を率いて戦うのだ。

いわば兄妹《きょうだい》のどちらが欠けても成立しない二人で一人のスキル。

それこそがこの、『英霊の帰還アルゴナウタイ』であった。

「刮目せよ魔神王！　これぞ我等が力、我等が絆！　妖精姫の剣、カストールが率いる黒翼の軍勢なり！」

カストールの声に合わせて英霊達が一斉に攻勢に転じた。

オルムの魔力弾をプリーストのシールドが完全に遮断する。

ソードマスターの刃がオルムに従う魔物を切り刻み、グラップラーの拳が巨大な魔物を殴り飛ばす。

アルケミストが刃を練成して剣の嵐を巻き起こし、別のアルケミストが巨大なゴーレムを練成して魔物を複数同時に叩き潰した。

二百年前に存在していたという古の強者達の力は絶大だ。

一人一人が万夫不当の力を誇り、一国の軍に匹敵する。

出撃時以外はスキルの効果も中断されてしまうのでモンスターテイマーのスキルやアルケミストの練成で仲間を増やし続ける事は出来ないが、それでも彼等こそミズガルズ最強の部隊と呼んで間違いはないだろう。

魔神王もその脅威は知っていた。

だからこそ魔物の軍勢を連れてきたのだ。

しかし——質が違う！

決して弱くはない魔物の軍勢が次々と、それでいて一方的に駆逐されていく！

「魔神王よ、お前は確かに強い。個の力だけを言えば我が主にも匹敵するだろう。その魔物達も弱くはない。だがそれだけだ」

単純な個の力だけを言えば魔物の軍勢は決して劣ってなどいない。

だがそれでも戦いは一方的であった。

魔物達は群れてはいる。だが軍ではない。どこまで行ってもそれは『群』なのだ。

そこに連携はなく、百体の魔物がいれば百体が百通りに個別の戦いを行う。

だが英霊の軍は違う。彼等は百人いればそれで一つなのだ。

百の力を束ね、一糸乱れぬ動きと鋼の忠誠を以て敵に立ち向かう。

互いが互いの背を守り、励まし合い、さあ行くぞと勇気を奮い立たせて強敵にも立ち向かう。

１＋１が２ではない。10にも１００にもなる。

それこそが軍。それこそが結束だ。

「ルファス・マファールの名の下に一つとなった我等を相手に、群を群のままぶつける事しか出来ぬお前に勝ち目はない！　将としてのお前は我等が主に遥かに劣る！」

カストールが空を滑り、オルムへと武器を叩き付ける。

オルムの腕とカストールの錨が幾度も激突し、火花を散らした。

黒の外套がはためき、白のコートが揺れる。

二人の男が流星となり、空を翔《か》け巡り幾度となく衝突を繰り返した。

このまま一対一が続けばオルムが勝っただろう。

だが横からカストールの援護に割り込んだストライダーがオルムの手首を浅く切り、ソーサラーの魔法がオルムを呑み込む。

「これで終わりだ、魔神王！　散れ、勇士達よ！　この一撃で終わらせる！」

カストールの指示に応じ、英霊達が一斉に下がる。

そして放たれるのは木属性最大最強の攻撃魔法だ。

嵐が吹き荒れ、雷が鳴り響く。

そしてカストールの背後に現れたのは、いずれも巨大な五十の神々の威光であった。

この世界において神というのは唯一神であるアロヴィナスの事を指す。

だが宗教というのは時代と地域により枝分かれを繰り返し、人の想像より生まれる神々の数には際限がない。

これはそんな、アロヴィナスの名によって歴史の闇に埋もれ、あるいは邪教として貶《おとし》められ、あるいは悪魔にまで落とされた人の想像より生まれた神々の幻影。その召喚である。

「――――『五十の名を持つ神』！」

宣言と共に五十の偽神達が一斉に攻撃を仕掛けた。

人の想像より生まれた神話において主神とされる者がいた。

戦神とされる者がいた。冥府の神とされる者がいた。

神と人の血を継ぐと言われる半神がいた。

ある偽神は口から炎を吐き、ある偽神は拳で叩き潰す。

嵐を起こし、雷を落とし、神の輝きを以て完膚なきまでに蹂躙《じゅうりん》し尽くす。

やがてそれが終わった時、そこに浮いている魔物は一体として存在していなかった。

オルムの姿も——もう、そこにはない。

「終わったか」

空に浮いたままカストールは力尽きて地面へと落ちていく魔物達を見る。

命を失った彼等はいずれ土へと還り、そしてマナは空気に溶けてこの世界を巡るだろう。

これで何とか、妹より託された『アレ』を守る事も出来た。

彼は主が倒れてより二百年、ずっとこの船と英霊を使い、それを守り続けてきた。

一歩使い道を誤れば世界すらも壊してしまう、天へ至る鍵。そんなものを魔神族などに渡すわけにはいかない。

あれはいつか帰還する主の物なのだ。

彼の妹である妖精姫は戦闘力こそ持たないが、不思議な力を持っている。

その彼女が告げた。『主はいつか必ず帰って来る』と。

そしてカストールに、鍵の守護を命じた。これが二百年前の事だ。

戦い、率いる事しか出来ない自分には分からないがきっと、妹には先の展開が見えているのだろう。

あるいは主があの戦いの前に妹に何か命じていたのかもしれない。

だからカストールはここにいる。

主と、妹を信じるからこそ二百年間戦い続けているのだ。

「さて、船の場所を変えるか。次が来ないうちにな」

カストールは勝利を確信して船へと戻ろうとした。

だがその直後の事だ。

突然、雲を裂いて飛んで来た黒い閃光が船を撃ち抜いた。

「なっ!?」

まだ敵が残っていたか!

煙を上げて沈んでいく船を横目で見ながら、カストールは武器を構えて振り返った。

英霊達も同じく臨戦態勢へと入り、各々の武器を構える。

そして彼等は見た。

雲の中を蠢《うごめ》く、巨大な……余りにも巨大すぎる、何かの姿を。

「……な……な!? こ、これは……! そんな……馬鹿な……!?」

全長にして……いくつだ!?

1km? 否。

10km? 否!

それは余りにも巨大で、余りにも長く……それこそ、このミズガルズすらも一周してしまうほどに……。

その巨大な影が雲を裂いて顔を出し、そして英霊達を恐怖させた。

「う、うわあああああああああああ！！？」

彼等は確かに『軍』としては完全に勝っていた。

オルムの率いる『群』を駆逐し尽くした。

だが彼等は知らなかった。この世には本当に理不尽な存在がいるのだと。

『軍』すらも上回る絶大な『個』が存在するのだと。

この日、彼等は初めて理解した。

二百年前に七英雄が敗れた、その本当の理由を――。

4

強化しなくても充分強かったリーブラを更に強化してしまうという馬鹿をやらかした翌日、俺達はドワーフ達に監視されながら……もとい、見送られながらブルートガングを後にした。

本当はもう少しのんびりしたかったのだが、こちらにはスコルピウスがいる。

流石に国を襲った奴をいつまでも留まらせるわけにもいかず、俺達は早急な出発を余儀なくされたわけだ。

むしろ一日だけとはいえ留まらせてくれただけで寛大すぎると言えるだろう。普通に考えれば即退去ものだ。

で、問題のスコルピウスはというと目が覚めてからずっと俺の腕にへばり付いている。

胸をこれでもかと押し当ててくるが、それ同性だと意味ないだろ。俺の中身男だけどさ。

まあ、俺としても今までずっと寂しい思いをさせた挙句暴走までさせちまったわけだし、これでスコルピウスが満足するならいいやと、あえてそのままにさせていた。

だがそれがウィルゴ以外の他の十二星は気に食わないらしく、後ろからの視線が少し痛い。

アリエスは不満そうにしているし、アイゴケロスは呪い殺さんばかりの勢いでスコルピウスを睨み付けている。

リーブラはずっと機関銃を手にしているし、カルキノスは「ミーだって再会したばかりなんですよ！」と喚いていた。

そんな、益々《ますます》カオスになってしまった俺達を乗せて今日も田中は平常運転を続けている。

次の目的はミザールが教えてくれたエロス改めピスケスを捜す事だが、一つここに問題がある。

ピスケスの場所は俺達の誰も把握しておらず、ディーナですら掴んでいないという事だ。

さて、これどうしたもんかね。

「ああん、物思いに耽るお顔も素敵ですわあ、ルファス様」

腕にひっついているスコルピウスが何か言いながら更に絡んでくる。

どうでもいいが耳元で喋るのを止めて欲しい。結構くすぐったいのだ。

そんな考えを察知したのか、リーブラが文字通りの鉄腕でスコルピウスの頭を掴み、俺から引き剝がした。

「ちょっとお、痛いじゃないの！　何するのよお!?」

「そこまでですスコルピウス。再会が嬉しい気持ちは理解しますがマスターの迷惑となっております。これ以上は私が許しません」

「はあ？　何で妾《わらわ》がルファス様と愛を育むのにアンタの許可がいるのよお？　あまり調子に乗ってると妹達と同じようにスクラップにするわよお？」

「止めておく事を強く推奨します。戦えば粉々になるのは貴女の方です」

スコルピウスとリーブラが俺を挟んで火花を散らし、目を逸らさずに睨み合いを開始した。

アリエスはどうしていいか分からずわたわたしているし、アイゴケロスは腕まくりをして参加する気満々だ。

カルキノスは止めようともせずにハイテンションで笑いながら二人を煽り、ウィルゴはそそくさと被害を受けない位置に逃げていた。

そしてディーナは見事に背景と同化している。

「してませんよ!?」

まあ背景というのは冗談だ。

実際には我関せずと隅っこで紅茶を飲んでいる。

そうしている間にもリーブラとスコルピウスの間に漂う空気が険悪なものになり、やがてスコルピウスの髪が揺らめいて先端をリーブラへと向けた。

それに合わせてリーブラも拳を握り、一触即発の状態となっている。

これは流石にやばいと思い、俺は二人の間に割って入った。

「やめよ。其方等、田中を壊すつもりか？」

「む……命拾いしましたね、スコルピウス」

「アンタがでしょ？　リーブラ」

俺が入る事で何とか争いを止めたものの、やはりまだ睨み合っている。

こいつら仲悪いな、おい。

アリエスとアイゴケロスはかなり仲がいいのだが、どうやら十二星全員が仲良しというわけでもなく、こうして相性が悪いのもいるようだ。

まあ十二人もいれば仲の悪い組み合わせの一つくらいあるか。

とりあえず今のうちにスコルピウスのステータスでも確認する事にしよう。

【十二星天スコルピウス】
レベル　800
種族：エンペラー・バーサクスコーピオン
属性：火
HP　90000
SP　8000
STR（攻撃力）　4800
DEX（器用度）　3105
VIT（生命力）　6570
INT（知力）　2100

AGI（素早さ）　3800
MND（精神力）　3300
LUK（幸運）　5500

……レベル、８００に戻ってるし。

これはあれか？　女神の影響を解いたから元に戻ったのか、それとも俺と再会した事で憎悪が晴れたせいなのか、どっちが原因だろう。

で、レベルが下がったせいでＨＰもダウンしてるから、ブラキウムにも耐えられなくなったようだ。

うん、これはリーブラの言う通りだな。戦えばリーブラが勝つわこれ。

というかあいつ、何で属性相性で負けるはずのアリエスとスコルピウスの両方に勝てるんだよ。

やっぱ改めてブラキウムの性能が吹っ飛んでいると痛感した。

あの技一つだけで最強候補に入ってるのがリーブラだから仕方ないといえば仕方ないんだけどさ。

しかしステータスだけで強さが決まるわけではない、というのはスコルピウスも同じだ。

彼女の本領は何と言っても毒攻撃にこそあるわけで、極端な話ステータスはそこまで高くなくてもいい。

更に狂化による攻撃力倍加もあるので実際の攻撃力は表示されている数値とまるで異なる。

で、幸運も高いので頻繁にクリティカルヒットも出すし、ブラキウムさえなければリーブラに負ける事は多分ないだろう。

恐るべきはこのスコルピウスをリーブラに勝てるまでに強化していた女神の影響か。

二百年前は七英雄がこの理不尽なパワーアップをしたっていうんだから、そりゃ俺が勝てるわけないわ。

「それでルファス様、今後はどうしましょうか？」

「とりあえず居場所の分かっている者達を集めるしかあるまい。確かアルフヘイムにヘルヘイム、ムスペルヘイムの三箇所だったか」

とりあえずこの中から選ぶならばアルフヘイムが位置的にも一番楽だろうか。

妖精郷とも呼ばれるアルフヘイムは人類の生存圏の中にあるので距離的に一番近い。

逆にムスペルヘイムは生存圏の外にあり、ヘルヘイムは地下世界だ。

何よりアルフヘイムにいる『双子』のジェミニは二人で一人なので仲間にすると二人同時に加入してくれるという嬉しい特典がある。

そのように先の事を考えていたところ、突然田中が停車した事で俺の思考は中断された。

何だ？　田中が自分で停まるとは珍しい事もあったもんだ。

「停まっちゃいましたね。何でしょうか？」

「どうした田中。何かあったのか？」

『ＹＥＳ、ＢＯＳＳ』

俺は前の方へと行き、窓から外を見る。

　すると前方１㎞程の位置に、やたら多くの人影がある事に気付いた。

　向こうはこちらに気付いていないようだが、獣人や人間、エルフなどが節操なく集まり同じ場所へ向かって歩いている。

　空を見れば天翼族までもがおり、何らかの共通の目的を抱えて旅をしている事は明白であった。

「ディーナ、奴等の向かう先に何かあったか？」

「ええと、この位置と方角ですと……ああ、ドラウプニルがありますね」

「獣人の国か。だが何故そこに他の種族までもが向かう」

　俺の質問にディーナが「うーん」などと首をかしげている。

　どうやら彼女にも分からないらしい。

　だが、そこで代わりに声をあげたのはスコルピウスだった。

「ああ、それは近々あの国で狩猟祭が行われるからですわ、ルファス様。テイマー達が捕獲した魔物を一斉に放って、誰が一番多くの魔物を狩れるかを競う下らない雑魚共の強さ比べがあるのです」

「ほう、よく知っていたな」

「ええ、それはもう。だってブルートガングを落としたら次は狩猟祭に乗じてあの国に魔物をばら撒いて攻め込む予定だったんですもの」

「……そうか」

　やべえ、スコルピウス回収してマジ正解だった。

俺がこいつ戻さなかったら、危うくフロッティ、ブルートガング、ドラウプニルの三国を潰すという最悪の三連コンボが成立していたかもしれない。

スコルピウスは罪悪感などまるで抱いていないかのように（というか実際抱いていないのだろう）また俺の腕へと引っ付き、そこでふと顔を上げてディーナを見た。

「ところで、そこの青いの誰え？　あと、そっちの白い翼のも」

「今更ですか!?」

「白い翼のは新しく覇道十二星入りした『乙女』のウィルゴです。先代のパルテノスが死去してしまったので彼女が代わりに参入しました。そこの青いのは『背景』のディーナ・ハイケイン様です」

「ちょっとお!?　さらっと嘘教えないで下さいよリーブラ様！　私にそんなファミリーネームはありませんから！」

「背景なんて星あったかしらあ？　まあいいわ、よろしくねえ、背景さん」

「その呼び名やめてえ!?」

ディーナが半泣きで俺を見る。

その視線は何とかしてくれと無言で訴えているのがよく分かった。

美少女の涙目というのは中々保護欲をそそるものがあるが、しかしそれ以上にディーナは不思議と弄《いじ》りたくなる。

だから俺はあえて、乗ってみる事にした。

「なるほど、星が輝くには確かに背景がなくてはならん。いわば星を引き立たせる空間……即ち背景という存在もまた覇道には必要……」

「ルファス様!?」

「いいではないか、背景。ある意味星よりずっと凄いぞ。宇宙《せかい》そのものだ」

「全然嬉しくないですよ！」

そろそろ半泣きがマジ泣きになりそうなので、弄るのはこの辺で止めてもいいだろう。

まあスコルピウスは本当に誤解してそうな気がしないでもないが。

「しかし狩猟祭か」

狩猟祭そのものにははっきり言って全く興味などない。

こう言っちゃ何だがスコルピウスの言う通り俺達から見ればレベルの低い祭にしかならないだろう。

例えるならゲームを極めた廃人が初心者がせっせと狩りに勤しんでいるのを見るようなものだ。

そんな事してる暇があるならアイテムでも集めていた方がマシだ。

だから俺は参加する気など微塵もない。

ドラウプニルの広さは知らないが、俺のスピードなら王都中を飛び回って全ての魔物を倒す事だって不可能ではない。

他の面子《メンツ》も同様で誰が参加してもオーバーキルとなるのは目に見えている。

だが、俺はあえてその大人げないオーバーキルを実行しようと考えていた。

「悪くない余興だ。ウィルゴ、参加してみるといい」

「え？　私ですか?!」

ウィルゴは俺達の中では最もレベルが低い。

しかしそれでもこの世界では破格のレベル３００であり、やはりオーバーキルとなるだろう。

だが俺は、他の参加者には悪いが彼女に少し自信を持って貰いたかった。

彼女は多分、自分の強さに気付いていないのだ。

何せずっと森の中でパルテノスに育てられ、外に出れば俺や十二星に囲まれての旅で完全に自分は弱いと思い込んでしまっている。

井の中の蛙《かわず》大海を知らず、という言葉がある。本来これは井の中で暮らして世界の全てを知った気でいる蛙が広い海を知らない様を嘲るものだ。

しかしその井が小さいとは一言も書かれていないし、もしかしたら蛙は１ｍを超える化物だったのかもしれない。

だが井の中に暮らしている蛙は自分がどれだけ大きくて強いかを知る術《すべ》がない。

彼女はまさにそれだ。井戸の外にいる蛙達が揃って自分よりも小さくて弱い蛙である事を彼女は知らないのだ。

自惚《うぬぼ》れて欲しいわけじゃない。だがせめて自分の実力に見合った自信は持って欲しかった。

それを与える事が、パルテノスからこの子を預けられた俺の義務だとも思うからだ。

「ルファス様、狩猟祭での優勝をお望みですか？　ならば妾にお任せを。全ての魔物と参加者を毒で染め上げて差し上げましょう」

「我にお任せ下されば獣人の国を恐怖と絶望の底に沈めてご覧に……」

「王都ごとブラキウムで……」

「ええと、メサルティムを放射状に発射して……」

「な、なんの！　でしたら私は王都ごと明けの明星で……」

「Ｎｏｏｏ!?　ミーだけ大規模攻撃がない!?　これでは優勝出来ません！」

「其方等全員参加禁止な」

　お前等、何物騒な張り合い方してるんだよ。

　王都は魔物じゃないからな。王都倒しても優勝出来ないからな？

「と、まあこやつ等は参考にせずともよい。其方ならばこんな阿呆共を参考にせずとも充分に優勝を狙えるだろう」

「あの、でも私そんな広範囲攻撃技ないですし」

「だから参考にせずともよい。そもそも狩猟祭はそういうものではないぞ」

　アホ共が変な張り切り方をしたせいでウィルゴが誤解しかけたが、とりあえずそこだけ訂正しておく。

　狩猟祭ってのはいかに早く魔物を沢山狩るかだ。断じて大規模攻撃を乱射する祭ではない。

　……まあ、俺もゲームでは周囲のオブジェに当たり判定がないのをいい事に大規模攻撃連発とかやったけど。

俺はウィルゴの頭を撫で、どうだ？　と尋ねてみる。

彼女には是非ここらで自信を付けてもらいたい。これは俺の本心だ。

せっかく実力と才能があるのに化物に囲まれたせいで自分を過小評価してしまうのは可哀想すぎる。

「はい。それじゃあ……頑張ってみます」

「ああ、気楽にやるといい」

これでウィルゴの参加も決まった。ならば後はドラウプニルに行くだけだ。

俺は田中に命じ、進路を変更した。

5

王都、と聞くとどんなものを思い浮かべるだろうか？

まず王都というからには、でっかい王城があってその周辺に家屋が並ぶ様を思い浮かべるのではないだろうか？

今までに俺が訪れたレーヴァティン、スヴェル、ギャラルホルンの三つは国の形こそ違えどそこは共通していた。

ブルートガングは王都そのものがでっかい城だったので例外中の例外だが、まあ普通に考えてＲＰＧ世界の王都ってのは中世西洋の町並みの中央にわざとらしく城を配置してるようなのが基本だ

と俺は思う。

要するにあれだ。ファンタジーなＲＰＧっていうのは基本的に西洋準拠なんだ。たまに和風のもあるが、それは最初からそういう世界観のゲームであって、そういうのは大体敵も魔物じゃなくて妖怪とか鬼とか、そういうのになっている。

少なくとも魔物やら魔法やら剣やら勇者やら魔王やらが出るＲＰＧは世界観が西洋風に統一されてる。

まあ実際あれだ。『さあ起きなさい勇者よ』と言われて、剣持った勇者が外に出ればそこは江戸時代風の町並みでした……じゃ、何かアレだろ。これじゃないって感じがする。

魔王退治の命令を受けに城に行ったら、その城が大坂城みたいな外観で王様が丁髷《ちょんまげ》で着物着てたらどう思うよ。

ついでに勇者も丁髷で着物着てて、『拙者これより魔王なる狼藉者の成敗に出掛けるでござる』とか言い出したらどう思うよこれ。

で、魔王は魔王で『なにゆえ、もがき閉国するのか。文明交流こそ我が喜び。西洋化こそ美しい。さあ我が文化に呑まれ近代化するがよい』とか言ったら……その、何か嫌だろ。

すっごい微妙すぎる。少なくとも俺はやらんぞ、こんなゲーム。

で、まあ流石に今の所は和風の町並みっていうのは見ていない。

ＲＰＧだと何故かこれも定番で、東の方に行くとどう考えても不自然すぎる日本風の国があったりしてジパングだとか東の国だとかいう名前で呼ばれてたりするが、この世界にはないようだ。

でもこの世界にも何故か刀が存在するので、もしかすると昔はそういう国があったのかもしれない。

実際ゲーム中にはプレイヤーが立ち上げた国の中に純和風の国もあったりしたしな。

まあそれ、俺が戦争仕掛けて潰しちまったんだけどさ。

と、話が逸れた。

俺が言いたいのは王都というと、西洋風の町並みを想像するだろうって事だ。

だが今、俺の前には西洋とはかけ離れた町並みが広がっている。

いや……というかこれは王都なのか？　そもそも都なのかこれ？

今俺達がいるそこは、一言で言えば草原であった。

踏みならされてはいるがそれだけの、マジの草原だ。人が通りやすいような道すら用意されていない。

で、あちこちにテントのような建物が並んでいる。

あれ何て言うんだっけか……こう、モンゴルの遊牧民が使うようなやつ。

ゲル、だったかな確か。あんま自信はないが。

すぐ近くには森があり、その中にも獣人が暮らしているようだ。

「王都とは一体何だったのか」

「王様がいればそこが王都ですよ。まあドラウプニルでは国王ではなく皇帝と呼ぶそうですが。だからここも正確には王都ではなく帝都と呼びます」

「ほう？　皇帝とは随分大きく名乗ったものだな」

「獣人というのは他の種族と比べて種類が多いんです。例えば天翼族ならその種類は精々白翼とそれ以外、の二種類しかありませんが獣人は違います。猫科型や犬型、馬型に牛型。他にも象や兎など数えればキリがありません。同じ猫科型でも猫や虎、獅子、豹《ひょう》、チーターと更に細かく分かれますしね」

「なるほど、形の上では一括りに『獣人』にされてしまっているが実際はかなり細かく分かれた別種族、というわけか」

ディーナの説明に俺はふむふむと頷く。

ミズガルズの人類は七種類というのが常識だが、実際のところそれは獣人を無理矢理一つのカテゴリーに入れているからそうなっているだけらしい。

まあそりゃそうだ。いくら獣人だからってライオンの獣人と兎の獣人が同じ種族なわけがない。

虎とか熊みたいに森の中で暮らす動物だっている。

だがそれをいちいち別種族にカウントしては、それこそ人類種が百を超えてしまうし、その大半が獣人というおかしな事になってしまう。だから一つに纏《まと》めてしまっているわけか。

「種の異なる獣人達を一つに纏めて従える王。故にそれは国王ではなくその上、皇帝である、というのが彼等の主張らしいですよ」

「各種族の王の上に立つからこその皇《おう》か。なるほど」

「ルファス様を差し置いて王の上を名乗るとは片腹痛いわあ……。今すぐこの陳腐な国、毒まみれにしてやろうかしらあ」

ディーナの説明に俺はそこそこ納得していたのだが、どうやらスコルピウスは気に食わなかったらしい。

物騒な事を言いながら臨戦態勢に入ろうとしている彼女を慌てて手で制する。

「やめよスコルピウス。実際今の余は王でも何でもない。どこの誰が皇帝だの帝王だの名乗ろうが、余にとってはどうでもよい事だ」

「ああん、流石ルファス様！　器が大きいですわあ！」

俺が止めるとあっさり狂気を引っ込めてスコルピウスは再び俺の腕に引っ付いた。

これ、俺のスペックが桁外れだから何も感じないけど普通ならとっくに腕が痺れてると思うんだ。でもいい加減離れてくれ、とか言うと何するか分からない怖さがある。

……こいつ仲間にするの早まったかな？

「しかしスコルピウスの言う事も一理あります。Ｋｉｎｇの上に立つＥｍｐｅｒｏｒの名は一度は全ての国を支配したルファス様にこそ相応《ふさわ》しい称号です。どうですルファス様。十二星を全て集めて再起した暁にはもう一度世界を支配し、その時こそＥｍｐｅｒｏｒを名乗るというのは！」

「蟹《かに》にしてはいい案ではないか。ならばその時我等は覇道十二星改め皇道十二星と改名するのはどうだろう？」

「あ、それ格好いいね！」

後ろでは当の俺本人を無視して蟹と山羊と羊が盛り上がっている。

だから俺はもう世界征服とか考えてないって言ってるだろ。何でまた同じ轍《てつ》踏まなきゃいけないんだ。

そんな事したらまたラスボスルート入って勇者さんにやられちゃうだろうが。

勇者と魔神王と女神の三陣営同時に相手とか無理ゲーすぎるわ。

勇者さんは今は弱いけどクラス補正やばいから、レベル１０００にするだけで俺達と同じ強さになるんだぞ。インチキチートもいい加減にしろ。

あ、ベネトナシュとレオンもいるから五陣営か。うん、無理。

「まあ、それはどうでもよい。それより狩猟祭の受付はどこか分かるか？」

「とりあえず人の流れに付いて行けばいいと思いますが」

「ではそうしようか」

俺はディーナの案に従い、人の流れに沿って動く事にした。

どうでもいいが今回の服装は外套を上から羽織っての不審者モードだ。

一応ここにはエルフやら天翼族もいるからな。顔を覚えている奴がいないとも限らない。

幸い、色々な所から旅人やら冒険者やらが来ているおかげか、俺もあまり目立ってはいない。

冒険者の中にはそれどうなのよ？　と言いたくなるような奇抜な格好のもいるから相対的に俺がマシに見えるのだ。

具体的に言うと、男なのにビキニアーマー着けてる馬鹿とかがいる。

お前、いくら装備効果がいいからってそれはどうなんだ……。

確かにゲームじゃないこの世界なら女専用装備も着けようと思えば装備出来るだろうけどさ……。

「ルファス様、あの人……」

「見てはならん」

ウィルゴがビキニアーマーさんを指差して何か言いかけたが、俺は彼女の目を塞いで前を向かせた。

あんな変態は視界に入れなくていい。目の毒だ。

「それにしても獣人というのは本当に種類が豊富だな。ドゥーベの奴もよくこれだけの連中を一つに纏めたものだ」

辺りを見ながら俺は改めて獣人の種類の多さに感心した。

見れば見るほどに数が多い。

猫や犬といったお約束のものから、リザードマンのような爬虫類っぽいのまでがいる。

あれも大別的には獣人だというのだから驚きだ。

更に人間とのハーフなのか、人間に動物の耳や尻尾を付けた様なのも僅かながら確認出来た。

まあ難点があるとすれば、ハーフに限って顔立ちが微妙だったり野郎だったりで全然似合ってないという事か。

兎耳の髭親父とか誰が得するんだよ。マンマミーアとか言いながら空でも飛ぶのか？

「お言葉ですが、あの頭空っぽの畜生にそんな高度な芸当は出来ません。ルファス様が築き上げた統治を横取りしただけであると断言致します」

俺は素直にドゥーベに感心していたのだが、リーブラがそこに厳しい言葉を挟んだ。

お前、本当にミザール以外の七英雄には容赦ないね。

「あ、列みたいなものが見えてきましたよ。皆並んでいます」

「どうやらあれが目的地のようだな」

人の流れに沿って歩いていると、様々な旅人やらが並んでいる列を発見した。

前の方では受付のような事をやっており、ここで間違いはなさそうだ。

俺達は最後尾に並び、順番が来るまで待つ事にした。

＊　＊

「はい、これで受付は終了です。狩猟祭は明日となりますので今日はごゆっくりお休み下さい」

受付からナンバーの書かれたプレートを渡され、無事に狩猟祭参加を決めた瀬衣《せい》は緊張した面持ちでそれをポケットへと仕舞った。

スヴェルを後にした彼等勇者一行は情報を求めてここ、ドラウプニルを訪れていた。

この地では丁度狩猟祭がある関係上、多くの旅人や冒険者、商人が集う。

その中にルファスの足跡を知る者がいる事を期待しての進路変更であり、同時に今の瀬衣の腕試しも兼ねての参加であった。

それに何といってもここはパーティー最大の実力者である剣聖フリードリヒの生まれ故郷だ。

ルファスと会って話をすると決めて以降、借りてきた猫のように大人しくなってしまった彼を元気付ける為にも一度寄っておくという事で意見が一致したのである。

「それにしても色々な人がいますね」

瀬衣は興味津々といった様子でこの地を訪れた者達を見る。

重鎧に身を包んだ屈強な戦士。踊り子のような衣装を着こなした女性。

兎耳の髭親父に、本人は格好いいと思っているのだろう全身黒尽くめで決めた黒い剣士。

そして筋骨隆々の男でありながら女性専用のビキニアーマーを装備した変態。

「……いや本当、色々な人がいますね。冒険者って皆あなんですか？」

「いや、アレは相当アレなケースだ。頼むからあんなのを俺達と同じにしないでくれ」

ドン引きしたように言う瀬衣にジャンが慌てたように補足を入れる。

現在瀬衣達は二手に分かれて行動をしていた。

一方は狩猟祭の受付をする瀬衣と彼の護衛を行うジャン、ニック、シュウの四人。

もう片方は情報収集に走るガンツ、最近飛び出ている鼻毛が二本に増えた副団長、虎、クルス、リヒャルトだ。

いつも陰でコソコソと行動しているレンジャー部隊の皆さんはせっせと宿の予約やらを取りつけてくれている。

「おっ、見ろよセイ。あの一団、綺麗所が揃ってるじゃねえか。同行してる男が羨ましいぜ」

話題を変えるようにジャンが列に並んでいる者達のうち一つのパーティーを指差す。

そこにいたのはあからさまに怪しい全身赤マントの不審者に、そのマントに抱き付いている際どい格好のボンデージなお姉さん。

白い翼の可愛らしい少女に、その隣にいるこれまた可愛らしい虹色の髪の毛の少女。

黒服のモノクルを着けた老紳士に、赤いベストの顎鬚《あごひげ》が特徴的なハンサム。

そして青い髪の美少女と、静かに佇む茶色の髪の、どこか硬質なイメージを抱かせるメイド。

……何だ、あの統一性のまるで見えないパーティーは。

あ、赤ベストのハンサムが赤マントに近付いたと思ったらメイドに殴られた。

「ちょいと変な集まりだが、ありゃあレベル高えぜ。あの色っぽい姉さんのきつい顔立ちがそそるねえ」

「た、確かに凄い美人揃いですね」

「なあ？　ところでセイ、お前さんはどの子がタイプよ？」

「えっ?!　いや、そんな、タイプだなんて」

「隠すな隠すな。俺が見た感じあれだ。お前さんはあの白い翼の子か、虹色の髪の子がタイプと見た。お前、どっちかというと大人しい感じの子が好きだろう？」

ジャンが瀬衣にアームロックをかけながら「さあ吐け」と答えを強要する。

彼はとてもいい奴で気さくなのだが、こういう時だけは少し困る、と瀬衣は思った。

だがジャンは何か引っかかる事があったのか、瀬衣の拘束を解くとうーむ、と唸る。

「ど、どうしたんですか？」

「んー？　いやな、あいつ等どっかで見たような気がするんだよなあ。いやでも、あんな美人の集団に会ったら絶対忘れねえぞ、俺。……気のせいかなあ？」

ジャンは不思議そうに首をかしげているが、まあ気のせいだろうと瀬衣は考えていた。

こう言ってはあれだがジャンは決して記憶力がいい方ではない。

ちょっと前に手に入れたアイテムの事すらも忘れて、それを気にせずに前進するのがジャンという男だ。

だからまあ、今回もただの記憶違いだろうと思ったのだ。

「気のせいですよ。さ、行きましょう」

「いやー、絶対どっかで会ったはずなんだがなあ……どこだったかなあ……」

未だ首を捻っているジャンを引き摺り、瀬衣は今晩の宿へ向かって歩き始めた。

彼等の距離は限りなく近く、しかし未だ遭遇の時は訪れない。

6

受付を済ませた俺達は一度田中まで戻り、そこで今夜を過ごす事にした。

宿をとる事も考えたのだが、この国は宿までテントであり、あまり居心地がよさそうだとは思えない。

そこは獣人との感性の違いなのだろうが、旅行者の為に人間が好みそうな宿とかも用意した方が稼げるんじゃないだろうか、と少しだけ思う。

明日の主役であるウィルゴは早々に就寝し、アリエスも既に夢の中だ。

俺は特に理由もなく田中の外に出て夜風に当たり、普段はあまり使わない頭を使って物思いに耽っていた。

考えるのはこの国の護りについてだ。

レーヴァティンにはアリオトの結界。スヴェルにはレヴィア、ギャラルホルンはメラクの威圧。

そしてブルートガングは王都そのものが移動要塞であり、量産型リーブラをも用意していた。

となると、この国にも相応の護りがあるのだろう。

思えば、今の所これらは俺の味方をしてくれていたが、敵に回る可能性も考慮しておくべきかもしれない。

この国の住民にしてみれば魔神族も俺もそう大差はない。共に脅威としか認識しないはずだ。

ならば国の護りが俺に牙を剝く可能性だって充分にありうる。

それでも負ける気は全くしないのだが、問題はウィルゴに牙が向かった場合だ。

その事を考えて、今のうちに何か彼女を守る方法を考えるのは間違いじゃないだろう。

……とりあえず暇な時にディーナから情報を聞き出しておこう。あいつは胡散臭いが情報は今の所九割は正確だ。

「マスター」

後ろから声がかけられる。

振り向くまでもなく声の主は解っている。

俺は前を向いたまま、その部下の名を呼んだ。

「リーブラか。どうした？」

「マスターと少しお話ししておきたい事がありまして」

リーブラはそう言うと、俺の隣へと立つ。

彼女の重さは見た目に反してかなりのもののはずだが、それをまるで感じさせない軽やかな動きは大したものだといつも思わされる。

隣を見ればリーブラは難しい顔……いや、これはいつもの事か。

いつも通りの無表情のまま、普段よりも少しだけ深刻な口調で話し始めた。

「率直にお尋ねします。あのディーナという女性は一体何者ですか？　まだ破損データは復元出来ていませんが、あれが二百年前には居なかったという事くらいは推測出来ております」

「……気付いていたか」

「はい。そしてマスターがとうにその事実に気付き、私達に隠している事も」

俺としては結構上手く隠せているつもりだったのだが、やはりバレバレだったらしい。

まあ他はともかくリーブラにはいつまでも隠し通せるもんじゃないな。

俺演技下手だし。何より馬鹿だしな。

俺は苦笑し、その事を責めもしない従者から視線を外す。

「済まなかったな」

「いえ。きっとマスターもお考えがあっての事だったのでしょう。しかしその上で進言させて頂くならば、それは私も知っておく必要があると考えます」

俺はリーブラを一瞥し、そして少し考える。

リーブラは、現状では多分一番信用出来る相手だ。何せ精神操作にかからない。

つまり女神だろうがディーナだろうがリーブラを操る事は不可能と言っていい。

だから仮に女神がリーブラを邪魔に思っても、それを操作する方法がないのだ。

一番やばいケースは『ゴーレムは精神操作にかからない』という事そのものがブラフだった場合だが、それはまずあるまいと俺は考えている。

もしそうなら、そんなブラフを撒くよりもさっさとリーブラを操ってしまった方がずっと早いし俺の信用も得る事が出来る。

それをしなかったという事は出来ないという事だ。

「そうだな……其方には話しておこうか。とはいっても余も正直な話、ほとんど奴の実体は掴めていない。魔神族七曜の一人でもあったが、どう考えても魔神族ではなさそうだしな」

「でしょうね。天力を使う時点で魔神族や吸血鬼はまず有り得ません。しかし、それならば一体何者だというのですか？」

「余が思うに、女神に連なる何かであるのは間違いないと見ている。それがパルテノスのように仕えている程度のものなのか、それとも更に密接な関係なのか……あるいは女神そのものなのかは分からんが」

そう、ここまではもう確信と呼んでいい段階で解っている。

ディーナと女神は決して無関係ではない。裏で必ず繋がっている。

彼女の秘密を解いた先に女神がいるのだ。

解らないのは、どの程度の関わりなのかだ。

かつてのパルテノスと同じような立ち位置なのか。より親密な腹心の部下なのか。

それとも……女神のアバターなのか。

それを判断するにはまだ情報が揃っていない。

「マスター。彼女は危険です。即刻拘束し、尋問にかけるべきだと判断します」

「早まるな。そんな事をしても転移で逃げられるだけだ。そして一度逃げられてしまえば、もう奴を捜す術はない」

「……泳がせるというのですか?」

「さてな。泳がされているのは我々の方かもしれん。どちらにせよ、奴は現状唯一の女神へ繋がる手掛かりだ。手放すのは軽挙だろう」

今の所ディーナの思いのままに踊っているのだろう俺だが、ディーナにも多分解っていない事がある。

それは俺がどの辺りまで『戻って』いるかだ。

こればかりは俺本人でなければ完全には解らないだろうし、あいつは以前俺に『本当にプレイヤーか?』と確認をした。

あれは今にして思えば俺がどこまで戻っているかを探ろうとしていたのだろう。

恥ずかしい話だが、本来の俺ならばディーナを疑うという事自体をまずしなかった。

こうして誰かを疑って思考を巡らせるという事自体がもう『俺』の考え方じゃない。

だがこれは逆に言えば、最初の頃の阿呆な俺を外面上保ち続ければ、向こうは自分がどの程度疑われているかが解り難いというメリットがある。

だから今はまだこのままでいい。考えなしで楽観的な俺のままでいい。

「それにな、奴が完全に我々の敵だとすると、いくつか不可解な点も出て来る」

「不可解な点ですか？」

「ああ。確かにディーナは余を思い通りに動かし、誘導してきたのだろう。それは間違いない。だがな……今の所、それは余にとって何一つマイナスではないのだ。結果論ではあるが、全て余の利に働いている。これがどうにも解せん」

プラスを多く与えてマイナスを隠す。これならば解る。

だが違う。マイナスが一つもないのだ。

スヴェルでのアリエスとの再会。王墓でのリーブラの回収。

ギャラルホルンでのアイゴケロスの復帰。ブルートガングでのカルキノスとスコルピウスの参入。

そして今まで巡ってきた王都での七英雄との仲の修復。全てが俺の利だ。

……おかしいだろう？　女神にとってルファス・マファールは邪魔者ではなかったのか？

だからこそ二百年前に七英雄と潰し合わせて封印したのではなかったか？

なのに、何故そうまでして無力化した相手に今更力を戻す真似をする? それが全く理解出来ない。

これが九割確信まで迫っている『ディーナ＝女神のアバター』説に待ったをかけ続けるのだ。早計に失するな。疑惑で目を曇らせるな。もっと冷静に情報を吟味しろと俺の中の何かが訴え続けている。俺はまだ何かを見落としている。

「よくは説明出来んがな……今ディーナを追い詰めるのは間違いのような気がするのだ」

「気がする、ですか? そんな不確かな」

「解っている。だがもう少しだけ時間をくれ」

何だろうな。俺にもよく解らないんだが、今はまだディーナを問い詰めるべきではないと思うんだ。

既にパーツはほとんど揃っていて、パズルの絵は完成しかけている。

残りのパーツがなくとも、ここまでに集めたパーツだけで絵の全体像は想像出来る段階だ。

だがもしかしたら残りのパーツ全てを集める事で完成する『騙し絵』の可能性もなくはない。例えるならばそんな感じか。

「……解りました。マスターがそれを望むならば私はそれに従いましょう」

「すまんな、リーブラ」

「構いません、私はマスターの道具です。ならばマスターが望む道を全力でサポートするのみ。たとえそれが間違いであろうとも間違いごと撃ち砕くのが私の役目です」

「頼もしい限りだ」

いや本当、頼もしい部下を持てたものだ。

問題は頼もしすぎて道の先にある物を全部吹き飛ばしてしまいそうな事だがな。

ともあれ、少し冷えてきたな。今日はもう寝るとしようか。

＊　＊

狩猟祭当日。

魔法か何かで撃ち上げたのだろう閃光が花火のように空で華を咲かせ、数多《あまた》の種族が開催はまだかと観客席で賑わっていた。

観客席は流石にテントではなく、映画の上映会のようにいくつもの椅子が並んだ会場だ。

その一番前には馬鹿でかいスクリーンのようなものがあり、全員が注視している。

……この世界ってカメラないはずだよな？　どうやって映すんだ？

「ああ、あれはミザールが死ぬ前に造ったマナスクリーンです。空気中のマナを通して離れた場所の映像を受信し、映し出す事が出来るんですよ。ブルートガングにも同様のシステムがあって、それで中にいながら外の映像を見る事が出来るらしいです。まあ、ブラックボックスが多すぎて同様の物は残念ながら造れないそうですが」

またミザールか。

ディーナの説明を聞きながら俺は空を仰いだ。

何であいつだけミズガルズの文明レベルをぶっちぎりで無視してるんだよ。

お前本当は現代日本人だろ？　と聞きたくなってくる。

これで現代日本の知識とか一切なしの現地人とか完全に生まれる時代と世界間違えてるわ。

「もはや何でもありだな、あの髭」

俺は呆れつつもウィルゴを手招きする。

彼女はこれから出場だが、万が一があっては俺がパルテノスに顔向け出来なくなる。

という事でこの祭のレベルを考えればちょっとオーバーキルかもしれないが、ディーナに塔から取り寄せて貰った武器を渡しておく事にした。

俺が中堅レベルの頃に使っていたお下がりだが、まだ現役でいけるはずだ。

「ルファス様、これは？」

「余が昔使っていた剣だ。名をラピュセルといい、周囲のマナを天属性の魔法として発射する事が出来る。魔法を使う事が出来ない天翼族が好んで使っていた逸品だ」

天翼族は魔法を使えない。

だがゲームにはお約束のように、使うだけで魔法と同じ効果が発動する武器というものがある。

これもそんな武器の一つで、レア度もそれなりに高めのやつだ。

俺も序盤から中盤にかけては結構お世話になっていた。

まあレベル５００を過ぎる頃にはこんな効果に頼るくらいなら自分で通常攻撃した方が強かった

のですっかりお払い箱になってしまったが。

しかし今のウィルゴならば充分に戦力になってくれるはずだ。

問題は……この世界では天翼族がマナを嫌うというのが死に設定じゃない事だな。

ゲームの頃はそんなのはただの死に設定だった。

だからマナが溢れるヘルヘイムに平然と天翼族がドカドカと大挙するという設定無視な光景も数多く見られたし、この武器も普通に人気武器だった。

だがこの世界の天翼族はマナを嫌う。

だからウィルゴがこの武器を嫌がるなら、他の武器に替える用意もあった。

その場合は、ちょっとオーバーキルが度を過ぎてしまうが俺がレベル５００くらいの時に愛用していた槍でも渡そうかと思っている。

しかしその心配は無用だったようで、ウィルゴは花が咲くような笑顔を俺に向けてくれた。

「有難うございますルファス様！　私、絶対優勝しますすね！」

よし、どうやら当たりだったようだ。

スコルピウスが後ろで嫉妬の炎を出して周囲の草を燃やしているが、あいつに俺のお下がりを渡す気はない。

何かあいつに渡すと、変な事に使われそうで怖いからな。

というかスコルピウス、本当に炎を出すな。周囲の迷惑だ。

「ウィルゴ。剣だけでは火力に不足します。私からはこの対ゴーレム砲を……」

「止めよリーブラ」

俺に張り合ったのか、本当に火力不足と判断したのかは知らないがウィルゴにロケットランチャーのような何かを渡そうとしていたリーブラの頭を叩いて止めた。

お前それ、オーバーキル通り越して会場が吹っ飛ぶレベルだろうが。

というかどっから出した、そんなもん。

「気を付けてねウィルゴ！　危なくなったらすぐに呼んで！　メサルティムで飛んでいくから！」

「我ならば全ての参加者を恐怖に沈めて無力化する事も出来る。必要ならば言うがよい」

「あらあ、いっそ毒でも撒いてみるのはどうかしらあ？　これなら簡単に勝てるわよお？」

「ならばミーは……」

アリエス達が何か凄く物騒な事を言っているがカルキノスだけは何も出てこない。

彼はしばらく考えて、やがて頭を抱えた。

「カルキノスは足遅いから駆け付けるの間に合わないよ」

「汝、遠距離攻撃も出来んし補助魔法もないしな」

「ぶっちゃけ防御とカウンターしか出来ない能無しだからねえ、アンタ」

「盾以外役目ないですよね」

「Nｏｏｏｏｏｏ！！？」

アリエス、アイゴケロス、スコルピウス、ディーナが何の遠慮もなくズケズケとカルキノスの心を抉《えぐ》った。

おいやめろ。確かに事実だけど、そいつ盾としては十二星で一番優秀なんだぞ。

……あ、でも本当に盾以外に出番ないな、こいつ。

7

狩猟祭開始まで残り数分。

ウィルゴは緊張した面持ちで剣を握り締めながら多くの参加者と共に開催を待っていた。

周囲にいるのはどれも強そうな強面ばかりで、何だか自分が酷く場違いに思えてくる。

巨大な戦斧を持った筋骨隆々の大男に、「フッ」とか格好つけている全身黒尽くめの変な人。

どう見ても身長が2mは超えていそうな格闘家に、肥満体型のフンドシ一丁のよく分からない人間。

全身フルアーマーの騎士など一目で強そうだと思ってしまう。

『さあ、いよいよ開催間近となりましたドラウプニル狩猟祭！　ここで改めてルールを説明させて頂きます！　といっても至って単純。帝都に放たれた魔物達を狩って狩って狩りまくる！　それだけでございます！　魔物達にはそれぞれ、その強さに応じてポイントが振り分けられており、一時間の制限時間が過ぎた時に最も多くのポイントを保有している勇士が優勝となります！　あ、申し遅れました。わたくし実況のケイロンと申します』

拡声の魔法か天法だろうか。

実況と名乗る誰かの声が響き渡り、ウィルゴが顔を向ければ実況席にはいかにも旅人、という感じの軽装の優男が座っているのが見えた。

隣には虎の獣人がおり、何だか凄く強そうだ。

『今回は解説としてこの国の誇り、大陸最強の剣聖であるフリードリヒさんにお越し頂きました。剣聖さん、何か一言どうぞ！』

『グルワァァァァ！』

『ミズガルズ共通語でＯＫ』

虎さんのユニークなジョークに会場がドッと沸く。

きっと皆の緊張を和らげようという彼なりの粋な計らいだろう。

流石に剣聖と呼ばれる者は緊張の和らげ方も心得ているようだ。

『さあ、いよいよ開幕の時間が迫って参りました！　皆様準備はよろしいですか？　さあそれでは位置についてぇ……スタートォォ！』

実況より狩猟祭開始の声が響き、それと同時に魔法か何かで鳴らしたのだろう大きな破裂音が響く。

選手達は我先にと走り、ウィルゴも置いて行かれないように必死で走った。

そして容易《たやす》くトップに躍り出てしまった。

あれ？　と思うのも仕方のない話だ。レベルとステータスが違う。

皆が遠慮してくれてるわけじゃないよね？　などと思い後ろを振り返りつつウィルゴはトップを

走る。

とはいえこの祭は徒競走ではない。いかに強い魔物を沢山狩るかの祭だ。

選手達はそれぞれが勘や経験で見出した魔物の集まりやすいスポットへと走り、東西南北へ散っていく。

そしてウィルゴの前には早速、いかにも『俺強いよ？』と顔に書いてそうな全長2ｍはあるだろう魔物が立ち塞がっていた。

緑色の肌に鍛えられた肉体。腰蓑一丁の格好。

ホブゴブリンと呼ばれる亜人の一種だ。

「ゴブゴブ！」

ホブゴブリンは見た目からして弱そうなウィルゴに油断しているのだろう。

ニタニタと笑いながらゆっくりと近付いてくる。

一方ウィルゴは、自分の強さというものにあまり自信がなかった。

井の中の蛙大海を知らずとはいうが、彼女が住んでいた井戸は大海を消し飛ばすような化物しか住んでいない。

だから彼女は自分の強さが分からないのだ。

それでもウィルゴを踏み止まらせたのは主からの期待があったからだ。

剣まで貰っておいて、それで逃げるなんて無様は晒せない。

「やあああああ！」

そう思い、ヤケクソ混じりで突撃！

剣を突き、ホブゴブリンの胸へと当てる。

するとホブゴブリンの身体はまるで抵抗もなく貫通されてしまい、声も発せず地面に崩れ落ちた。

『選手番号７６０、ウィルゴ選手！　８ポイント獲得！』

「え？」

余りにも呆気なく勝ててしまった事にウィルゴが呆け、恐る恐るといった様子でホブゴブリンの死体をつつく。

だが反応はない。再生するとかそんな気配もなく、本当に死んでしまっている。

それを見てようやくウィルゴは自分の勝利を理解し、そして考えた。

（もしかして……この狩猟祭のモンスターって凄く弱い？）

実際は魔物が弱いのではなく彼女が強いのだが、そうはまだ思えないらしい。

しかし相手が弱いならば何とかなる。

ウィルゴは微妙な勘違いを直さぬままに立ち、そして気合を入れた。

これならいける！　優勝は無理でも恥ずかしくない程度には戦える！

ウィルゴは白い翼を羽ばたかせ、一気に空へと躍り出た。

飛ぶのは別に反則ではない。空を飛ぶのもまた技の一つとして認められている。

ウィルゴは空から魔物を探し、そして一番近くにいた狼型の魔物を標的と定めると、一気に加速した。

すれ違いざまに一閃！

狼の魔物を切断し、再び空へと舞い上がる。

『ウィルゴ選手、６ポイント獲得！』

今度は少し離れた位置にいる鳥の魔物へ狙いを定める。

少し距離はあるが今のウィルゴにはルファスから与えられた剣がある。

ラピュセルに力を込めて振るえば剣先からは光の刃が射出され、遠くの鳥を切断した。

『ウィルゴ選手、７ポイント獲得！』

速度を落とす事なく今度は固まっているゴブリンを見付ける。

身長が１５０程度の、棍棒を持った通常のゴブリンが二体。杖を持った希少種の魔法を使うゴブリン――ゴブリンマジシャンが一体の計三体だ。

ウィルゴは急加速して彼等の中まで切り込むと剣を振るい、すれ違いざまにゴブリン二体を葬った。

飛び去っていくウィルゴの背にマジシャンが火球を発射するが振り返る事もせずに横に移動して回避。

空中で上下逆さまになり、剣から光の刃を発射してマジシャンを切断した。

『ウィルゴ選手、20ポイント獲得！』

いける、勝てる！

ウィルゴはここにきて少しばかり、もしかしたら自分は強いのかもしれない、と思い始めていた。

しかしすぐに思い浮かぶのは仲間達の姿だ。

脳裏に思い浮かぶのは、もしもこの狩猟祭に仲間の誰か……例えばリーブラなどが参加したらどうなるか、というＩＦ。

ウィルゴの思い描いた脳裏の世界では機関銃やらバズーカやらを装備したリーブラが燃え盛る草原の中を徘徊し、ドラウプニルを焦土へと変えながら目に付く魔物全てを殺戮していた。

あ、無理だこれ。やっぱり私弱い。

比較対象が単純に悪すぎるだけなのだが、まだ彼女はそれに気付かない。

ともかくルファス達の一員として、せめて恥ずかしくない程度には頑張るとしよう。

そう思いながらウィルゴは、現在自分がポイントの上でもトップを独走している事に気付かずに大空を飛翔した。

＊　＊

『ウィルゴ選手、５ポイント獲得！』

『ウィルゴ選手、９ポイント獲得！』

『ウィルゴ選手、８ポイント獲得！』

何あの娘《こ》、超強い。

そんな戦慄を抱きながら彼……勇者瀬衣は必死こいて魔物を倒していた。

今現在無双しているウィルゴという少女が誰なのかは解っている。

昨日の変な一団の中にいた白翼の可愛い子だ。

開始前でもあの純白の翼は目立ち、あの子も参加するのかと驚かされたし、緊張している様子だったからもし危なくなっていたら助けてあげるべきかもしれないと正義感を燃やしていた。下心とか言ってはいけない。瀬衣だって男なのである。

だが甘かった。というか自惚れていた。

助ける？　……一体誰を？

さっきから空を飛んでヒット&アウェイで魔物を凄い勢いで駆逐しているあれを？

冗談だろう。あの子は自分などより圧倒的に格上だ。というか多分この祭の参加者で最強だ。

最初の緊張した面持ちは一体何だったのか。演技だろうか？

弱そうなのに限って凄い強いというのはファンタジーのお約束のようなものだが、それにしたってあれは酷い。下手をすると剣聖より強いんじゃないだろうかあの子。

それは流石にないと思いながらも、しかしあの無双を見るとそんな気がしてならない。

あ、今度はワイバーン倒しやがった。

偽竜は本物のドラゴンと比べれば弱いらしいけど、それでもレベル80超えの怪物なんだぞ。

どうでもいいが瀬衣の現在のレベルは35。余裕でウィルゴとかいう少女に一撃で殺されてしまう実力である。

というかこの世界、レベル上がりにくすぎて泣けてくる。

こういうのって普通、もっとこう、レベル上がり易いのが普通じゃないだろうか？

昔読んだライトノベルだと他と比べて主人公だけやけにレベルアップが早くて楽々チートとかやってたのに何だこれは。勇者とは一体何だったのか。

『ウィルゴ選手、12ポイント獲得！』

『バニーダンディ選手、３ポイント獲得！』

『ビキニマッスル選手、７ポイント獲得！』

次々と選手の名とポイントが実況され、瀬衣の心に焦りが生じる。

やばい。このままでは成績上位を狙うどころではない。普通に最下位が見えてきた。

実際のところは瀬衣も結構頑張って上位にギリギリ食い込んでいるのだが、本人はそう思えないのだろう。

瀬衣は取り憑かれたように刀を振るい、魔物を斬り倒していく。

しかし命を奪う事にはまだ抵抗がある。いつまで引き摺ってるんだと思われるかもしれないが、やはり日本人にこれは辛い。

相手が結構可愛い犬の魔物とかだと攻撃する意思そのものがなくなってしまう。

おいやめろ、こっちに来るな。俺結構犬好きなんだよ。

尻尾振るな。後ろ足で立ってじゃれてくるな。後ろに付いてくるな。

そのような事を考えながら必死に戦っていた瀬衣だが、遠くから何か悲鳴のようなものが聞こえてきた事で意識を現実へと戻した。

「な、なんだ？」

向こうに強い魔物でもいるのだろうか？

そう考えて視線を悲鳴の方向へと向ける。

そして瀬衣は硬直した。

視線の先……数百ｍは先だろう草原に、何かでかいのがいるのだ。

この距離でもハッキリと見えるほどに巨大な『恐竜』が暴れ回っている。

『ア、アクシデント！　アクシデントです！　近くの森をテリトリーとする恐竜のディノギガントが会場に乱入しました！　皆様、それとは戦わないで下さい。それは狩猟祭のターゲットではありません！』

――恐竜いんのかよ、この世界！

瀬衣は青い顔をして、遠くで暴れている恐竜を見る。

あれが魔物と生物のどちらにカテゴライズされているかは分からないが、とりあえず祭用の魔物など比較にもならないヤバイ化物だという事だけは見て解った。

だってあの恐竜、あろう事か魔物を捕食しているのだ。

魔物達が逃げ、偽竜すら戦意を失って逃走している。

そしてそれを追いかけて襲う様はまさに捕食者。食物連鎖の上位に君臨する存在だ。

だが最大の問題は人間までも餌と見なしている事だろう。

今の所冒険者や旅人は犠牲になっていないようだが、このままでは時間の問題だ。

誰かが食い止めなければ確実に人に被害が出る。

そして最悪な事に、参加者と思しき女性冒険者が恐竜の前で尻餅をついてガクガクと震えていた。

やばい、と一目で解る。あれを放置したら確実に喰われてしまう。

「くそっ！」

瀬衣は悪態を吐いて走り出し、恐竜の所へと疾走する。

その後に続いて何故か犬も疾走した。

恐竜が今食っている魔物を完食するまでにかかる時間は精々数秒。その間にあそこまで行き、尻餅をついている女性冒険者を引っ張って逃げる。

戦う？　冗談じゃない。身の程くらいは弁えている。

自分に出来るのは、あれを討伐する為の戦士達なりが派遣されるまでの間に誰も死なせないように逃がす事くらいだ。

時間さえ稼げばフリードリヒやガンツがここに来てくれるはずだ。そうなれば勝ち目も見えてくる。

「おい、早く逃げるぞ！　立つんだ！」

何とか辿り着いた瀬衣は女性の手を掴んで引き上げようとする。

だが女性はまるで動かず、首を横に振るばかりだ。

「だ、駄目……腰が抜けて……」

「っ、仕方ないな！」

瀬衣はすぐに女性を背負って逃げる事を決意する。

だが駄目だ。重い。女性が重いのではなく、身に着けている鎧が重い。

ついでに剣も重い。これではとても背負う事など出来ない。

「おい、鎧と剣を捨てるんだ！　これじゃ背負えない！」

「で、でもこれ高くて……買う為の借金もまだ返してないし」

「そんな事言ってる場合かあ!?」

今は一刻を争うのだ。

ディノギガントが魔物を捕食し終える前に逃げなければならない。

だが既に時遅し。恐竜は魔物を飲み込んでしまい、こちらへと視線を向けた。

最早逃げる事は不可能と察した瀬衣はすぐに刀を構え、恐竜を威嚇する。

ここでまだ女性を見捨てて逃げるという選択肢を選ばない辺りが彼という男だろう。

もっとも女性の方はその選択肢を迷いなく選んだらしく、瀬衣など放置して這って逃げようとしているが。

「GIGAAAAAAAAAAA!!」

恐竜が吼え、こちらへと突進する。

速く、そして重い。

一歩ごとに地面が揺れるくせに、何だこの速度は。

瀬衣は覚悟を決めて刀を握り、死を避ける為に恐竜の動きを冷静に観察する。

警戒すべきは口！　あの噛み付きをまずは回避する。

そして何とか足を斬る事が出来れば、逃げる事もまだ不可能ではない。

――瞬間、白い影が間に割り込みをかけた。

手にした剣を薙ぎ、風圧で恐竜を撥《は》ね飛ばす。

純白の羽根が舞い、瀬衣の眼前に白い天使が舞い降りる。

後にそれは天使などではなくただの天翼族だと理解するのだが、それでもその時の瀬衣には紛れもなく、彼女の存在は天使に見えていた。

8

この世界に存在する人類以外の肉を持つ生き物は大きく分けて『生物』と『魔物』に分類される。

生物はマナの影響を受けていない本来の姿を保った生き物であり、魔物はマナの影響で変質してしまった生き物だ。

そして一般的に考えるならばその力関係は魔物が生物を上回る。

例えば猫と虎が戦えば考えるまでもなく虎が勝つだろう。

だがその猫がマナで変質した猫ならば、あるいは猫が勝ってしまうかもしれないのだ。

マナによる変質とはそれほどまでに、生き物を有り得ざる強さへと変えてしまう。

だが、このミズガルズにはその力関係を無視したような怪物が存在する。

それこそが恐竜。人類種の誕生以前からこの世界に生きていた太古の怪物達。

マナによる変質など関係なく、強い奴は強いから強いのだと言わんばかりに視界に映った全てを餌として襲いかかる恐怖のハンター達。

人類は餌、魔物も餌、同族も餌、そして魔神族すらもが餌。

何もかもを己の捕食対象と見なす天然の強者達。それが肉食の恐竜だ。

故に彼等はミズガルズにおいて魔物以上に恐れられ、そして忌み嫌われる。

二百年前にルファス・マファールによってその数を激減させられたものの、未だ少数はこの世界に生き残り、そして今も恐怖を振りまいているのだ。

そしてその中でも特に恐れられる肉食恐竜がいる。

北に生息するディノレックス。

西に生息するディノアクロカント。

東に生息するディノタルボ。

そして南に生息するディノギガント。

他にも危険とされる恐竜は数あれど、特に群を抜いて危険とされるのがこの四体だ。

そして今、そのうちの一体が瀬衣の前に立ち塞がっていた。

その全長は13ｍにも届き、体重は十三トン。掛け値無しの化物だ。

対し、こちらは新米勇者と華奢な天翼族の少女の二人。

傍から見ればどう考えても戦いが成立する絵面ではない。無謀もいいところだ。

だがこの祭に参加しているのは何もこの二人だけではない。

恐竜の存在を知り、何人かの冒険者や旅人が瀬衣達の援護に駆けつけてくれた。

「フッ……恐竜か。五秒で始末してやろう」

全身黒尽くめのクールな剣士が前に出て剣を抜く。

刀身もまた、真っ黒で趣味の悪い一品だ。

彼は強者の風格を漂わせながらマントをはためかせて悠々とディノギガントへと近付いていく。

これはあれか？　いきなり脈絡なく登場した強キャラがクールに敵を倒してくれる展開だろうか？

そんな期待を込めながら瀬衣は黒尽くめの動向を見守る。

「我が絶技にて――散るがいい。秘剣・黒影流麗刃！」

黒尽くめさんが低くて格好いい声で格好よさそうな技名を宣言し、ディノギガントへと斬りかかる。

そして尻尾で弾き飛ばされて「おうふ!?」と叫びながら吹っ飛んで行った。

この間、実に五秒の出来事であった。お前が五秒で始末されてどうする。

「少しは骨がありそうだ」

続いて兎耳のガチムチな髭男が拳を鳴らしながら前へと出る。

ディノギガントの体軀、そして今の瞬殺劇を見ても怯みもしない。

己の強さに絶対の自信を持つベテランの風格だ。

そしてディノギガントの足元まで走ると、その太い足を両手で摑んだ。

だが動かない、ピクリともしない。まさか投げ飛ばせるとでも思っていたのだろうか？

いや、そりゃ無理ってもんだよ。サイズ差考えろよ。

瀬衣がそうして呆れていると間抜けな彼はディノギガントに蹴り飛ばされて地面を転がり、白目を剝いた。

「雑魚共め。戦いの手本を見せてやる」

最後にビキニアーマーのマッチョなおっさんが歩み出る。

そしてディノギガントの足元まで走ると、その太い足を摑んだ。

だからそれ無理なんだって。お前一体何を見てたんだよ。頼むからサイズ差を考えてくれ。

学習しない間抜けな男はやはりディノギガントに蹴り飛ばされ、兎耳と仲良く二人で白目を剝いて気絶した。

「……何しに来たんだよ、あいつら」

結局、恐竜の強さを目の前で分かり易く実演してくれただけの三人に瀬衣が呆れ、気を取り直して剣を構える。

ウィルゴも剣を持ち直し、緊張した面持ちでディノギガントと相対した。

犬の魔物がトコトコと前に出ようとしたが、瀬衣は慌てて犬を摑んで後ろに置き、改めて剣を構える。

意外なのはディノギガントだ。すぐに襲いかかってくると思われたが、何故か彼もまたその場に留まり瀬衣を……いや、ウィルゴの出方を見るように佇んでいた。

もしかしたら野生で生きるが故に強さには敏感なのかもしれない。

見た目では分からないウィルゴの脅威を見抜き、迂闊に出るべきではないと本能で判断したのだろう。

「GUUUU……GYAOOOOOOOO!!」

だが元より待つのは性に合わない。

ディノギガントは咆哮《ほうこう》を轟《とどろ》かせ、その場で回転して尾の一撃を放つ。

狙いはウィルゴ！　だが彼女は一気に距離を詰めて尾を避けながらディノギガントの足元へと潜り込む。

そして一閃！　片足を斬り付けて再び空へと舞い上がり、射程外へと逃れた。

足を斬られたディノギガントは体勢を崩して転ぶも、切断には至っていない。

すぐに立ち上がり、憎々しげに空のウィルゴを睨んだ。

「す、すげえ……」

その早技に瀬衣は口を開けて唖然とし、そして魅入った。

華麗。それでいて鋭く速い。

先ほど吹っ飛んだ黒尽くめさんとはまるで格が違うと一目で分かる。

実際にはウィルゴは完全後衛型であり、今のもただのレベルとステータスのゴリ押しなのだが瀬衣がそれに気付くには単純にレベルが足りない。

そうしてレベル不足な彼が呆けている間にもウィルゴとディノギガントの戦いは続き、少女がヒット＆アウェイでディノギガントを幾度も斬り付ける。

出来れば援護したいし、男としてこのまま見ているのは情けない。

だが下手に手を出せばかえって足手纏いになるだろうという事を理解出来ない彼でもない。

故に彼は剣を持ってこの戦いに割り込む事は早々に諦めた。

代わりにポケットからハンカチを出すとその上に適当に砂や砂利を載せて包み、ウィルゴが離れた瞬間に大きく振りかぶってディノギガントの目へと投げつけた。

「**GAAAA!?**」

「目眩《めくら》ましだ。少しは効果あるだろ!?」

本当、俺って勇者っぽくないなあ。などと思いながらもこれが今打てる最善だと自分に言い聞かせた。

ステータスが低いとはいえレベル30もあれば本来の身体能力など比較にならないくらいには強くなっているし、砂入りのハンカチくらいなら軽々とディノギガントの顔にぶつけるだけの強肩だってある。

ディノギガントが怯んだ隙にウィルゴが剣先から光の刃を飛ばし、胴体を深く傷付けた。

すると益々ディノギガントは怒り、ウィルゴばかりを追い続ける。

どうやら瀬衣は脅威と判断されないらしく、完全に無視されているらしい。

情けない話だ。何が勇者なのだと自嘲したくなる。

だが……。

（……好都合だぜ。トカゲ野郎）

自分は弱い。それは自覚している。

だが弱いからって何も出来ないわけではないのだ。

瀬衣は最近覚えたばかりの勇者スキルの一つである『光剣』を発動する。

次に行う攻撃の時のみ、武器攻撃力が二倍になるというしょっぱいスキルだが、黒翼の王墓にあったというこの刀と合わせれば絶大な威力を誇る技へと変化を遂げる。

（タイミングは……ここだ！）

そしてディノギガントがウィルゴに襲いかかろうと大きく踏み出した瞬間、その足元の地面を攻撃！

ギリギリディノギガントの足が入る程度の微妙な落とし穴を作り、即座に走って距離を取った。

彼が行った攻撃はこの上なくせせこましい攻撃だろう。

とても勇者と呼ばれる男の選ぶ戦い方ではない。

だがその効果は小さいなれどこの場において決して無価値ではない。

ディノギガントの足が嵌って体勢を崩し、再びウィルゴに渾身の一撃を放つ機会を与えたのだから。

「やああああああーッ！」

一度天高く飛翔してから両手で剣を掴み、大きく振りかぶる。

そして急降下!

以前見たルファスとスコルピウスの戦いを真似て加速し、全力を込めて剣をディノギガントの頭へと叩き込んだ。

更にこの瞬間にラピュセルの効果を発動し、光の斬撃と合わせて頭へと剣をめり込ませていく。

「援護させてもらうぜ! 『光剣』!」

そこに瀬衣のスキルが発動し、ウィルゴの持つラピュセルの武器攻撃力を倍加させた。

文字通り光の剣となったラピュセルがディノギガントの頭を更に深く斬り、血が迸《ほとばし》る。

そして剣を振り切った時、ディノギガントの頭から鼻先までに至る巨大な裂傷が完成していた。

「**GA……A……**」

ディノギガントの巨軀がグラリと傾き、轟音を立てて崩れ落ちた。

ただ倒れただけではない。

いくら待っても起き上がる様子はなく、ピクリとも動かない。犬の魔物がノコノコと近付いておしっこをかけても動かない。

それを見て倒したのだと実感すると同時に瀬衣は拳を強く握った。

勝てた、などとおこがましい事は思わない。勝ったのはあの少女だ。

だが、この危機を乗り切った事を喜ぶ事は出来る。

まだ実感が湧かないのか呆けている少女へと駆け寄り、瀬衣は彼女の健闘を称えた。

「やったじゃないか! この怪物を倒したぞ!」

「あ。これ、やっつけたの？　恐竜は怖いってお婆ちゃんから聞いてたからまだ立ち上がったり変身したりするのかと……」

「変身!?」

繰り返すようだがウィルゴは井の中の蛙である。

だがそこに住んでいた仲間達は皆が皆化物ばかりだ。

巨大化する羊に全身武装のゴーレム、巨大化する蠍《さそり》にやっぱり巨大化する悪魔。

蟹さんは今の所大きくならないが、やはり彼もきっと巨大化するのだろう。

だから強いと言われている恐竜も、この程度で終わるとは思っていなかったのだ。

しかしそれは勘違いだ。瀬衣は「それはない」と手を振り、彼女の言葉を否定した。

「ええと、有難う。貴方の援護、凄く助かったよ」

「いや、そう言って貰えると嬉しいんだが……悪いな、あんなしょっぱい援護しか出来なくて」

力不足は理解しているし、あれは間違った選択ではなかったとも思っている。

だがそれはそれとして情けないものは情けない。

女の子に戦いを任せて自分は砂を投げたり穴を掘ったりするだけとか、どこの世界にそんな情けない勇者がいるというのだ。

ライトノベルの踏み台勇者だってもう少し格好いい戦い方をするというのに。

「ええと。そうだ、名前をまだ名乗ってなかったな。俺は瀬衣。南十字《みなみじゅうじ》瀬衣だ」

「ミナミジュージ・セイ？　変わった名前だね」

「ああ、瀬衣の方が名前なんだ。俺の国では名前と姓が反対でさ」

「そうなんだ。あ、私はウィルゴ。家名はないよ」

互いに自己紹介を済ませ、和気藹々《わきあいあい》と話す。

同じ祭に出ているライバル同士ではあるが、この強敵と共に戦った仲間だ。

二人の素直な性格も相まって警戒心などはなく、思いの外気も合った。

だがやはり二人共まだ未熟だったのだろう。

いくら倒した敵が動かないからといっても、そこで気を緩めてしまうのが間違いだ。

今まで倒れていたディノギガントの目がカッと開き、飛び上がるようにその巨体を立ち上がらせた。

そう、彼はまだ死んでいない。

呆れた事に彼の馬鹿げた生命力は頭を割られても尚活動を可能としていたのだ。

「っ！」

「そんな、まだ！」

ウィルゴと瀬衣が咄嗟に振り向くが、ディノギガントの巨大な口はもう目の前だ。

だがその口が届く前に一陣の風が吹き抜ける。

するとディノギガントの動きがピタリと止まり、そして白目を剥いて今度こそ絶命。地面に崩れ落ちた。

ウィルゴ達から見れば突然起き上がって突然死んだようにしか見えない。

一体何だったのかと思うも、何が起こったのかを理解する術がない。

「……？　何だったの？」

「さあ？　起き上がったはいいけどやっぱ力尽きたとかじゃないか？　驚かせてくれるな」

とりあえず今のが最後の力だったのだろう。

そう結論を下し、二人はとりあえずその場を離れる事にした。

＊　＊

「…………」

「やったな、リーブラ」

俺は今、観客席から離れた上空で腕を組みながらリーブラを労っていた。

俺の隣では狙撃用のライフルを構えたリーブラが無言でスコープを覗いている。

恐竜が出たと知ってから俺が取った行動は、リーブラを連れ出しての狙撃命令だった。

ウィルゴのレベルならば恐竜如きに遅れを取るはずがないと分かっていたが、何せ彼女は戦闘経験が浅い。もしかしたら万が一もなくはないのだ。

だからもし討ち漏らしてしまった時の為に、いつでもフォローに入れるようにこうして空中でスタンバっていた、というわけだ。

そして見事、リーブラは俺の期待通りに恐竜を狙撃してくれた。

やっぱこいつ凄い頼りになるわ。

「…………」

「リーブラ？」

「……私ではありません」

俺の言葉を否定し、リーブラが無表情で答える。いつも無表情だけど。

どうやら恐竜に止めを刺したのはリーブラではないらしいが、彼女以外にこんな芸当が出来る奴なぞ今の時代にはそういないだろう。

俺は彼女へと視線を向け、続きの言葉を待つ。

「私の弾丸が届くよりも一瞬速く、何者かが放った矢が対象の頭部を貫きました。私の放った弾は死体を撃ち抜いただけです」

「何者だ？」

「分かりません。しかし今の時代であのような芸当が出来る者は限られています」

リーブラはライフルを収納し、そして遠くを見ながら答える。

「50％以上の確率で『射手』がこの付近にいると考えられます」

「……サジタリウスか」

「はい」

どうやら、息抜きのつもりで来たはずのこの国でも一騒動起こりそうだ。

これは幸運なのか不運なのか……何とも、騒動って奴は中々に俺を好いてくれているらしい。

9

無事狩猟祭も終わり、ウィルゴは見事優勝を飾って戻って来た。

レベル的には当然なのだが、これで少しは彼女も自分に自信が持てるだろう。

他の参加者には少し悪い事をしてしまったと思うが、まあウィルゴがいなきゃ恐竜に食われる奴が確実に何人か出ていただろうし、それでチャラとして欲しい。

ともかく今夜は優勝祝いだ。リーブラとディーナ、カルキノスが作ってくれた料理でささやかではあるが祝うとしよう。

どうでもいいが俺は料理していない。出来なくはないんだが、俺が作る料理って材料適当に放り込んだ炒飯《チャーハン》とかそういうのばっかだからな。正直見栄えが悪すぎる。

その点ディーナ達が作る料理は見た目も味も文句の付けようがない。

気になるのはリーブラがたまに味見のような事をしている点だな。ゴーレムなのに味とか分かるのか？

「味は分かりませんが、舌がセンサーになっておりますので触れる事で成分解析が可能です。それを基に過去のデータと照らし合わせて最もマスターが好む味付けをセレクトする事が出来ます」

……ゴーレムとは一体何だったのか。

ミザール、マジで頑張りすぎだろ。あいつ一人でゴーレム技術を百年は進歩させてる気がする。

おかしいな。ゴーレムっていえば自律行動する鉄や岩の塊のはずなのに、何でアンドロイドみたいな事になってるんだろう。

「はい、カッセロール出来ましたよー」

ディーナがニコニコと笑いながら俺達の前に鍋をドン、と置く。

鍋ごと、とは随分豪快な料理が出てきたもんだ。

というかこれ、あれだ。西洋料理のキャセロール。

刻んだ野菜や肉、チーズなどの材料をスープと混ぜ合わせて、耐熱容器に入れたままオーブンで焼く料理だったと覚えている。

とはいえ、やはりここは異世界。足りない材料などは当然あるし、逆に向こうでは使わないような材料が入っている事もあるだろう。

オーブンも向こうのような高性能なものではなく、煉瓦で造った古いタイプだろうしな。

結果としてはキャセロールに似てはいるが、やはり別物といったところか。

しかし……不気味なほどに類似点が多いな。まるで向こうから技術や知識が流入しているような……これは考えすぎかな？

一応、それとなく聞いてみるか。

「ディーナ、これは？」

「カッセロールです。ドラウプニルの代表的な家庭料理なんですよ。ただ、その定義は曖昧で肉や野菜をトロトロに煮込んで鍋ごと出せば大体カッセロールっていう扱いらしいです」

「大雑把だな」

「獣人の国発祥の料理ですからね」

なるほど、要するに鍋料理＝カッセロールであり、作り方や材料はどうでもいいのだろう。それが和風だろうが西洋風だろうが関係なし。

まるで劣化コピーだな……概念だけを何も知らぬ連中に与えて作らせたら、本物とは程遠い劣化品になってそのまま普及してしまったような……。

いや、そういえばそんな設定も実際にあったな。

この世界の料理や技術などは女神が人類に与えたものがほとんどだが、それ故に人類は自ら発明したり試行錯誤する事をあまりやらなくなってしまった、と。

これは本来、プレイヤーの『異世界のくせに地球と被りすぎじゃね？』というメタな質問に対して運営が用意した言い訳だったのだが、もしかすると本当にあるかもな。地球からの知識や技術の流入が。

不可能ではない。エクスゲートを使えば地球から誰かを引きこむ事は可能であると実証されているのだから。

「これでも獣人にしては凝ってる方なんですけどね」

「そんなに大雑把なのか」

「はい。獣人は胃袋が強いですからね。大体は軽く焼いただけの肉とか野菜とかを食べてますし、酷い時は生でも食べますし」

生でもいけるのか。そういう所はやっぱり獣なんだな。

俺はディーナの説明を聞きながらキャセロールもどき、じゃなくてカッセロールを食べる。

ふむ、グラタンとかに少し近い味だな。割といける。

まあこれは俺達が食べやすいように多少のアレンジも入っているだろうから、本当はもっと適当で大雑把な味なんだろう。

「それで、明日以降の予定はどうしますか？」

果物を搾って作ったジュースをウィルゴの前に配りながらカルキノスが尋ねてきた。

俺やアイゴケロスはワインだ。

地球にいた頃はあんまり飲酒はしなかったのだが、この身体になってからはやけに酒が美味《うま》い。

軽く一口飲んで喉を潤し、俺はその質問に答えた。

「本来はこのままドラウプニルを発つ予定だったが、変更する。『射手』がこの付近にいるかもしれぬと分かった以上、しばらく留まって捜索するぞ」

「Ｙｅｓ。明日からは手分けしてのＳｅａｒｃｈですね」

「フン、あの駄馬め、ルファス様の手を煩わせるとは。自ら馳せ参じるのが忠臣というものだろう」

カルキノスは『射手』に対し特に思う所はないようだが、アイゴケロスは不満そうだ。

ぐびぐびと酒を呷《あお》りながら、忠臣の何たるかをブツブツと愚痴っている。

もしかして酔ってるのか？　まだ一杯目だぞ。

「うむ。とりあえず明日は二人一組になって分かれよう。分け方は……そうだな。余とディーナ、リーブラとカルキノス、アリエスとウィルゴ、そしてアイゴケロスとスコルピウスといったところか」

「そんな!?」

俺が分け方を提案すると、飽きずに俺の隣にいたスコルピウスがこの世の終わりのような顔をした。

そして憤怒の表情でディーナを睨み、ギリギリと歯軋りをしている。

一方睨まれているディーナは顔を青褪めさせ、冷や汗をダラダラと流していた。

「あ、あの、ルファス様。チェンジお願いします。このままでは私がスコルピウス様に暗殺されかねません」

「あー……うむ、そうしようか。ではディーナはアイゴケロスと。スコルピウスは余と共に来い」

どうしよう。スコルピウスがマジで重くて面倒臭い。

再び上機嫌に戻って俺の腕に頬ずりしているスコルピウスを放置し、とりあえず今日の会合はこんなところかなと話を終える事にした。

後は順番に風呂に入って寝るだけだ。

どうでもいいがスコルピウスは毎回俺の背中を流そうかと聞いて来るが断っている。

こいつを一緒に入れると何か不味《まず》い気がするのだ。

たまに俺が風呂に入ってる時に脱衣所に忍び込もうとしてリーブラに捕獲されているし。

必ず俺の後に入ろうとするので、毎回その度にリーブラが湯を取り替えて風呂場を掃除しているし。

夜中にたまに目が覚めると、スコルピウスがリーブラに捕縛されて天井に吊り下げられたりしてるし。

何というか、もうリーブラが頼もしすぎて手放せない。

これでポンコツでさえなければなあ……。

そんな事を考えてリーブラを見ていると、彼女は何かに気付いたようにドアの方向を見た。

「マスター、田中の外に誰かがいるようです。体温や呼吸などを計測するに緊張はしていますが敵意は感じられません。始末しましょうか？」

リーブラはそう言いながら機関銃を取り出して装備する。

だから何でこう、すぐに排除の方向に動こうとするんだこいつは。

今、自分で『敵意を感じない』って言ったばかりなのに、どうしたらその後に『始末しましょうか』に繋がるんだよ。

「いや、いい。まずは話を聞こう」

敵意がないならまずは話し合いだろう、常識的に考えて。

俺は外套で翼を隠し、ディーナを向かわせる。

こういう場面はまず、俺みたいな怪しいのよりもディーナが向かうのが適任だ。

彼女はパタパタとドアの所まで小走りで移動すると、ドアを開いた。

そこにいたのは二足歩行の狐……じゃなくて、狐の獣人だ。

獣人は顔がそのまんま、元の動物そのものだからタイプによっては普通に可愛いのが困る。

ところで、狐の獣人ってエキノコックスとかどうなってるんだろう。

共生出来てるって事は大丈夫なんだと思いたいが。

「コーン」

「ミズガルズ共通語でお願いします」

「あっ、はい」

狐の獣人さんはやけに可愛らしい鳴き声をあげたが、意外とセメントなディーナの冷静な突っ込みを受けて普通に話し始めた。

多分彼的には渾身のジョークか何かだったのだろう。冷たくされたせいで耳が垂れている。

というか彼でいいんだよな？　獣人は性別が分かりにくすぎて困る。

「ええとですね、こちらのほうにこの名簿に書かれている方はおられますか？」

「ちょっと見せて頂いてもよろしいですか？」

「どうぞ」

ディーナが名簿を受け取り、それから狐さんを放置してこちらへ戻ってくる。

狐さんはキャンピングカーが珍しいのか、せわしなく視線を動かして中を見ていた。

ディーナから名簿を受け取り、そこに書かれた名前を読む。

そこにはビキニマッスルやシャドウ、バニーダンディ、セイといった知らない名前が並んでいるが、一番上にウィルゴの名前がある事を確認した。

これは……狩猟祭の上位入賞者の名前か？

「これは？」

「アッシも詳しい事は知らないんですが、現在、皇帝の命令で上位入賞者に声をかけておりまして。もしご都合がよろしければ、明日の朝十時に南の戦士用ゲルまでお越し願いたいのです」

「集める理由は？」

「申し訳ありません。アッシみたいな下っ端の伝令にはそこまでは教えて頂けないんです。ただ、強制というわけではありませんので、もし気が向いたら……でお願いします」

どうやらこの狐さんはただの使い走りらしい。

俺の質問に対してもほとんど答えは返ってこないし、リーブラが何も言わないという事は嘘などを吐いているわけでもないのだろう。

しかし気が向いたら、ね。

皇帝の命令で声をかけている、という事は即ち皇帝からの呼び出しという事だ。

いくら国が違うからといえ、それをスルーしては冒険者や旅人はこの先非常にやり辛くなるだろうし、この国での依頼などはほぼ来なくなると考えていい。

これはほとんど、任意とは名ばかりの強制みたいなもんだな。まあ俺達はいくらでもスルー出来るんだけど。

さて、これはどうしたもんかな。

ここで呼び出されてるのが俺やリーブラ……というかウィルゴ以外の誰かならば、あえて乗ってみるという選択肢を迷いなく選べただろう。

仮に向かった先に策謀や罠があったとしても、それを強引に食い破るだけの力が俺達にはある。

しかしウィルゴはどうだ。レベルは確かにこの時代なら破格の３００だが、決して無敵というわけではない。

七曜などもいるし、ウィルゴと互角かあるいは勝てる奴というのは結構存在するのだ。

例えば俺が以前にパンチ一発でふっ飛ばした弱っちい魔神族だって、ウィルゴが戦えば負けてしまう可能性がある。

必ずしもこの誘いが敵意を孕《はら》んだものであるとは限らないが、警戒するに越した事はない。

「ウィルゴ、其方の意見を聞こうか」

考えた末、俺はウィルゴの意見を尊重する事にした。

彼女が行くならば、こちらでサポートする。

行かないならば、このままばっくれるし皇帝とやらが文句付けてきたら俺が相手する。

幸い、権力だの何だのは俺達に対してあんまり効果はない。

「ええと、行ってみようかなと思います。折角のお誘いですし、それに私でも何か出来るならやってみたいと思うんです」

ウィルゴは乗り気、か。

ならば俺達は全力でサポートするだけだ。

先ほど予定変更したばかりだが、またも予定変更だ。

アリエスを捜索から外し、ウィルゴのサポートに付けるとしよう。

俺とディーナも危険がないと分かるまでは皇帝とやらとの会話を傍受しておくのも悪くないだろう。

「分かった。そういう事だ、伝令。ウィルゴも参加すると伝えておいてくれ」

「はい、必ずや」

俺の答えを聞いて伝令の狐さんは上機嫌で走り去って行った。

動くたびに揺れる尻尾が気になって仕方ない。

多分この後も参加者を探して走り回るのだろう。元気なものだ。

「とりあえず、明日に備えて今日はさっさと寝てしまうとしよう。そういう事だから長風呂はするなよ。余もなるべく早く上がる」

「ルファス様、今日こそはお背中を……」

「要らん」

後は、皇帝とやらが悪意を以て招待しているわけではない事を願うばかりだな。

俺も、一国を敵に回すような騒動は御免だからな。

10

建ち並ぶ組み立て式住居ゲルの中でも一際大きなテントの中。

皇帝に呼ばれた狩猟祭上位入賞者達は全員がそこに整列し、呼び出された理由が話される時をまだかまだかと待ちわびていた。

瀬衣もまたその中に並び、時間潰し代わりに周囲を見回す。

優勝者である白翼の少女は勿論として、ビキニアーマーの変態や黒尽くめのキザ男の姿も確認出来る。

あいつら上位に入ってたのか、と思いながら、何処か違和感を覚える。

はて……あの黒尽くめ、あんなに身長低かっただろうか？

それに何故かサングラスなど着けているし、どうにもおかしい気がする。

しかし瀬衣も彼をそこまで知っているわけではなく、疑問は疑問のまま氷解する事なく保留されてしまった。

実はこの違和感は全くの正解であり、黒尽くめは昨日までと同一人物ではない。

本物の彼は何者かの襲撃を受けて今も宿でぐっすり失神《ねむ》っており、ここにいるのは彼に成り済ましたアリエスだ。

衣装はルファスに練成《つく》ってもらい、ついでに黒のウィッグを被っている。

だがそんな事を瀬衣が知るはずもなく、見事にスルーしてしまったのだ。

そして待つ事数分。テントの中に小柄な猫の獣人が姿を現した。

身長は１３０といったところだろうか。

その外見はまさに二足歩行の虎猫そのものであり、どこか滑稽さすら感じさせる小さな鎧に身を包んでいる。

しかし彼が現れるや、獣人の兵士達が一斉に敬礼をした。

どうやら見た目に反してかなり上の地位らしい。

彼は集まった戦士達を一瞥すると、コホンと咳を漏らした。

「皆の者。我輩は猫である」

見れば分かります。

きっと、この場にいた誰もがそう思った事だろう。

そして見た目に反して声が無駄に渋い。

獣人は外見で性別が分かり難いとはよく言われるが、どうやら彼は雄のようだ。

「我輩はドラウプニルの戦士長を務めるカイネコという。勇士諸君。よくぞ呼びかけに応じ、集まってくれた。昨日の狩猟祭における戦いは見事なものであったと陛下も大層満足しておられた」

瀬衣はこの瞬間、猛烈に突っ込みを入れたい衝動に駆られていた。

何だ、そのふざけた名前は。ボケか？　もしかして突っ込み待ちなのか？

しかし周囲を見ても誰も彼の発言に何か感じている様子はなく、瀬衣は妙な孤独感に襲われた。

俺だけか？　おかしいと思っているのは俺だけなのか？

そう思っている瀬衣の見ている前でカイネコは手で顔をゴシゴシと擦り、言葉の続きを口にする。

「今回諸君を呼んだ理由は、その力を是非我が国の為に貸してもらいたいが為だ。いや、ハッキリと言ってしまうと今回の狩猟祭自体、勇士を探す為に開催したと言っても過言ではない」

「それはつまり、ドラウプニルからの依頼と考えてよろしいですかな？」

「うむ」

カイネコに対し質問を発したのは小柄な筋肉質の男だ。

髭がモジャモジャと生えており、手には斧を携えている。

これは恐らくドワーフという種族だろう、と瀬衣は考えた。見るのはこれが初めてだ。

「これはドラウプニルからの正式な依頼である。勿論褒賞は用意しよう。見事依頼が達成された暁には参加した全員に1000エルを渡す事を約束する。そして我等が望む物を見事持ち帰った者には50万エルを渡す用意がある。無論、他の者達も最高の栄誉と共にその名を刻む事を誓おう」

50万エル、という言葉に瀬衣とウィルゴ、黒尽くめの三人を除く全員の目の色が変わった。

冒険者に支払われる報酬としては破格も破格。余程の無駄使いさえしなければ十数年は遊んで暮らせるだけの額だ。

更に望む物とやらを自分が持ち帰れなくとも参加さえしていれば成功時に1000エルが保証され、栄誉を手に入れる事も出来る。

それだけでも参加する価値は十分だ。今後の冒険者活動が格段に楽になるし名前も売れる。

「それで、私達は何を取りに行けばいいんですか？」

「諸君等には霊峰フニットビョルグに赴き、そこに保管されているエリクサーを取ってきて貰いたい」

ウィルゴが質問をすると、カイネコは目的の物品の名を告げる。

それを聞いて瀬衣が思い浮かべたのは、つい最近までやっていた大作ＲＰＧの画面だ。

使うのが勿体無い勿体無いとずっとアイテム欄に眠らせたまま安上がりなアイテムや回復魔法ばかりを使い、気付いたら最終戦終了まで溜まりに溜まったエリクサー数十個が虚しく出番を待っている、という誰もが見るだろうあの光景。

瀬衣にとってエリクサーとは、何というかアイテム欄の華のような存在であった。

無いと不安になるが、あっても使わない。それがエリクサーだ。

しかしそんな彼とは違い、この世界に生きている者達にとってその名は驚愕に値するらしい。

全員がざわめき、そして信じられないと声を震わせる。

「エリクサーだと!?　おいおい、冗談はよしてくれ！　そりゃあ二百年前に魔神王のせいで失われた伝説の霊薬じゃねえか！」

「そうだ。だがその霊薬はまだ実在する。我等が偉大なる祖、獣王ドゥーベはフニットビョルグにその霊薬を保管していたのだ」

話を聞きながら、アリエスが思い出していたのは王墓を攻略した時の事だ。

伝説の霊薬エリクサー。一部の錬金術師のみが作る事を可能とした奇跡の具現。

二百年以上昔、ルファス・マファールと賢王メグレズの共同研究により製造法が発案されたという錬金術の一つの到達点。

あらゆる傷を癒し、マナを全快させ、病気すらも完治し、寿命すらも延ばす至高の一品。

……それ王墓に沢山転がってたなあ、と思い、アリエスは遠い目をしてしまった。

主曰く、『いつか使うつもりで溜めていたのだが、勿体無くてなかなか使わず気付いたら数だけが増えていた』との事らしい。

勿論それらは全て回収され、今ではマファール塔に保管されている。

その数、実に四十三本。これを全て売れば人類の生存圏丸ごと買い取れてもおかしくない、酷い数だ。

話を聞くに魔神王は現存するエリクサーを全て砕くかして世界から消してしまったようだが、リーブラが防衛していた王墓だけは見落としたらしい。

「勿論、持ち逃げは絶対に許されん。もしそんな事をすれば我が国そのものを敵に回すと思って欲しい」

エリクサーは最も価値ある霊薬だ。もし売ればその値段は50万エルなどというチンケな額には収まらない。恐らくはその十倍はいくだろう。

故に欲に駆られる者がいてもおかしくはないが、それは一国を敵に回す行為だ。

その事を念入りに釘を刺し、カイネコは説明を続ける。

「だがそれでは納得出来ない者もいるだろう。そこで、見事持ち帰った者にはこのエリクサーをほんの僅かな量ではあるが分け与える事を約束しよう」

そう言い、カイネコは小さな……本当に小さな、指先で摘《つま》める程度の小瓶を皆に見せた。それだけの量を与えるという事だろう。

大きさにしておおよそ5㎝程度の小瓶だが、それを見て冒険者達は一斉に沸き立つ。

ほんの一口で消えてしまう量だが、その価値は計り知れない。

どんな傷でも癒し、万病を癒し、明日には寿命を迎える老人の余命すら数年か、あるいは十数年は延ばしてしまう。それだけの効能がエリクサーにはあるのだ。

だがアリエスがこの時思い浮かべていたのは、ディーナが『溜め込みすぎです！』と文句を言いながらせっせと回収していた、3リットルは入っていそうなでかい瓶入りのエリクサー四十三本であった。

あの光景をここにいる人々に見せたら卒倒するんじゃないだろうか。

「あの、何故そんなものが必要なんですか？」

「我が国の護りの要である守護竜様が突然重い病にかかってしまってな……それを癒すのにどうしてもエリクサーが必要なのだ」

究極の霊薬であるエリクサーは、うまく使えばその一本で戦況を変える事が出来る。

例えばメグレズに飲ませれば不自由なその足もたちまちに動くようになるだろう。

メラクに飲ませれば翼が蘇るだろう。

魔神王の呪いは解けずとも、七英雄が五体満足を取り戻せるならば戦局は大きく揺らぐ。

そしてきっと、それが正しい使い道だろうし魔神王はそれを警戒してエリクサーを全て砕いたに違いあるまい。

ドゥーベもまた、それを予期したからこそ保管したのではないだろうか。

ならば今こそが、その霊薬の使い時なのだ。

「今、守護竜様が倒れては我が国は魔神族に攻め落とされる。それを防ぐ為にどうしてもエリクサーが必要なのだ」

守護竜の復活。それなくしてドラウプニルの明日はない。

予想以上の危機的状況に瀬衣は唾を飲み、これが一国の存亡をかけた重大な依頼だと心に刻んだ。

だが同時に瀬衣はこの瞬間に打算を働かせてもいた。

この依頼を無事に達成してエリクサーを得る事が出来たなら、それをメグレズに渡せたならば。

……復活するかもしれない、あの賢王が。単騎で戦況を覆す七英雄の一人が。

だから彼は、あえてここで更に質問を重ねる事にした。

「一つお聞きしますが……それだけの量で動かなくなった足を治す事は可能ですか？」

「うむ、可能だ。失われてしまったならばこの量では足らぬかもしれぬが、動かない程度ならば確実に治るだろう」

瀬衣の目にやる気の炎が灯る。

霊薬エリクサー……これは是非とも入手しなくてはならない逸品だ。

あの賢王を健常体に戻せるならば、この危険にあえて首を突っ込む価値は充分すぎるほどにある。

そして実の所、アリエスはこの事実をとっくに知っていた。

だが主を裏切った連中にエリクサーなど勿体無いと思っているのであえてルファスに言わなかったのだ。

また、ルファスが今の今まで一度もエリクサーを七英雄に使用する事を口にしなかったのも、きっと主はまだあの裏切り者達を許していないのだと勝手に解釈してしまっていた。

彼も流石に思うまい……まさかルファスがゲームの時の感覚で、エリクサーをただの全回復アイテム程度にしか考えていないなどと。

「……聞いたぞ」

集まった者達の中から低い声が漏れる。

その声は決して友好的なものではなく、剣呑な響きを含んでいた。

全員の視線を集めたのは、どこにでもいるような獣人の戦士だ。

だが彼は皆の見ている前でぐにゃりと歪み、まるで実体がないかのような不定形の水へと変化する。

喩《たと》えるならば人型のスライム。それがグニャグニャと蠢き、やがて冷たい雰囲気の青髪の青年へと変わった。

青い肌に白黒反転した瞳。人類の大敵たる魔神族の身体的特徴だ。

「ッ、魔神族！」

「驚きだ。まさかまだエリクサーが現存してたとは。そんなものがあっては、七英雄の傷が癒えてしまう」

その場の全員を見下したように男の視線が射貫《いぬ》き、感情を感じさせない声で語る。

カイネコはすぐに剣を抜き、今の瀬衣でもかろうじて視界に捉えきれるかどうか、という速度で魔神族に斬りかかった。

振り下ろした剣は深く魔神族の身体へ喰い込み、しかし血の一滴も流れない。

それどころか手応えすらもなく、切断された身体は不定形の水となって蠢いている。

「効かんな」

「!?」

魔神族の腕が鞭のようにしなり、カイネコを殴り飛ばした。

鎧が一撃で砕け散り、カイネコが倒れて動かなくなる。

彼は仮にも他の兵士を纏める立場であり、実力はあったはずだ。

だがそれを一撃だ。強い……そう、瀬衣は確信して汗を滲ませた。

「死んだか？　それとも気を失っただけか……どちらにせよ、己の技量も弁えずに挑むからそういう事になる。もう少し賢くなるといい」

「貴様！」

馬鹿にしたような魔神族の発言に獣人の兵士達が激昂し、一斉に槍で突く。

だがやはり通じない。

まるで水に槍を刺しているかのように突き抜けてしまい、串刺しにされた男はまるで表情を変えないのだ。

「無駄な事を」

男が素早く指を動かし、空中に五芒星の陣を描く。

これにより創り出すのは魔法発射の為の器だ。

頂点を木とし、そこから時計回りに火、土、金、水をそれぞれの角が司る。

そして五つの星を相克と相生で繋ぎ、周囲を囲うように二重の円を描き月と日を象徴する。

そしてマナを集約し、今創り出した器へと注ぎ込んだ。

「魔法!? 馬鹿な、速い!?」

魔法の発動は三工程により成る、というのが基本だ。

器を創り、マナを集めて注ぎ込み、そして魔法を完成させて放つ。

この三動作をいかに素早く行うかが魔法の使い手の技量をそのまま表し、錬度の高い者ほど素早く魔法を放つ。

そしてそれを極めた先こそが無動作魔法行使。メグレズやアイゴケロス、魔神王が居る頂であり、魔神族の七曜もまた簡単な魔法程度ならば無動作にて行使可能だ。

逆に言えば彼等が陣を描く時というのは、相応の大魔法を行使しようとしていると見ていい。

「〝アプサラス〟!」

そして創り出されたのは巨大な水の白鳥。

逃げ場のないテントの中、魔法の鳥が鳴き声をあげ――そして、テントが内部から爆散した。

11

水魔法『アプサラス』。

それはマナを水に変換し、大質量の水の白鳥へと変えて敵へと叩き付ける大技だ。

この魔法の最大の特徴は追尾性能であり、白鳥は敵と定めた物をある程度自動で追尾し、確実に仕留めようとする。

威力、規模、命中共に申し分のない魔法であり、しかしその分必要とするマナは多く難易度は高い。

もしもこれを人間の魔法使いが行うならば、確実に数分の準備時間を要するだろう。

だがそれを魔神族の男は軽々と放った。それだけでも実力の差が窺い知れる。

「フォースバリア！」

しかし水の白鳥が衝突する寸前に、全員を守るように光の壁が出現した。

ウィルゴが使う天力の防御壁だ。

しかし咄嗟に張ったバリアで防ぎ切るのは簡単ではない。

本来ならばしばしの均衡の後に突破されただろう。

だが壁と白鳥の間に虹色の炎が割り込み、バリアで防げる程度にまで水を蒸発させてしまった。

そればかりか虹色の炎は更に軌道を変え、魔神族の右腕を飲み込み消失させた。

あまりに一瞬の事だったのでそれを見た者はウィルゴと魔神族だけだ。

「ッ！　誰かは知らんが一人、厄介なのが紛れ込んでいるようだな……私は己の技量を弁えぬ愚者ではない。ここは退かせてもらうとしようか」

一撃で消えてしまった己の腕を見ながら、魔神族はその場から跳躍して姿を晦《くら》ませた。

その動きもアリエスにはしっかりと見えていたのだが、彼はあえて深追いを選択しなかった。追いかけて仕留める事は容易。だが主より与えられた任務はウィルゴのサポートだ。少しでもこの場を離れて、それで彼女の身に何かあっては困る。どうせ、あの程度の相手ならばいつでも消す事が出来るのだ。慌てて止めを刺す必要などはない。

「ひ、退いてくれた？」

「そのようだな」

敵が何故かいなくなった事を瀬衣が不思議に思い、ビキニアーマーの変態が頷いた。戦いは僅かなものでしかなかったが、それでも相手の段違いの実力は理解出来た。間違いなくただの魔神族ではない。

その事を察したカイネコが倒れたまま苦しげに呟く。

「い、今の水魔法の錬度と威力……まさか、奴が七曜の一人メルクリウスなのか？」

ウィルゴが駆け寄り、カイネコに回復天法を施す。

すると彼も幾分か痛みが消えたらしく、表情も大分和らいだ。

「メルクリウス？」

ウィルゴが復唱すると、カイネコはうむ、と頷く。

「我輩も噂で聞いた程度なのだが、魔神族の中にはあらゆる物理攻撃を受け付けぬ流動体の身体を持つ男がいるという。今戦ったあの男はその特徴と完全に一致していた。加えてあの水魔法の錬度だ」

「し、七曜だって？　冗談だろ、俺は抜けるぜ！　そんなのを相手にしてたらいくら命があっても足りねえ！」

「お、俺もだ！　冒険者に頼む仕事じゃねえぜそんなの！　そういうのは正式な訓練を積んだ国の兵士でやってくれよ！」

　カイネコの口から敵の名が明かされた瞬間、場が騒然となり何人かの男が止める間もなく半壊したテントを出て行った。

　だが無理もない事だ。魔神族七曜といえば現状における人類の大敵であり、たった七人で人類を追い詰めている恐るべき侵略者達なのだ。

　それと戦おうという発想がまずおかしい。

　たとえルファスに一撃で殴り飛ばされようと、リーブラに手も足も出なくとも、アイゴケロスに弱者扱いされようとも、アリエスに追うまでもない相手と判断されようと、それでも彼等は恐るべき存在なのだ。

　おかしいのはルファス一行の方だ。それを忘れてはならない。

　かくしてほとんどの狩猟祭参加者は逃げ出してしまい、残ったのは僅か三人となった。

　即ちウィルゴ、瀬衣、そして黒尽くめに変装したアリエスである。

「こ、これは不味い……どうすれば」

「でも彼等の言う事も一理ありますよ。冒険者を雇うよりも訓練した兵士達を山に送った方がいいと思うんですけど」

ほとんどの参加者が逃げてしまった事にカイネコが項垂《うなだ》れるが、しかし冒険者が逃げるのも無理はない事だ。

何せ彼等は別に正式な訓練を受けたわけでもなければ武器の支給を受けているわけでもない。あくまで魔物などを狩って生計を立てているだけの一般人であり、その中では腕が立つ部類、というだけなのだ。

武器だって兵士が持っている物と比べれば安物であり、それを騙し騙し使っているに過ぎない。時折、遺跡などで強い武器を入手する者もいない事はないがそんなのは稀だ。

瀬衣がやっていたゲームのように伝説の武器を振り回したりする冒険者なんて現実には存在しないのである。

「それが出来れば我輩達もそうしている。出来ないから冒険者を募ったのだ」

「出来ない？　どういう事ですか」

「あの山は聖地。それ故に魔物避けの聖なる結界が張られている。我等獣人にはそれが効くのだ」

カイネコの言葉を聞いて瀬衣が思い出したのは、クルスより教わったこの世界の人類の事だ。

その中の一つにカウントされる獣人は、本質的には魔物とほとんど変わらない、とクルスは語っていた。

例えばオークなどがその最たる例であり、あれは極論から言えば豚の獣人である。

同じく人間を祖とし、同じくマナで変質し、そして同じように動物の特徴を備えている。そこに違いなどはほとんど存在しない。

では獣人とオークの差は一体何なのか？　と言えばそれは共生可能か否かだ。

獣人は共生出来る。だから人類に含まれた。

オークは共生出来ない。だから魔物にカテゴライズされた。違いなどそれしかないのだ。

つまり魔物に効果があるものは大体獣人にも効いてしまうのである。

「しかし、今回はそれが幸いでもあった。魔物避けの結界は正確に言えばマナ避けの結界なのだ。だから魔神族もそうそう立ち入る事は出来ん。エリクサーがすぐに奪われる事はないだろう」

「マナ避け、ですか」

瀬衣はこの後、一度仲間達に相談するつもりであったがこの結界は少し厄介だった。

何せ彼のパーティーで一番の実力者といえば剣聖フリードリヒなのだ。

だが彼は虎の獣人。これでは一番の戦力を連れていけない。

一方でウィルゴはアリエスを心配そうに見ていたが、アリエスはそれに問題ないとジェスチャーで返した。

こう言ってはあれだが今の世界で張れる結界などたかが知れており、十二星のような本物の化物を食い止めるような結界など展開出来ない。というより出来る者がいない。

十二星の侵入を止めたければ、それこそアリオトがレーヴァティンに張ったレベルの結界が必要だ。

そして恐らく、七曜も多少の影響はあるだろうがその程度の結界ならば強引に突っ切る事が可能だろう。

つまりカイネコの見立ては根本からして間違えている。

しかしアリエスはあえてそれを指摘する事はしなかった。

「だが悠長にもしていられん。エリクサーの存在が知られてしまった以上いずれ七曜が何らかの手段で奪いに来るだろう。恐らくは人間などを洗脳してな」

「あまり時間はない、という事ですか」

事態はもう一刻の猶予もない。

エリクサーがなければ守護竜が失われ、この国は落ちる。

だがそのエリクサーも放置すれば魔神族に奪われかねないのだ。

瀬衣は決意したように前を向くと、テントの外へ向かって歩き始めた。

「ど、どこへ？」

「少しだけ待っていて下さい。俺の仲間達を呼んできます」

これは一国の存亡をかけた重大な戦いとなる。

そう確信した彼はすぐに仲間を集める事を選択した。

だがテントを出ようとした彼が見たものは、既に入り口前に集っている仲間達の姿であった。

その隣では裏方のレンジャー部隊が親指を立てており、彼等が走って伝えてくれたのだと分かる。

「出番のようだな、セイ」

ジャンがニカリと笑い、テントの中へと踏み込む。

その後をガンツ、クルス、ニック、シュウ、リヒャルト、女騎士《ゴリラ》、虎と続きここに勇者パーティーが集結した。改めて見ても酷い面子である。

「あ、貴方達は？」

「俺は傭兵のガンツ。もっとも今は何を間違えたのか勇者一行なんて似合わねえ事やってるけどな。ま、国の一大事だ。俺達は狩猟祭の参加者じゃねえが、黙って協力させな」

ガンツの名を聞き、カイネコが目を見開く。

戦いに身を置く者ならば知らぬ者はいないとまで言われる最強の傭兵の登場に驚きを隠せないのだろう。

だが更に彼を驚かせたのは、その後ろに佇む巨大な二足歩行の虎の存在だった。

「お、お前はフリード！」

「グルル……」

「ああ、本当に久しぶりだ。お前の勇名は我輩達の元にも届いている」

「グルァ！」

「ああ、勿論元気だとも。お前も後で顔を見せてやるといい」

「グワァオ！」

「そんなに心配ならさっさと告白してしまえ。いつまでも待たせるものではないぞ」

「あの、すみません！　俺達にも分かる言葉でお願いします！」

フリードリヒとカイネコの間ではあれで通じているらしく盛り上がっているが、瀬衣には何が何だか分からない。

思わず声を荒らげてしまった彼を誰が責められるだろう。

するると、女騎士が前に出てフリードリヒの言葉を翻訳してくれた。

「どうやらあの猫の獣人は団長の実の兄のようです。久しぶりの再会で話が弾んでいるようですね」

「兄弟!?」

瀬衣は思わず叫び、それから二人を見比べる。

カイネコは身長にして130程度の猫の獣人。対し、フリードリヒは2m半を超える虎の獣人だ。

そのサイズ差はまさに猫と虎。あれで同じ腹から出たとか少し信じられない。

瀬衣のそんな視線に気付いたのだろう。カイネコは恥ずかしそうに顔を肉球で擦った。

「ああ、あまり似てない兄弟だろう？　よく言われるよ。我輩が父親似で、フリードは母親似なのだ」

「そういう問題じゃないと思います」

一体どういう夫婦からこんな兄弟が生まれるのだろう、と思わずにはいられない。

獣人の生態というのは実に不可思議に包まれている。

だが身内というならば話は早い。余計な説得などに手間取る事はないだろう。

二人はしばらく話し合った後、やがて固く手を握り合った。

「どうやら話がついたようです。私達の同行が許可されました」

フリードリヒとカイネコの話し合いは無事に同行で纏まったようだ。

やはりこういう時は剣聖と勇者のネームバリューが物を言う。

国の誇りとまで言われる剣聖と勇者のパーティーだ。これを断ってもそれ以上の戦力など到底見込めまい。

一行は早速、今ここにある戦力でフニットビョルグ攻略を目指し出発する事にした。

「では案内しよう。付いて来てくれ、勇士達よ」

＊　＊

ドラウプニルに広がる広大な草原。

その中で何かを捜すように歩いているのは『射手』の捜索を命じられたリーブラ、カルキノスの二人だ。

といっても、主に捜しているのはリーブラだけでありカルキノスはほとんど役に立っていない。

リーブラは周囲をくまなく索敵し、やがて目的の物を発見して拾い上げた。

それは一本の矢だ。

あの時、自分が狙撃するよりも早く恐竜を撃ち殺した凶器であり、恐らくは『射手』の放っただろう矢。

これ自体に用はない。だが落ちているこの矢の角度などを調べる事でどの地点から発射されたのかが推測出来る。

リーブラの眼がせわしなく動き、視界の中で角度や風向き、空気抵抗などを計算する文字が落ち着きなく躍る。

やがて彼女の視界の中で一つの場所が候補に上がり、そこに円形のマーカーが表示された。

勿論これらは全て彼女だけに見えているものであり、実際にその地点にマーカーが付いたわけではない。

「……あそこですか」

思った以上に近い。それがリーブラの抱いた感想であった。

『射手』ならばもっと遠く……それこそ、自分よりも更に遠くからの狙撃だって不可能ではない。

だが最有力候補として表示された地点は近くも近く、狩猟祭の際に実況席があった場所からほんの僅かに離れた地点であった。

ならば次に捜すべきはあの場所だ。

『射手』も痕跡は消しているだろうが、それでも完璧に消せるものではない。

地面に残る僅かな足跡の残り。踏まれた草。落ちている体毛。

そうしたものさえあれば、リーブラはそれを手掛かりに次の手掛かりを見付ける事が出来る。

「行きますよ、カルキノス」

「Ｙｅｓ」

全く役に立たないカルキノスを連れ、リーブラは次の手掛かりへと向かう。

後はこれを、『射手』本人へと辿り着くまで繰り返すだけだ。

一度追跡へと入った彼女から逃げる事はこの上なく困難だ。

それはたとえ、同じ十二星であっても決して例外ではない。

12

各所に残された僅かな、『射手』へと辿り着く手掛かり。

それを追いながらリーブラは一つの疑惑を感じていた。

手掛かりを見付けて『射手』に近付くにつれて益々疑念は深まり、確信へと変わる。

間違いない……これらの痕跡は意図的に残されている。

普通の者では分からぬ程度に、しかし自分ならば分かるように。

意図は知らぬが、どうやら相手は自分をご指名のようだ。

ならば是非もなし。ここはあえて誘いに乗り、真意を問いただすまで。

罠の気配はない。半径数㎞に渡り地形や温度、音などを拾い続けているが、少なくとも罠の類は仕掛けられていないと確信出来る。

『射手』とは狩りの名手。遠距離での撃ち合いこそリーブラも引けは取らないが、その本領は地形を利用した罠の設置と豊富な知識にこそある。

また、ルファスが不得手とする攻撃魔法を補うのも彼の役割であり、彼の最も得意とする攻撃方法は矢ではなく魔法だ。

だというのに、わざわざ本物の矢を用いて攻撃を行っていたあの行為自体、あえて手掛かりを残す為に他ならないだろう。

しかしリーブラは引き返すという選択肢を選ばなかった。

下手にここで戻り、ルファスを呼んでもその間に『射手』が行方を晦ましては元も子もない。

本気で隠れてしまった彼を捜すのはいかにリーブラでも決して簡単な事ではないし、彼の機動力ならば呼びに戻っている間にこの帝都から離れるなど造作もないだろう。

誘ってくれるというならばむしろ好都合。このまま踏み込むのみだ。

そう判断を下し、カルキノスを連れたままリーブラは更に手掛かりを追い続ける。

僅かに残った足跡。草むらを踏んだ跡。草木の中に落ちている体毛。

たったそれだけの手掛かりさえあればリーブラは目的地へと着く事が出来る。

そうして捜し続けて、やがて彼女が辿り着いたのは木々が密集した森林の中だ。

身を隠す遮蔽物が数多くあり、こういう場所こそは『射手』が最も得意とする戦場である。

「来たか、リーブラ」

「サジタリウスですか」

声のした方向へと振り向くと、そこには一人の青年が立っていた。

確か狩猟祭の時に実況をしていたケイロンという名の優男だ。

しかしその姿が魔法で作り出した幻影、幻だという事を見抜いたリーブラは彼の名を迷いなく口にする。

その答えに『射手』——サジタリウスも満足したように笑い、そして腕を振るった。

すると優男の姿は消え去り、逞しい半人半馬の魔物が姿を現す。

下半身は馬。上半身は筋骨隆々の逞しい男。これがサジタリウスの本当の姿だ。

黒い髪は角刈りにされ、太い眉毛とサングラスの奥に隠された鋭い眼光はまさに熟練の狩人の貫禄を漂わせる。

無精髭を生やした口元には葉巻をくわえ、その外見年齢は人間で言えば四十代後半といったところだ。

身に着けているのは頭からすっぽりと覆うタイプのローブで、これはルファスが彼に贈った彼女の作品だという事をリーブラは知っている。

その効果は決して大したものではない。防御力の上昇もそれほどではなく、特定の属性や状態異常を撥ね除けるようなものでもない。

ただ、周囲の景色に同化して色を変えるだけのものだ。

隠密性においては優れた装備だが、呼吸や温度で位置を特定出来るリーブラの前ではあまり意味のない装備だろう。

「珍しいですね。滅多に自分の身を相手の前に晒す事のない貴方がこうして顔を見せるとは」

「…………」

「『最良は相手に敵と認識される前に仕留める事』……これは貴方の言葉です。味方の前にすらほとんど姿を見せる事は無く、影のように敵を遠方から仕留める貴方とは思えない行動だと疑問を感じています」

サジタリウスは同じ遠距離攻撃型でもリーブラとは方向性が異なる。

リーブラはいわば追跡殲滅型。

敵をどこまでも執拗に追いかけ回し、大火力を以て完膚なきまでに蹂躙する殺戮破壊マシンだ。

つまり遠距離攻撃型でありながら、あえて自分からガンガン敵に近付くのがリーブラの基本スタンスである。

彼女の遠距離攻撃は距離を取って戦う為のものではない。逃げる敵を背後から撃ち、あるいは逃げ場を塞ぐ為のものだ。

だがサジタリウスはその逆。彼の種族――『ケンタウロス』の機動力を以てひたすらに敵から離れ、死角から攻撃し続ける完全狙撃型。

リーブラはまず警告から始まり、敵に自分を認識させて恐怖と重圧を与える。

だがサジタリウスはそれすら行わない。警戒すらさせずに、無防備な所を一撃で仕留めて葬る。

いわば彼は暗殺者なのだ。

リーブラは戦闘のプロフェッショナルだが彼は違う。サジタリウスは『殺し』のプロフェッショナルなのである。

その彼が……人前に出る時は必ず変装してまで己の身を隠す彼がこうして出てきている。

それがリーブラには疑問だった。

仲間だから危険を感じずに出てきた？　否、それならば最初からルファスの前に出ればいい。

野生のラスボスが現れた!
wild final boss appeared!
炎頭《ファイヤーヘッド》
ILL.YahaKo
4
初回版限定
封入
購入者特典
特別書き下ろし。
変態のスコルピウスが
飛び出してきた
※『野生のラスボスが現れた！4』を
お読みになったあとにご覧ください。
EARTH STAR
NOVEL

変態のスコルピウスが飛び出してきた

覇道十二星、『蠍』のスコルピウスは変態である。

外見を見れば分かる通りの露出狂の痴女であり、サディストであり、だがそれらが霞んで見えるほどの、どうしようもないルファスコンプレックスである。ルファコンである。

主であるルファスに向ける感情は敬愛などの真っ当なものも含むが、その他にも普通に肉欲も抱いており、要するに主に対して欲情し、劣情を抱いている。

しかも性質の悪い事に本人にそれを隠す気は微塵もない。

魔物である彼女にとって好意を持つという事は即ちそのまま行為に直結するし、ある意味では気取った言葉でそれらを隠す人類よりも余程正直だ。

そんな彼女であるから、当然のように毎夜のように主の寝室へと入り込み、夜這いを決行している。

今日もまた、彼女は何度目になるかも分からない戦いへと身を投じていた。

——午前二時。夜の静寂に包まれた車内を一つの影が音もなく蠢いていた。

壁に張り付き、闇と同化しながらカサカサとルファスの寝室へ向かうのはスコルピウスその人である。

見た目こそ麗しい女性であるが、しかし現在彼女は四肢を壁に貼り付けて荒い息遣いで壁を這っており、オブラートに包まずに言えばとても気持ち悪い。キモい。

ドアの前に着地し、素早く周囲を見渡す。

現在地はルファスの寝室の前。他の皆は恐らく寝ている。

だがここからが問題だ。この一行の中には一人だけ真夜中であろうと活動を止めない奴がいる。

そう、言うまでもなくリーブラだ。

二十四時間、睡眠を必要としない彼女は鬱陶しい事に毎夜毎夜、周囲の警戒に当たっているのだ。

スコルピウスが加入する前は田中の外で周囲を警戒していたらしいが、最近はもっぱらルファスの寝室の前か、酷い時は寝室の中が定位置になってしまっている。

扉の外にリーブラの姿はなし……ならば内側で構えているはずだ。

きっとドアの向こうでは既に銃を装備したリーブラが、ドアが開くと同時に発砲する準備をしているに違いあるまい。

実際彼女は味方相手でも何ら躊躇なく発砲する。スコルピウスも撃たれた回数は十や二十ではない。

（さあて、どうしてやろうかしらねえ）

スコルピウスはしばし考えた後、やがて時間が惜しいと考えてとりあえず踏み込んでみる事にした。

考えるのは苦手だ。彼女はあまり賢くないのである。

夜這いを繰り返す事で身に付けた器用さを駆使し、針金で鍵を開けて慎重にドアを開いた。

そして……何故かリーブラからの発砲はなかった。

（あれ？　妙ねえ……）

スコルピウスは疑問に思いながらも恐る恐る顔を覗かせる。

そして彼女が見たのは、窓から侵入しようとしていた変態山羊の姿であった。

（……は？）

まさかの光景に硬直する事、僅か一秒。

次の瞬間、スコルピウスはアイゴケロスが自分よりも先にルファスの寝室に侵入していた事を理解した。

そして彼女を焦がすのは、自分自身を完全に棚上げした憤怒である。

「あんた、何ルファス様の部屋に忍び込んでんのお!?　殺すわよお、この腐れ山羊がぁ！」

「貴様また凝りもせず夜這いか！　今日という今日はその不敬の代償を払わせてやるぞ！」

変態二人が己の所業から全力で目を背けて理不尽な怒りを爆発させた。

類は友を呼ぶ。争いは同じレベルでなければ発生しない。

他人から見れば同類にしか見えず、実際同類でしかないのだが本人達は相手が悪いとは思っても自分に非があるとは考えない。

アイゴケロスとスコルピウスが同時に車外へ飛び出し、地を蹴ってダッシュ。

互いの顔面に手加減無用の拳を全力で叩き込んだ。

「「ぶっ殺す！」」

二人は超高速で飛び交い、幾度となく衝突を繰り返す。

理由は限りなく低レベルなれど、実力そのものは限りなく高レベルだ。

傍から見れば二つの影が飛び回っているようにしか見えないだろう。

その余りに馬鹿げた戦いは一時間経っても終わる事はなく、二時間後には周囲一帯が荒れ地へと変わり、三時間後には巨大な山羊と蠍の怪獣大決戦と化していた。


——そして四時間後。


「……こやつらは何故、こんな所で血まみれで転がっているのだ」

「変態同士が潰し合っただけです。マスターがお気になさる必要は微塵も、欠片も、全くございません」

明朝六時。ルファスは何故か車外で勝手に瀕死になっていた部下二人を見て首を傾げるも、リーブラの反応は辛辣かつ冷たいものであった。

どうでもいいがリーブラは一日中ルファスのベッドの下に潜んでいたという。

だがそれを行わずに自分の前に出てきた以上、『さあこれから仲間になりましょう』という用件では断じてないだろう。

「……今の俺はルファス様に合わせる顔がない。だからお前を呼んだ」

「その言葉、マスターに不利益な行動を取っていると判断しますが」

「構わない。だがまずは話を聞いて欲しい」

リーブラとサジタリウスの視線が交差し、火花を散らす。

そして完全に蚊帳の外な上、割り込める雰囲気でもないカルキノスは一人、虚しく木に寄りかかって体育座りをしていた。

相変わらず盾以外には何の役にも立たない男である。

「俺は今、レオンと行動を共にしている」

「……あの裏切り者とですか。理由を問いましょう」

リーブラは真偽を確かめるよりも早く、機関銃を手にした。

返答次第ではこのまま撃つ、という意思表示だ。

だがサジタリウスの表情は揺らがない。ゴーレムであるリーブラにも劣らぬ鉄仮面ぶりだ。

「獣人と魔物にはほとんど差がない。にも拘《かか》わらず俺達ケンタウロスの一族は魔物として扱われる。何故かは知っているか？」

「二足歩行ではないからです。今の世界における人類の定義は人間《ヒューマン》を基本形とし、翼などの多少の付属品はあれど、大きくその形状から逸脱せずに人と共生可能なものを人類と定義します。より正確に言うならば女神に似せて創られたのが『人類』であり、したがって大きく基本形から逸脱しては、それはもう『人』ではない。故に貴方達ケンタウロスは当てはまらないとされます。人魚などが魔物とされるのも同様の理由です」

「そうだ。だが俺達ケンタウロスはオークなどのように女を攫《さら》うわけでもなく、積極的に他者を襲う事もしない。ただ静かに暮らしているだけだ。ケンタウロスの一族は人間と共生可能なのだ。だが俺達は敵視されている……魔物だという、それだけの理由でだ」

ケンタウロスとは温厚で思慮深い魔物だ。その物腰の穏やかさなどは、あるいは今人類と認められている獣人達などよりも余程知的で文明人と呼ぶに相応しいものかもしれない。

実際エルフなどは彼等を『森の賢者』と称え、敬意を以て接する。

知的で物静かで、そして優しい。サジタリウスのような例外は稀にいるが、ケンタウロスとは基本的に平和を重視する、ほとんど危険性のない生き物なのだ。

だが彼等はエルフ以外の人類からは敵視されるし、場合によっては攻撃すらされてしまう。

今の世界では彼等は魔物であると教えられるからだ。

「俺は今のこの世界を変えたいと思っている。変えたい理由が出来てしまった」

「だからレオンに味方すると？」

「そうだ。奴が世界を制すれば魔物の権利は向上する。そうすれば俺達ケンタウロスの立場も今より遥かにマシになるだろう」

「変わりましたね、サジタリウス。昔の貴方はそのような事を気にする性格ではなかったと記憶していますが」

「変わりもするさ……二百年も経ったんだぞ。……あの時のままでは、いられんのだ。俺はもう、守りたいものが出来てしまった」

レオンはルファスに従わない十二星の異端児であり、そして彼女や魔神王に代わり世界を支配しようという野心を抱いている。

もしも彼が世界を支配すれば、確かに魔物の権利は向上するだろう。

だがそこに待っているのは弱肉強食の、知恵も文明もあったものではない殺し合いと喰らい合いの日々だけだ。

人類が生まれる前の、獣と恐竜だけの知恵なき世界に逆戻りしてしまう。

それは決してルファスが思い描いた未来像ではない。

「レオンに王は務まりません。あの男に出来るのは群れの長が精々。そんな事も貴方は分からなくなったのですか？」

「分かっているさ。奴に足りない知恵は俺が隣にいて補うつもりだ」

「いいえ、分かっていません。あの男が貴方の進言などを聞き入れるわけがない。本能と欲求だけで生きている、魔物そのもののような男なのですから」

リーブラは機関銃の銃口をサジタリウスへと向け、そして感情を捨てた声で告げる。

「故に警告します。このままマスターの元へ戻るならば良し。あくまでレオンに付くと言うならば脅威と判断し、ここで貴方を排除します」

「悪いが俺はもう決めてしまったのだ。あの子達の未来の為ならば、どんな事でもすると。それがたとえ……ルファス様と敵対する道であろうとも！」

サジタリウスが吠え、弓を引いた。

放たれるのは本物の矢ではない。赤く燃える炎の魔法だ。

サジタリウスの属性は木だ。だから本来はリーブラにとって恐ろしい敵ではない。

だがルファスが二百年前、彼に与えたあの弓が厄介！　あの弓の効果は発動する魔法の属性変化。名を『カウス・メディア』といい、どんな敵の弱点をも突けるようにと彼に与えられた世界に一つだけの弓だ。

つまり本来ならば絶対優位であるはずのリーブラの有利を、あの弓一本で崩してしまう事が出来る。

「なんの！　カルキノスバリア！」

「Ｗｈａｔ'ｓ!?」

リーブラは素早く近くにいたカルキノスを掴むと、飛んできた魔法の矢に彼をぶつけた。

カルキノスは盾以外では無能だが、盾としては十二星随一の優秀さを誇る。

少し使い方が違う気がしないでもないが、彼という盾を使う事でリーブラはサジタリウスの初撃を無傷でやり過ごした。

「マスターへの敵対の意思を確認しました。これよりサジタリウスを敵と判断し、排除に移行します」

機関銃の引き金を引き、銃弾をばら撒く。

だがサジタリウスはすぐに木々の中に姿を晦まし、弾丸を避けてしまった。

恐らくこの展開は予測済みだったのだろう。

リーブラはすぐに武装を機関銃からライフルへ換装し、カルキノスを掴んだままサジタリウスの反応を追う。

サジタリウスとレオンの組み合わせは少し厄介だ。合流される前にここで仕留めなければ必ず主の障害となるだろう。

木々を避けて飛んでくる魔法を、カルキノスを盾にする事で防ぎながらリーブラは構わず前進。

頭上から飛んできた炎の塊をカルキノスで弾く。

「NO!?」

木々の間を縫って飛んできた水の矢をカルキノスに当てる。

「Stop!」

地面から出てきた土の槍を踏んで跳躍し、鋼鉄の矢にカルキノスを投げて相殺した。

「oh my God!」

カルキノスを回収して加速し、前方に出現した炎の壁にカルキノスを翳《かざ》す。

そして彼を壁とし、炎を突破した。

「Help me!」

魔法に当たる度にカルキノスが悲鳴をあげるが、普段なかなか訪れない見せ場を折角与えているのだ。我慢しなさいと一蹴し、リーブラはサジタリウスへ銃を向けた。

そして発砲。ルファスに造ってもらった追尾弾を連射し、サジタリウスを狙い撃ちにする。

勿論ただ真っ直ぐ狙うだけではない。

弾のいくつかはわざと外して跳弾とし、あるいはサジタリウスの前の木を撃ち抜いて倒し、道を塞いだ。

だがサジタリウスは弾を全て回避し、更に倒れてきた木の下を崩れるよりも早く通過してしまった。

流石は脚力自慢のケンタウロスといったところか。厄介なほどに速い。

アストライアを装備して一気に薙ぎ払ってやりたいところだが、あれはルファスの許可なくしては使えない。

つまりルファスと連絡を取れない現状、自力でどうにかサジタリウスを排除する他ない。

リーブラはライフルを一度カルキノスに預け、右腕の機構を解放した。

「スキルセレクション・右腕のリミッターを解除。右の天秤解放《ズベン・エル・ゲヌビ》!」

宣言と同時に右腕が砲門へと変化し、前方へ逃げるサジタリウスへ向けられる。

リーブラの視界の中ではサジタリウスの迷彩ローブなど無視したかのように熱源反応が表示され、その部分に円形のマーカーが重なりロックオンの文字が表示された。

「命中率62%……ファイア!」

砲門から紫電が迸り、発射の余波でリーブラの後ろの草木が吹き飛ぶ。

そして放たれた閃光の如き一撃は前方の木々などの遮蔽物を吹き飛ばし、サジタリウスへと迫った。

だがサジタリウスも咄嗟に身をかわし、直撃を避ける。

しかし今の一撃でサジタリウスへの道が開けた。

リーブラは背中からバーニアを吹かすと急加速し、自らが弾丸となってサジタリウスへ迫る。

そして鋼鉄の頭を以て、サジタリウスの顔へと頭突きを叩き込んだ。

13

森の中をサジタリウスが駆け抜け、頭突きによって流れた鼻血をぬぐいながら横へと視線を向ける。

木々を挟んで少し離れた位置を右腕を元に戻したリーブラが飛んでおり、無機質な瞳がサジタリウスを凝視していた。

二人共に速度は並の人間や魔物では到底追い付けぬものであり、しかし器用に木々を避けて移動している。

いや、よく見ればリーブラは時折掠っているが気にしていないだけだ。

「ターゲット、ロック。ファイア！」

リーブラがライフルを持ち、銃口を向ける。

そこから発射される追尾弾の数々は遮蔽物を避けて、おおよそ弾丸とは思えぬ軌道を描いてサジタリウスへ殺到した。

だがサジタリウスも己の周囲に暴風を発生させる事で弾丸の軌道を逸らし、反撃とばかりに魔法の矢を放つ。

しかし正面から放った矢などリーブラには通じない。

彼女はまたもカルキノスを盾に魔法を防ぎ、目から光線を発射する。

それも何とか避けたと思えば次は翳した掌の中央が開き、中から砲門が飛び出してきた。

そして放たれるのは火炎放射だ。

「森を焼くつもりか」

サジタリウスは即座に魔法の属性を水に変更し、矢として放つ事で鎮火させる。

しかしその隙を突いてリーブラの腕が本体から切り離されて飛翔し、空飛ぶ鉄拳となってサジタリウスを襲った。

俗に言うロケットパンチというやつだ。

だがサジタリウスとて遠距離戦しか出来ぬわけではない。

仮にも十二星の一人。基礎ステータスだけでも接近戦をこなせるだけの強さはある。

飛んで来た鉄拳に自らも拳をぶつける事で威力を相殺し、リーブラへ腕を返品した。

戻ってきた腕を装着しながらリーブラは冷たい声色で呟く。

「今ので骨に罅《ひび》が入ったようですね。対象の命中精度を下方修正します」

「本当にやりにくい相手だな、お前は」

二人は遂に森を抜け、荒れた岩山へと入り込んだ。

この地形は一転してサジタリウスが有利になってしまうし、遮蔽物もない。

これではどうしても空を飛べるリーブラが不利だ。

だがサジタリウスは構わずに岩山を登った。

半身である馬の部分はあくまで全力疾走を行い、荒れた岩山を垂直に駆け上がっていく。

リーブラも追走を続けるが、それを阻むように魔法の矢が連射されて矢の弾幕を作り出した。

それらを悉《ことごと》く避けて飛翔し、リーブラがお返しとばかりに弾丸をばら撒く。

だがサジタリウスも負けてはいない。機敏な動作で弾丸を避け、反撃を行う。

矢と弾丸が幾度も飛び交い、だが技量が拮抗している故にどちらも当たらない。

そんな中にあって、先に切り札を切ったのはサジタリウスであった。

大きく矢を番《つが》え、矢の先端に魔力を集め始めたのだ。

「撃てば必ず敵を貫く必中の矢、『アルナスル』ですか」

「そうだ。お前といえどもこれは避けられんぞ」

ミズガルズの世界には『絶対命中』と呼ばれ、恐れられる技能がいくつか存在する。

それはリーブラのブラキウムのように逃げ場なしで放たれるタイプもあれば、当たるまで追尾し続けるようなものもある。

ルファスの『シャインブロウ』のような回避不可能の光速の拳打による攻撃も絶対命中技能の一

つだ。

だがアルナスルはそのどれでもない。発射したが最後、次の瞬間にはもう命中しているのだ。

つまり当たるまでの過程がない。

撃ち落とすとか避けるとか、そんな次元にない攻撃であり発射＝命中を意味する。

いかにリーブラといえどこれを回避する術など存在せず、撃たれる前に止める以外に方法はなかった。

勿論リーブラを対象として放たれた必中の矢はカルキノスを盾にしても防ぐ事は出来ない。

いかに彼のカバーリングでも、飛んで来る過程すらないのでは代わりに受ける事が出来ないのだ。

だがリーブラはあえてこれを好機と判断した。

「なるほど。しかし攻撃の瞬間こそが私にとっての最大の好機です」

サジタリウスの攻撃の構えに対し、リーブラはカルキノスを捨てて右腕を変形させた。

彼の技に合わせてこちらも攻撃を放ち、直撃させてしまおうという魂胆だ。

いかにサジタリウスほどの達人でも最大技を放つ瞬間はどうしても無防備になる。

どうせ避ける事が出来ないならば相打ち覚悟でこちらも大技を撃ってしまおうというのだ。

両者が共に眉一つも動かさずに睨み合い、発射の瞬間を待つ。

「……アルナスル！」

「右の天秤《ズベン・エル・ゲヌビ》！」

サジタリウスの弓から炎の矢が放たれ、そこからほんの僅か――コンマ一秒の遅れもなくリーブラの右腕から閃光が発射された。

放たれた閃光がサジタリウスに命中すると同時にリーブラはジェットを吹かす。

アルナスルのダメージはこの直後に入るだろうが、リーブラはそれを気にはしなかった。

どこに当たるかは知らない。胴体か胸部か、それとも首か頭部か。

どこに当たるにせよ、一撃ならば耐え切れる。

そして多少破損しようがゴーレムの自分ならば戦闘続行可能だ。

ならばダメージなど気にするまでもない。このまま追い討ちをかけて仕留めるまで！

しかしサジタリウスの動きは次の瞬間、リーブラの予測を上回った。

放たれた矢はリーブラに当たらず、サジタリウスが消えたのだ。

「!?」

走って移動したわけではない。高速で飛んだわけでもない。

サジタリウスが、リーブラも察知出来ない何らかの方法で『消えた』。本当にそうとしか表現の出来ない状況にリーブラは珍しく混乱した。

その場で急停止し、周囲を見回して捜索するも影も形も音も熱すらも感じられない。

身を隠しているのではない。本当にこの近くに存在していないのだ。

彼女はすぐに原因を究明すべく自らが見た過去の映像を自分の視界内で再生させる。

ほんの数秒前、サジタリウスが矢を放つ瞬間に何をしたのかをスローにしてつぶさに観察する。

そして分かった事は、発射した直後に彼が自分の撃った矢を摑んでいたという事だ。

「……やられましたね」

サジタリウスの狙いは最初からリーブラではなかった。

恐らくは、ここから遠く離れた何処か……遥か遠くに見える木か何かを攻撃対象としたのだろう。

そして因果を超えて必ず標的に突き刺さる必中の矢を掴み、矢ごと攻撃対象の元へ飛んで行った。

そしてこれは、リーブラが初めて見る矢の使い方であった。

二百年前の時点でサジタリウスがあの必中の矢を使った場面は数あれど、こんな使い方をした事は一度だってない。

リーブラは過去のデータを基に予測をする事が出来る。

それこそ現代のコンピュータを上回る精度で正確に、だ。

だが逆に言えば記録にないものはそもそも想定すらしない。

それ故の穴。思考の抜け道。

サジタリウスは二百年前にも見せなかった切り札を切る事で、誰も逃げられないとまで言われたリーブラの追跡から見事逃げ遂《おお》せたのだ。

サジタリウスの切り札を知る事が出来たのは大きい。

だが彼とレオンが手を組む厄介さを考えると、ここで捕獲出来なかったのは余りに痛手であった。

＊　　＊

瀬衣達は霊峰フニットビョルグの山道を一列に並んで歩いていた。

入り込んだそこは、霊峰と呼ばれるだけあって奇妙な場所だ。

山というからには厳しい登山を瀬衣は予想していたのだが、この山は違った。

あちこちが空洞となっており、その空洞を通る事で少しずつ上へと登っていくのだ。

まるでＲＰＧのダンジョンだな、と瀬衣は場違いな感想を抱く。

内部には紫に輝く水晶が点在し、壁や天井、地面と至る箇所に張り付いている。

それらを驚いたように見回しているのは一行の後方支援担当でもあるクルスだ。

「す、凄い……これ、全部マナの結晶ですよ。物質化したマナがこんなに沢山あるなんて……こ、ここにある水晶だけでも持って帰ればどれだけの価値になるか」

「高く売れるんですか？」

「はい。物質化したマナは錬金術における最高の材料の一つです。それに魔法の触媒にもなるし、杖の先端に付ければ魔法の補助としても機能します。正直、ここが霊峰でなければ今すぐに持てるだけ持って帰りたい気分ですよ」

どうやらクルスのような魔法使いにはあの水晶は宝の山に見えるらしい。

かなり興奮した様子でチラチラと水晶を物欲しそうに見ている。

そんなに気になるなら少しくらい持っていけばいいのに、と思ってしまうがそれが出来ないのが彼の真面目さなのだろう。

アリエスも、過去にルファスがマナの集まる山や洞窟に赴いてはこの結晶を乱獲していたのを知っているのでクルスの興奮は少しだけ理解出来た。

とはいえ、マナの集まる場所ならば結構頻繁に自然発生する結晶だったはずなのでそこまで値打ちがある物だとも思わないが。

確か発生条件はマナが集まる場所であり、かつマナが外に漏れにくくマナを取り込んでしまう生き物などもいない事だったか。

つまりはこういう山の空洞や洞窟などが狙い目だ、と過去にルファスが教えてくれたのを覚えている。

加えてここにはマナ避けの結界があり、マナは結界を通る事が出来ない。

結果、恐らくは元々この山に溜まっていたマナは結界のせいで出る事が出来なくなってしまい、山の中を漂う事も出来ずにこうして結晶体として固まってしまったのだろう。まさに偶然が生み出した産物というわけだ。

とりあえず主へのお土産としていくつか持って帰れば喜んでくれるだろうか。

そう考えて彼はその場の誰にも知覚出来ない速度で水晶を掠め取り、黒マントの内側へと入れた。

かろうじてウィルゴだけはアリエスが一瞬動いたのを知覚したが、何をしたかまでは見えていない。

「ウィルゴさん、大丈夫？　つ、疲れてない？」

「はい、大丈夫ですよ」

それなりに険しい道を歩いている事を心配してか、瀬衣が息を切らしながらウィルゴの心配をする。

だがウィルゴだってこう見えてもレベル３００だ。体力はこの中でも二番目に高い。

全く平気そうな顔でヒョイヒョイ登っており、むしろ瀬衣が一番遅れているという有様であった。

元気に瀬衣の足元を歩いている犬よりも遅い。レベル格差社会はとても辛いのだ。

「ところで、思ったんですが……いや、思ったのだが、そちらのゴリラの獣人は大丈夫なんですか……なのか？」

アリエスが慣れない口調に手こずりながらも、先を行く女騎士を心配した。

ここは魔物避けの結界があり、自分のような高レベルはともかくレベルの低い獣人には毒だ。

ならばゴリラの獣人にとっても等しく辛いのではないだろうか、と気を利かせての言葉だったのだが、それに女騎士は硬直してしまった。

「おい、それは禁句だ！　そいつは獣人じゃなくて人間だぞ！　確かにゴリラみてえな顔してるけど！」

慌ててフォローを入れるジャンだが、それはフォローどころか追い討ちであった。

ゴリラ——否、女騎士の拳がジャンの顔にめり込み、彼をダウンさせる。

そして憤慨したようにウッホウッホと先を歩き始めた。

彼女だってレディなのである。ゴリラに似ていると自覚していても少しは傷付く。

「ところで、あの魔神族……七曜のメルクリウスだったな。仕掛けてくると思うか？」

「ああ、間違いなく来るだろう。奴だってエリクサーは放置出来ないはずだ」

瀬衣の仲間の一人である元冒険者のニックが注意深く辺りを警戒しながら呟き、ガンツがそれに答えた。

ここは結界の中なので魔神族が来ても多少有利な条件で戦えるが、フリードリヒ抜きはやはり心細いものがある。

問題はどこで仕掛けてくるかだ。

恐らくは人間などを洗脳して向かわせて来る、とカイネコは言っていたが今の所それらしき人物は見えない。

しかし、代わりに聞こえてきたのは水が流れるような音だ。

「……？　あの、何か妙な音が聞こえませんか？」

皆が警戒している中、最初に気付いたのはウィルゴだった。

最初は気のせいかとも思ったが、すぐに考え直す。

気のせいではない。確かに水の音が響き、そしてそれは徐々に大きくなっている。

瀬衣達も聞き取ったのだろう。一体何だろうと不思議そうに考えていると、クルスが顔を青褪めさせて音の正体に気が付いた。

「ま、まずい！　皆、私の近くに集まって下さい」

「え？」

「説明している暇はありません！　早く！」

クルスの叫びにせかされ、瀬衣達は何事かと彼の周囲へと集まった。

そしてクルスは説明する事もなく、全員を覆うように光の結界を展開した。

それはまるで、これから攻撃を受けるかのような備えであり、一層瀬衣達を緊張させる。

そして説明は必要なかった。

何故なら、すぐにその音の正体——空洞全てを満たすような水の奔流が流れ込んできたのだから。

14

「ぐっ！」

クルスの張った結界が流れ込んできた水を受け止めて軋む。

半径にして5m程度。結界が展開された僅かな空間だけが今、この空洞の中における安全地帯だ。

瀬衣は日本にいた頃に一度だけ旅行で通った事のある海底トンネルを思い出していたが、流れの激しい水の中にトンネルを作ればこんな光景が見られるのかもしれない、と場違いにも考えていた。

余裕があるわけではない。むしろ逆だ。

あまりに突発的に訪れた危機に思考が混乱してしまっている。だがそれも仕方の無い事だろう。

今自分達が立っている場所以外の全てを水の濁流が覆い尽くし、もしこれに巻き込まれていたならば水に流されてあちこちの岩壁に衝突し、最後には呼吸も出来ずに勇者一行全員が死んでいたという事態なのだから。

しかし水そのものの威力もまた強力無比。クルスの結界が歪み、亀裂が生じていく。

「おいどういう事だ!?　魔神族は立ち入れないんじゃなかったのか!?」

「ど、どうやらカイネコさんの見立てが間違えていたようですね……ぐっ、奴は、結界を強引に通過して既に侵入しています！」

ガンツの焦ったような声に、クルスも余裕のない声で答えた。

この水は自然に発生したものではない。明らかに誰かが――恐らくはメルクリウスが明確な敵意を以て行使した魔法だ。

つまりそれは、メルクリウス本人の侵入を意味している。

だが幸いなのは、この濁流とて無限に続くわけではないという事だ。

恐らく一定時間耐え忍べばそこで終わるだろう。

だがその一定時間耐えるのがまず困難。クルスは世界でも有数の天法の使い手だが、レベル差というものはどうしようもなく存在するのだ。

クルスのレベルは１０５であり、人類の中では間違いなく最高位の魔法、及び天法の使い手だ。

しかし敵対する恐るべき魔神の一族はレベル３００。到底単騎で相手に出来る存在ではない。

遂にクルスの結界が砕け、しかしそれと同時にウィルゴが掌を翳した。

「ヴィンデミ・アトリックス！」

ウィルゴの宣言と共に前方にあった水の濁流全てが『消失』した。

指定した空間のマナを霧散させる上位スキルだ。

その威力はマナを霧散させるという特性上あらゆる魔法に有効であり、特にマナで身体を維持する存在に使えば癒えないダメージを与える事すら可能となる。

クルスが呆然と自分を凝視している事にも気付かず、ウィルゴは水の濁流を全て消し去った。

「い、今のは……馬鹿な、今のは紛れもなくマナの消去！　女神と、彼女が認めた存在しか扱えぬという世界の管理者の力！」

「え？」

「ウィ、ウィルゴさん……貴女は一体何者なのです?!」

クルスの口から出た聞き覚えのない事にウィルゴは目を丸くした。

世界の管理者の力だとか言われてもウィルゴはそんな事を意識していないし、知識にもない。

今使った術も幼い頃に祖母に『これで魔神族なんか即死じゃ』と教えて貰った護身用の術だ。

護身というには過剰な気がしないでもないが、ウィルゴにとって今の術はその程度の認識でしかなかった。

だが実際はそうではない。

このスキルの使い手は限られており、少なくとも人類に普及している技ではない。

それもそのはず。これは本来、女神がマナを管理する為に己の息がかかった一族……つまりは原初の人類とされるアイネイアースの直系のみに教えた神の法だ。

現在の世界においてその使い手は僅かに四名。

一人は言うまでもなく女神本人。一人はかつて彼女に仕えていたパルテノス。

そのパルテノスの主であるルファス・マファール。

そして最後の一人。それがパルテノスの後継であるウィルゴだ。

マナを問答無用で消去する——それはマナが蔓延《はびこ》る今のミズガルズにおいて強力無比な、まさに反則的と呼ぶに相応しい神の奇跡である。

どんな魔法もマナで構成されているのだから、これを使えば簡単に無効化出来てしまう。

メグレズが造り出したマナ機関を搭載した乗り物は全て機能停止するだろうし、魔神族に使えば多大なダメージを与える事が出来るだろう。

しかもマナで構成されている彼等にとってそのダメージは永遠に消える事がないのだ。

レベル差などこのスキルの前では関係ない。あまりに膨大なマナは一度で消す事は出来ないかもしれないが、それでも絶対に効果は出るのだ。

つまりこの術を以てすれば、たとえ相手がレベル１０００の魔神族だろうが絶対に効くという事である。

「え？　何者って……最近まで森で暮らしてた普通の天翼族ですけど？」

「普通？　ＨＵ・ＴＳＵ・Ｕ!?　そんなわけないでしょう！　普通の天翼族がマナそのものの消去を行えるものですか！　あの天空王だってそんな真似は出来ませんよ！」

「きゃっ!?」

ウィルゴの返しにからかわれていると感じたのだろう。

クルスは取り乱したように叫び、彼女の肩を掴む。

どうやら彼は、普段こそ冷静だがあまりに理解を超えた事態が発生するとパニックを起こしてしまう性格らしい。

しかしエルフの大人が血走った目で天翼族の少女に詰め寄る様は実に大人げなく映る。

流石にこれは不味いと思い、瀬衣は慌ててクルスを引き剝がしてウィルゴを背に庇った。

「何やってるんですかクルスさん、今はそんな事をしてる場合じゃないでしょう！　いつ次の攻撃が来るか分からないんですよ！」

「し、しかし」

「しかしじゃないです！　今やるべき事は、早急に魔法を使った奴を止めるか、それともこの山を出るかを決める事です！」

そう、今は味方を問い詰めている場合ではない。

当初の予定は完全に崩れ去り、前提は崩壊した。

彼等はこの山に七曜自身が出向く事はないという前提の上でここに来たのだが、あろう事かメルクリウスはもう先回りしていたのだ。

つまり初撃は何とか凌げたが、すぐに次の攻撃が来てもおかしくない。

だから彼等は選ばなくてはならない。

一度撤退するか、それとも危険を承知でこのまま進むかを。

「坊主の言う通りだ。進むにせよ戻るにせよ決断は早い方がいい」

「俺もガンツのおっさんに賛成だ。さっさと先に進もうぜ」

「いや、俺は戻るべきだと思う。今のままじゃ敵さんは姿を見せずに俺達に魔法を撃ち放題だぜ。

このまま狙い撃ちされたんじゃあ全滅しちまう」

この中では旅の経験が豊富なガンツとジャンが瀬衣に賛同した。

やはり傭兵と冒険者だ。荒事には慣れている。

しかしその意見は逆で、ジャンは前進を、ガンツは撤退を推奨した。

「俺もガンツさんの言う通りだと思う。ここは一度退こう」

「僕は前進がいいと思います。だってここで退いたらエリクサーを取られてしまいますよ」

同じく元冒険者で影の薄いニックとシュウの意見が割れた。

このまま進めば危険だ。だがここで退けばエリクサーを取られてしまう可能性が極めて大きい。

そうなればこの場は無事助かったとしても、後で守護竜不在となったこの国が落とされてしまうのだ。

だが無理に進むのは危険過ぎる。そうして意見が平行線を辿り、無駄に話が終わらない。

「僕はどっちでもいいよ」

アリエスはどちらでもいいと曖昧な意見を出すが、実際彼にとってはどちらでも全く問題はなかった。

七曜などどうにでもなる相手でしかなく、進んでも問題はない。

しかし守護竜もまたアリエスにとってはどうでもいい存在であり、エリクサーが入手出来ずにこの国が陥落しようが彼にしてみれば憎い七英雄の国が一つ消えるだけなのだから、むしろ望ましい事ですらあった。

「ええと、私は先に進んでいいと思いますけど」

「私は後退を推奨します……と、また二つに分かれてしまいましたね」

「俺、頭悪い。だから皆の指示、従う」

ウィルゴと女騎士の意見が分かれ、未だ意見は真っ二つのままだ。

リヒャルトは自分で決める気がなく、クルスは使い物にならない。

となれば必然的に最後に残った一人に選択権が委ねられる事になり、全員の視線が勇者へと向かった。

瀬衣は圧し掛かる責任に汗を流しながら、しかしはっきりとした口調で己の意見を口にする。

「……進もう。多分、あいつが姿を見せずにこんな遠距離攻撃をしたのは俺達に脅威と判断させて出て行って欲しいからだと思う。マナ避けの結界の中に無理矢理入ったんなら、あいつだって影響はあるはずだ。多分、この場所で戦うのはあいつにとって不利なんだと思う。さっきクルスさんがあいつの攻撃を結構防げていたのだって、この山のおかげなんじゃないかな。きっと外での戦いだったらすぐに結界を突破されていたはずだ」

「た、確かに。そう考える事も出来るな」

「だから俺は進むべきだと思う。今、苦しいのはあいつの方だ」

意外に冷静に状況を判断していた瀬衣に何人かがほう、と感心したような声を漏らした。

力はまだまだ未熟だが、状況把握能力はなかなかのものだ。

アリエスもこれには少しばかり瀬衣の評価を上方修正し、そして冒険者だった頃の主を思い浮かべた。

『皆、回復アイテムは持ったな！　行くぞ！』

『待てルファス、そこには罠が……』

『案ずるな。もう引っかかった後だ』

あ、駄目だあの人。メグレズとかの制止を無視して罠に引っかかりながらゴリ押ししてた。

ダメージなど回復すればいいと断言し、矢が刺さろうが壁に挟まれようが、上からタライが落ちてこようが火炎放射を浴びようが全く気にせずの脳筋前進である。

一応レンジャーのスキルは発動していたので本当に危険な即死級トラップは避けていたが、それ以外は解除するより発動させてから回復した方が早いとか、とんでもない事を言いながら突っ込んでいた。これは酷い。

「まあ、俺、そんな頭良くないから間違ってるかもしれないけどさ」

「なあに、上出来だ。……間違ってたのは俺だ。確かに、敵を前にしてへたれて逃げてちゃ相手の思う壺だわな。おい、すまねえが意見を変えるぜ。俺は前進に賛同する」

瀬衣に感化され、ガンツが意見を翻した。

これにより前進五人、撤退二人となり意見は決した。

ニックと女騎士も仕方なさそうに肩をすくめ、危険を承知で前進する事に納得してくれたようだ。

ならば後は早い方がいい。なるべく早く駆け抜けて、先にいる魔神族との戦闘に雪崩《なだ》れ込むのだ。

魔法を撃たれれば撃たれるほどに消耗も大きい。辿り着くまでに何度攻撃されるかが勝敗の分かれ目だ。

「よし、いくぞ！　クルス、お前もさっさと正気に戻れ！」

ガンツがクルスの頭を掴み、先頭を駆けた。

それに続いて全員が走り、山の空洞の中を登って行く。

この霊峰は特殊な形状をしており、山の中が空洞となっている。

そして螺旋《らせん》状の坂となって上へと続いており、その頂点にエリクサーが安置されているというのだ。

従って山の外から飛んで行くなどの方法では決してエリクサーへは辿り付けない、まさに自然の要塞といえる。

恐らく敵はその頂上！　そこから水を流していたに違いあるまい。

ならばやはり彼は自分達に退いて欲しいはずだ。

何せこの山の構造上、道は一本道であり自分達が退かぬ限り絶対に遭遇してしまうのだから。

つまりエリクサーを手にして、コッソリと脱出する事は出来ない。

瀬衣が言った事は正しかった。このマナを封じてしまう霊峰はいわば袋小路。奴はエリクサーという餌に釣られて自ら追い詰められたのだ。

そしてメルクリウスもその事は理解している。今、苦しいのはあいつの方だ！

「来たぞ！　第二波だ！」

ガンツ達の前に再び水の濁流が押し寄せてきた。

やはりこの先に居る！　この先でエリクサーに王手をかけている。

だが彼の誤算はこの場にウィルゴがいた事だろう。彼女は再び前に躍り出て掌を翳す。

「ヴィンデミ・アトリックス！」

魔神族の放った水の大魔法が問答無用に消失する。

魔法はマナを集めて現象へと変換する術であり、そうである以上このスキルは絶対に成立してしまう。

まさに魔法使いの天敵だ。こんなのが相手側に一人でもいれば、それだけで魔法使いは価値を喪失してしまう。

その光景にジャンが口笛を吹き、ウィルゴの健闘を心から称賛した。

「すっげえな嬢ちゃん！　強い奴ってのは思わぬ所にいるもんだ！」

「いえ、私なんてそんな」

「謙遜すんなって。自信を持て、お前さんは強え！」

勇者一行が坂を駆け登り、遂に頂上――エリクサーが安置されている部屋へと突入した。

部屋の前には、恐らくはエリクサーの守護者だったのだろうゴーレムが無惨に破壊された状態で散乱し、残骸を晒している。

恐らく、本来は瀬衣達がこれと戦うはずだったのだろう。

そしてこれを為した犯人はもう分かっている。顔をあげれば予想通り小瓶を手にした魔神族が立っており、そして険しい目つきで勇者達を睨んでいた。

どうやら無事、追い詰める事が出来たようだ。

ならば後は倒すのみ。その意気込みの下、瀬衣達はそれぞれの武器を構えた。

15

アリエスは考えていた。

この戦いにどのタイミングで割り込むべきか。それとも割り込まないべきなのかを。

ここでアリエスがメルクリウスを片付けてしまう事は簡単だ。

いかに属性による相性があろうがレベルに倍以上の開きがあれば、それはもう埋め難い差でしかなく、有利不利など無視して強引な力押しで倒せてしまう。

かつてアリエスを苦戦させたレヴィアという水のゴーレムがいたが、あれほどの規格外でもなければレベル差などそうそう覆せない。

レヴィアはマナを豊富に含んだ湖が原材料であり、そしてマナはレベルアップに代表されるように物や生物に含む事でそれを強くする働きを持つ。

基本、ゴーレムにマナを含む事は出来ない。魔法で創り出した物質を材料にしてもマナに戻ってしまうからだ。

だがメグレズは魔法になる前の純粋なマナを含んだ水を大量使用する事でその欠点を埋め、マナを豊富に保有したゴーレムという矛盾を成立させてしまった。

気に入らないが、こういう所だけは素直に賢王と呼ばれるだけの事はあると認めるしかない。

話を戻すが、アリエスはメルクリウスに造作もなく勝ててしまう。

他の七曜よりは多少手こずるだろうが、それだけだ。

あくまで少し鬱陶しくてしぶとい敵でしかなく、負ける相手ではない。

だが……アリエスは考える。

ここで自分が割り込んだとて、それは果たしてウィルゴの為になるのだろうかと。

もしここにいるのが自分以外の十二星ならば何の迷いもなく割り込みをかけただろう。

正体がバレるのなど気にせず七曜の前に飛び出して屠《ほふ》ったはずだし、それが正しい。

ウィルゴと七曜は互角なのだから、勝てるとは限らない。ならば危ない橋など渡らせずにさっさとこちらで始末してしまえばいい。それが正解だ。

だがアリエスにはウィルゴの気持ちが分かってしまった。

アリエスと他の十二星は違う。彼等は全員、元々強かった。

リーブラは最強のゴーレム。アイゴケロスは地獄の悪魔王。

カルキノスは海辺に生息する甲殻系モンスターの頂点、スコルピウスは蠍の女王。

パルテノスは女神に仕える一族の長だったし、他の十二星だって妖精の女王や女神の息子、最強の魔物といずれ劣らぬ強豪ばかり。十二星とはアリエスただ一人を例外とし、あらゆる地域における最強級の精鋭を揃えた強者の集団なのだ。

本来ならばそれぞれの暮らす地域にて伝説の存在として謳われ、世界のパワーバランスの一角を担い、そして畏れられていたはずの者達。

もしもルファスが一つに纏めなければ今頃は敵対して覇を競い合っていたかもしれない。

そんな、それぞれの種族、あるいは地域における最強のみを集めた集団こそが覇道十二星。

だがアリエスだけは違う。彼は単に運がよかった。

一番初めに捕獲されたという理由で、ルファスが彼に愛着を持っていたから強くしてもらったに過ぎない脆弱モンスターだ。

本来ならばとても彼等と肩を並べる事が出来る存在ではない。

否、それどころか普通の魔物にすら及ばない最弱の魔物。それがアリエスだった。

だからアリエスだけは分かってしまうのだ。今のウィルゴの気持ちが。弱者の心が。

今のウィルゴはかつての自分と同じだ。周囲を強者で囲まれて自信を持てずにいる。絶えず劣等感に悩まされている。

自分は何故ここにいるのか、本当に必要なのか。他の誰かに座を明け渡すべきなのではないか。

そんな考えに支配され、自分の存在価値が分からない。

彼女がかつてのアリエスほどに悩んでいるかは不明だが、少なからずそんな思いを抱いてはいるだろう。

だからアリエスは――まだ手を出さない事にした。

だってそれは、やられた側にしてみれば凄く悔しい事だからだ。

もしかしたら勝てたかもしれない戦いだったのに、少し危なくなったら他の十二星が前に出てきた事がある。

弱いんだから引っ込んでろと言われた事も一度や二度ではない。

そして思うのだ。ああ、何で自分はこんなに弱いのだと。

悔しくて情けなくて惨めで、眠る事も出来なくなる。アリエスはその気持ちを知っている。

――雑魚モンスターが。テメェ如きが俺達と同じなわけがねェだろうが。

そう、獅子王に嘲られた言葉は今も忘れない。耳に残っている。

他の十二星はこんな気持ちは絶対に分からない。だって彼等は例外なく強いから。

だからアリエスは、今すぐに七曜を殴り倒してしまいたい気持ちを抑え込んだ。

まだだ……まだ出るべきではない。今出て行くのはウィルゴに『君じゃ勝てないからもういいよ』と告げているようなもの。これでは何も変わらないし彼女も自信を持てない。

だからまだ……今は、見守るべき時だ。

「お前は、何者だ？」

「え、私？」

「お前以外誰がいる」

メルクリウスの敵意を隠さぬ視線と問い。

それに晒されたウィルゴは戸惑っていた。

何者、と言われても答えに困る。

一応十二星の一人ではあるが、それは祖母の跡を継いだだけだし自分自身にそんな力はないと考えてしまっているからだ。

だが七曜の男には何故かかなり警戒されてしまったらしい。

彼は素早く陣を描き上げると、低い声色でウィルゴへと告げる。

「いや、お前が誰だろうが関係ない……その術を使える者を生かしておくわけにはいかん。ここで、私の全力をあげて始末させてもらうぞ！」

メルクリウスの宣言と共に掌から圧縮した水の弾丸が放たれる。

たかが水、されど水。圧縮し、高速で射出した水の塊は岩すらも砕く凶器となる。

攻撃と同時に全員が散開し、避けられた水の弾丸は後ろの岩壁を容易く破壊した。

もしこれを人間が喰らってしまえば無事では済まないだろう。

「おおおおお！」

まず先陣を切ったのはガンツだった。

旅立ちの日に王より賜った黒翼の秘宝、その一つである巨大戦斧を大きく振りかぶって叩き付けた。

特別な効果など何もない、ただ重くて強いだけの斧だが、それがガンツの手に馴染んだ。

今まで騙し騙しで使ってきた斧などとは比べ物にならない威力がこれにはある。

その破壊力たるやメルクリウスを一撃で寸断して地面をも砕き、砂塵を巻き上げるほどだ。

だが、それだけの攻撃をもってしてもメルクリウスの表情に変化はない。

「無駄だ。そんな攻撃は私には効かぬ」

「おお、そうだろうよ！　だが切られた身体を戻すにゃあ少しくらい時間がかかるだろう?!」

攻撃は効かない、ダメージも通らない。なるほど確かにその通りだ。それがどうした。

ガンツは獰猛な笑みを浮かべたまま更に斧を振り回し、メルクリウスを細切れにする。

元よりダメージを与えようなどと考えてはいない。こいつに物理攻撃が通じないというのは既にカイネコから聞いた情報だ。

ならば決め手となるのは魔法攻撃に他ならず、今回の自分の役割は前に出続けて敵の手を止め続ける事だと理解している。

切り裂かれたメルクリウスの身体がうねり、水の触手がガンツへと飛んだ。

その先端は鋭利に尖り、生半可な鎧など貫通するだけの威力を持つ事は一目で分かる。

だがガンツは獣のように獰猛に笑みを深め、避けるどころかここで益々力んだ。

結果、触手は全てガンツへと刺さり……しかし、全てが肉に突き刺さっただけで止まっている。

鍛え抜いたガンツの筋肉が水の触手を食い止めてしまったのだ。

「温い、ぜえ！」

ガンツがまたも斧を振り回し、メルクリウスを切り裂いた。

本来ならばガンツの筋肉すらも貫いた攻撃なのだろうが、やはり弱体化している。

余裕とまではいかないが、ガンツの防御力で防げる程度には弱まっているのだ。

だがそれでも七曜。単純な膂力で負ける事はない。

メルクリウスの腕が鞭のようにしなり、ガンツを殴り飛ばした。

だがそれと入れ替わるように、今度は冒険者のジャンとニックが前に飛び出す。

「いくぜニック！　魔法を使う暇を与えるなよ！」

「分かっている！」

元々冒険者としてパーティーを組んでいたこの二人の連携に淀みはない。

ルファスには『弱すぎて要らない』と言われてしまうジャン達だが、それでもこの世界の冒険者としては腕利きの部類に入るのだ。

ジャンの剣とニックの短剣が休まずにメルクリウスを裂き、魔法を使う間を与えない。

後ろからはシュウによる矢の援護が休まずに届き、メルクリウスの指先を狙い続ける事で魔法に必要な陣を描かせない。

勝とうなどと思わなくていい。今回の仕事は勝つ事ではない。

仲間が勝ってくれるまでの時間を稼ぐ事。それがこの戦いにおける前衛の仕事だ。

「舐めるなよ、身の程を知らぬ愚者共が」

メルクリウスが苛立ったように水の触手をウィルゴへと飛ばした。

だが彼女に攻撃は届かない。

その前に割り込んだ鎧の巨漢、リヒャルトが攻撃を代わりに受けてしまったからだ。

ダメージはある。鎧の上からでも通じる攻撃力もある。

だが致命傷ではない。死んでさえいなければウィルゴの回復天法で癒す事が出来る。

しかもそれが驚くほどに速い！　既にガンツは完治し、今リヒャルトの傷に取り掛かったばかりだというのに、もう治りかけている。

「鬱陶しい！」

メルクリウスが叫び、ジャンの鳩尾《みぞおち》を殴る。

一撃で肋骨がへし折れ、ジャンの口から鮮血が溢れた。

更にニックを蹴り飛ばし、二人の冒険者を引き剝がした。

それと同時に無動作の魔法行使！

陣を描くという過程を飛ばして水の刃を生成し、部屋中に撒き散らす。

だが無動作の魔法など威力も然程《さほど》大したものにはならない。

ウィルゴが展開した結界に易々と阻まれてしまい、決定打には程遠い事を思い知らされただけだ。

「はああ！」

瀬衣が地を蹴って飛び込み、刀を薙ぐ。

ただの物理攻撃と侮る事なかれ。勇者である彼のスキルは見た目に反した効果を発揮する。

これもまた、その一つ。勇者である彼だけがこの世で唯一扱えるスキル『マジックブレイク』。

その効果は相手のＨＰではなくＳＰにダメージを与えるという後衛殺しであり、僅かなりともマナを霧散させる効果を持っていた。

つまり、物理攻撃でありながら魔神族に有効な一撃となるのだ。

同じような効果を持つスキルはウォーリアにもあるが、これほどの早い段階で習得出来るのは勇者だけだ。

だがそんなものを黙って喰らうメルクリウスではない。

彼は即座に身体を硬質化させ、水の身体が氷へと変わる。

そうして強固になった腕で瀬衣の一撃を止め、反撃で彼の顎を蹴り上げた。

「ぐふっ！」

弧を描いて瀬衣が吹き飛び、その直後に光の刃が飛来した。

ウィルゴの持つ剣から放たれた光の斬撃だ。

それを何とか咄嗟に避けるも、続けて今度はウィルゴ本人が低空飛行で距離を詰めた。

そしてすれ違い様に一閃！　彼女の剣がメルクリウスに命中し、彼の表情が変わる。

「ぐっ、あ……！」

効いている！　ウィルゴは確かな手応えを感じ、しかし実戦経験の無さが災いして油断してしまった。

メルクリウスはすぐにウィルゴへと狙いを変え、掌を向ける。

狙いは首。一撃で仕留めなければ危険と判断した故に必殺を心がける。

だがそのタイミングを計ったかのように地面が一度大きく揺れ、彼の体勢を崩してしまった。

結果ウィルゴへの攻撃の機会を逃し、それればかりか再び接近してきたウィルゴの斬撃に身を削られる。

（今のは……あの黒い奴か！　あの黒尽くめの男、一体……！）

今の揺れを起こしたのは、あのよく分からない黒尽くめの男だ。

彼はメルクリウスの視線を無視したように沈黙を守っているが、それがかえって不気味だ。

戦況は決して思わしくない。メルクリウスはその事を認めざるを得なかった。

判断を誤った、と今なら分かる。

エリクサーによる守護竜の復活を恐れ、この山へ来てしまったのは完全な誤りだった。

結界による弱体化は承知の上だったが、それでもこの山の構造を考えれば勇者達を水魔法で押し流せると踏んでいた。そうでないにしても警戒して撤退するだろうと考えていたのだ。

何たる早計。まさか奴等の中に魔法無効スキル持ちがいて、構わずに登ってくるとは誤算だった。

それでも勝てる自信はあった。勇者パーティーなど弱体化したままでも勝てる自信があった。

だが……あのウィルゴという女。あいつが厄介に過ぎる。

あの女のせいでダメージをいくら与えても回復されるし、隙を見せればすぐに切りかかってくる。

敗北――その二文字が実感を伴って脳裏を過ぎる。

「……否！　私は負けん！」

メルクリウスは己を奮い立たせ、全身を刃へと変えて勇者達を攻撃した。

そう、負けるわけにはいかない。

たとえこの身が神の傀儡《くぐつ》だとしても、ただ倒される為だけに存在するなどと認めるものか。

いや、己はいい。それが運命だというなら享受も止む無しだ。

だが……。

（我等魔神族は人形なのかもしれん……だが、人形にだって守りたいものぐらいはある！）

脳裏に浮かぶのは、月の名を冠した昔馴染みの少女の笑顔。

そして、決して自分には向けられぬと分かっている彼にとっての宝だった。

16

——メルクリウスは追い詰められながら思い出す。この国へ来る前の事を。

魔神族は踊っている。メルクリウスは常々そう考えていた。

どこからか発生し、何の理由もなく人類と敵対する魔の者達。それが自分達魔神族だ。

そして人類と敵対する事を止めたなら、マナへと変わり死んでしまう。

それはまるで、役目を果たせぬ魔法が霧散するのと同じように。

きっと自分達は人形なのだ。生まれながらに人類を攻撃するという役目を与えられた人形……自我はあっても自由意志はない人の形をしただけの道具。

だが何故？　何の為に？　一体誰がこんな不出来な人形を創りだしたというのだ。

薄暗い城の中を歩きながら、メルクリウスは己の存在意義を自問自答していた。

仮に人類に勝利したとして、その後どうする？

人類を殺さねば消えてしまうというのに、人類を滅亡させてしまっては本末転倒。最後には自滅するしかない。

役目を終えた道具は自壊しろとでもいうのか……全くふざけているではないか。

「メルクリウス！」

「ルーナか」

メルクリウスを呼び止めたのは蜂蜜色の髪の少女だ。

動き易さを重視した紫色のインナーの上から軽鎧を着込んでおり、本人は男装出来ているつもりのようだが実は全然出来ていない。

これで騙されるのはマルスの馬鹿くらいだ。

一応胸などはサラシで押さえつけているようだが、実は結構ボリュームがある事もメルクリウスは知っていた。

走り寄ってきた彼女へと視線を向け、そこでメルクリウスは怪訝な顔をする。

「ルーナ……お前、その肌と瞳の色はどうした？」

「え？」

魔神族の種族特徴として、青か緑の肌に白黒反転した瞳というものがある。

ルーナも例外ではなく、この特徴を持っていたはずだ。

だが今、メルクリウスの前にいるルーナの肌は白く、瞳もまるで人間のようだ。

メルクリウスとしては少し気になって問いかけただけなのだが、ルーナは目に見えて慌て出し、まるで言い訳をするように答えた。

「あ、いや、その。これはだな……潜入！　そう、潜入の為だ。ほら、人間達の街に入り込む時とか、人間の姿じゃないと怪しまれるだろう？」

「……普段から変装する意味はないと思うが」

「ああ、その……ふ、普段からやっておく事で常に現場に出た時にボロを出さないようにする為だ！」

……嘘だな。メルクリウスは内心で彼女の稚拙な言い訳に駄目出しをした。

人間の街へ行く時に変装をする。それは分かる、ユピテルもやっていた事だ。

というか人間の街へ近付く時に何の変装もせず堂々と入り込む馬鹿はマルスしかいない。

しかし、だからといって普段から人間のような姿でいるのは意味不明だ。第一これでは味方の魔神族に人間と誤認されて攻撃される恐れすらある。

まあ、七曜である彼女を攻撃する不敬者は流石にいないだろうし、もしいたならばメルクリウスが葬ってしまうだろうが。

つまりは別の理由。恐らく……魔神族らしからぬ外見のテラを意識したのだろう。

少しでも彼に近付こうとして、外見も彼に合わせてしまったのだ。

メルクリウスは内心で沸きあがったジェラシーを無理矢理に押さえつけ、あまり動いてくれない表情筋を無理矢理動かして微笑んでみせた。

「よく似合っている。人間はあまり好きではないが、その肌の色のお前も悪くはない」

「そ、そうか？　それは嬉しいな」

「ところで何の用だ？　私にその姿を見せに来たわけではあるまい」

内心では、そうだと嬉しいなどと思いながらルーナへ問いかける。

すると彼女は思い出したように「あ」と呟き、それからメルクリウスを呼びに来た理由を語った。

「そうだった。テラ様が七曜に招集をかけているのだ。既にサートゥルヌスは会議室に赴いている」

「テラ様が？　……分かった。私もすぐに行く」

「うむ、待っているぞ」

先に走って行くルーナの背を見ながら、メルクリウスは小さく溜息を吐いた。

全く慌ただしい事だ。そして少しばかり気に入らない。

彼女の瞳に自分は映っていない。いつだって別の誰かの事を考えている。

恋敵……というには少し違うだろう。決着が最初から付いているのだから敵として成立していない。

まあ自業自得であるとは分かっている。ぶっきらぼうだし口下手だし、根暗だし本音である程口に出せないし。

勝手に想っているだけの片思いなど相手に伝わるはずもない。

ルーナみたいに分かり易すぎるくらい行動に移していれば相手も察するだろうが、自分にあれは無理だ。どうしてもクールぶって本心を隠してしまう。

「……爆発してしまえ。テラ様だけな」

小声で不敬極まる事を口にし、メルクリウスは会議室へと向かった。

ドアを開けばそこには七つの属性を象徴する七角形のテーブルがあり、月と土の席には既に先客が座っている。

だが火と木、日と金は空席のままだ。

それも仕方のない話で、マルスとユピテルは死に、ウェヌスは離反。

そして日を司る、本来ならば彼等の纏め役であった男――ソルという名の魔神族はウェヌスの洗脳を受けていたという疑いがあり、会議から外されていたのだ。

メルクリウスは水の席へと座り、どの席にも座っていない彼等七曜の長であるテラを見た。

「随分減ったわねえ」

土の席に座る女、『土のサートゥルヌス』が頬杖を突きながら言う。

彼等七曜は決して仲のいい面子ではない。むしろ隙あらば相手を蹴落とそうとする協調性のない集団だ。

しかしこうして、七人のうち四人までもが欠けると流石に思うものがある。

あるいは、いがみ合わずに協力し合っていればこうはならなかったのだろうか？

……いや、それは無理だろう。今にして思えばいがみ合うように仕向けていた爆弾《ウェヌス》が内部に潜んでいたのだから。

「集まったか」

テラが皆を見渡し、全員いる事を確認する。

とはいっても、僅か三人しかいないのだが。

「既に知っている者もいるだろうが、ウェヌスが離反した。いや、離反というよりは元々あちら側だったのだろう。我等は今までいいように踊らされ、無駄に損害を出していたのだ」

つい最近……それこそ、ほんの数週間前までは魔神族は人類に対し絶対的な優位を保っていた。七英雄は確かに恐ろしい存在ではあったが、それでも十二星のアイゴケロスやスコルピウス、アリエスがこちらにいた間はベネトナシュ以外の英雄や守護獣など恐れるに値しなかった。

しかし今にして思えばそれがもうウェヌスの罠だったのだろう。

優位に胡坐《あぐら》をかいて慢心している間にマルスとユピテルが消され、更に土産としてアイゴケロス、アリエス、スコルピウスまで持っていかれた。

気付けば戦力は完全に逆転しており、ルファス一行どころか人類に勝てるかも怪しい所まで追い詰められている。

こうなった以上、もう身内同士でいがみ合っている場合ではない。

そう語るテラの言葉に三人は真剣な表情で聞き入った。

「これ以上の損害を出すわけにはいかない。故に貴公等は今後、ルファス一行の動向をよく観察し、間違えても奴等と接触せぬよう行動してくれ」

本来ならここは様子見でしばらく城に籠るべき場面だ。

もしかしたら人類とルファスが敵対して潰し合ってくれるかもしれないし、そうでないにしても確実にベネトナシュとレオンはルファスと衝突するだろう。

しかし、そうはいかない事情が魔神族にはある。彼等は人類を襲わねば消える欠陥生物……戦闘を止めるという選択肢は取りたくても取れない。

出来る事といったら、ルファス、ベネトナシュ、レオンを上手く避けて他を攻撃する事くらいだ。

「言われなくてもそうしますわ。私だってあんな化物の相手はしたくないもの。ま、しばらくは小さい村とかをプチプチ潰す退屈な作業になりそうね」

「サートゥルヌス……あまり非戦闘員ばかり攻撃するのは……」

「相変わらず固いわね、ルーナは。そんな事言ったって、やらなきゃ死ぬのが私達魔神族なのよ? アンタそれでよく暗殺者が務まるわね。てーかアンタ、その目と肌の色は何よ?」

「え? いや、これはその」

サートゥルヌスとルーナが無駄口を叩くのをテラがわざとらしく咳払いをする事で静め、会議が再開される。

もっとも、その日の会議で行われた事といえば主にルファス一行対策だけだ。

予測されるルファス達の現在地だとか、彼女達の保有戦力はどれほどだとか、そういうものだ。

正確な位置が分からないのは偵察用に出した魔物や配下が全て遠距離狙撃にて撃墜されているからであり、これは恐らく『天秤』のリーブラの仕業だろう。

逆に言えば撃墜されない場所などから大方の予測を立てる事は出来なくはないが、それをやるには配下の数をかなり消耗するしリーブラの射程が長すぎるのとルファス達の移動速度が速過ぎる為、犠牲と正確性が釣り合わない。

あくまで予想に過ぎないが、ルファス達は大体一時間に１００km以上を移動していると考えられる。

更にルファス本人は、以前にギャラルホルン付近からレーヴァテインへ移動した時の速度から推察するに、その飛行速度は数分もあればミズガルズを一周半出来てしまうという結論に達した。

いや、魔神王との戦いから考えるに瞬間最高速度は更にその数倍か数十倍か……。

そのトップスピードを長距離維持出来るならば、あるいは一秒でミズガルズを周回する事すら不可能ではないのかもしれない。何だこの化物。

ごく短い距離に限定するならば、それこそテレポート染みた移動すら可能だろう。

どちらにせよ、『現在地』を割り出したとしても、それを使い魔がテラに伝える頃にはその情報はもう何の役にも立たないのである。

何せ使い魔がテラの元へ戻るよりも早くルファスは世界を何周かしてしまえるのだから、これでは正確性など到底望めない。

会議を終えたメルクリウスは真っ直ぐに魔神王のいるだろう玉座の間へと向かった。

ルファスを避けながら戦う。それはいいだろう。

だがそれは結局の所根本的な解決ではなく、仮に魔神族が最後に勝利しても消えてしまうという問題が残ったままだ。

これを変えるには魔神族という存在そのものを……つまりは女神の敷いたルールそのものを変えなくてはならない。

そうせねば魔神族に未来などないのだ。

「陛下。失礼致します」

メルクリウスは玉座の間へと踏み込み、主の前で跪《ひざまず》いた。

魔神王は最近どこかで大きな戦いをしてきたらしく、今は傷の治療に専念している。

とはいえ然程の深手でもないらしく、傷など感じさせずに悠々と玉座に腰掛けていた。

彼はメルクリウスの来訪に興味深そうに目を細めた。

「メルクリウスか。何の用だ？」

「陛下……どうか、陛下のお力をお貸し下さい」

「ふむ、聞こうか」

「はっ。無礼を承知で申し上げます。陛下の持つ『天へ至る鍵』……正式名称『ＧＭキー』を、我等の為に一度だけ使って頂きたいのです」

『天へ至る鍵』。

それは伝説の中にのみ登場する、女神の代行者のみが持つ事を許される世界の摂理すらも捻じ曲げる神の道具だ。

女神はかつてこれを原初の人類アイネイアースへと渡し、代々彼の一族の長へと引き継がれてきたという。そして女神はこの鍵を代行者以外が手にする事を最大の罪とし、あらゆる人種、あらゆる生き物に言い聞かせた。この鍵を狙う事は女神への宣戦布告に他ならないと。

故に歴史上どんな悪党だろうと魔物だろうと、魔神族だろうと代行者の一族にだけは手を出さなかった。

どんな愚者でも、女神にだけは歯向かえない。歯向かいたくなかったからだ。

だが二百年以上前に、この摂理に真っ向から喧嘩を売る者が現れた。

それこそがルファス・マファール。

彼女はあろう事か代行者達の聖域へ堂々と踏み込んで侵略し、その長であるパルテノスを鍵ごと持ち帰ってしまったのだ。

その鍵は後に、彼女の配下の中でも最大の戦力を有する『双子』のジェミニ有するアルゴー船へと預けられ、今も厳重に保管されている……と思われていた。

だがメルクリウスは考えた。それはもうアルゴー船にない、と。

そう、ルファスとの戦いの後に行われた魔神王の遠征。彼があれだけの大戦力を連れて挑む相手など限られている。

一つは獅子王レオンの軍勢。

一つは吸血姫ベネトナシュ率いるミョルニル。

そしてもう一つはルファス・マファールと、彼女と共にいる覇道十二星。

だがその全てが健在であり、魔神王と戦った痕跡はない。

いや、ルファスは魔神王と戦ったがそれは遠征の前の事だ。

ならば残る候補は一つ。多くの英霊を抱えるアルゴー船しか有り得ない。

つまり鍵はもう魔神王の手へと移動している。それがメルクリウスの推測であった。

「……知っていたのか。私がそれを持っていると」

「失礼ながら、色々と調べさせて頂きました」

「ふむ、一応聞いておこうか。この鍵を使って何を望む？」

魔神王は今の所上機嫌だ。メルクリウスの事を面白そうに見ている。

ならば機嫌が変わらないうちに本題へ切り込むべきだろう。

メルクリウスは唾を飲み、緊張を顔に出さずに答える。

「我等魔神族を……いや、たった一人だけでもいい。魔神族の宿命から解放して頂きたいのです。それが出来るのは、鍵を持つ貴方を措いて他にいません」

17

メルクリウスの望みはただ一つ。

魔神族の勝利でもなければ栄光でも名誉でもない。

己の命すら、その為ならば要らぬと思える。

たった一人でいいのだ。たった一人……勝手に想っているだけの惚れた女が生きられるならば、それでいい。

だから彼は魔神王に交換条件を出した。

ドラウプニルを守護している守護竜の生き血を、その身体ごと魔神王へ献上すると。

守護竜の生き血は豊富なマナを含み、あらゆる生き物の全戦闘能力を上昇させる働きを持つ。

魔神王にとっても大きな価値を持つ、無視できない対価だ。

要するにルファス曰くのドーピングアイテムであり、それも間違いなく最上位に位置している。

無論本来ならばまともに戦って勝てる相手ではない。

だが今だけは別。ある者により消えない毒を植えつけられた守護竜ならば倒す事が出来る。

だから……だからこそ負けられない。

こんな所で、勇者などに跪いている場合ではないのだ。

「私は勝つ！　たとえ悪魔に……否、神に魂を売ろうとも！」

メルクリウスの身体をウィルゴの剣が裂く。

反撃しようにも他の連中が邪魔をして上手くいかない。

後方から飛んでくるクルスの魔法が僅かではあるが確実にダメージを刻み、こちらがいくら傷を与えてもすぐに回復される。

いかに個の力で勝《まさ》ろうとも、こうまで数に差があっては勝てるものも勝てない。

ましてやこの聖域による弱体化まで加わっては、いかに七曜でもどうしようもないだろう。

そして思ったよりも厄介なのがあの勇者だ。

本来勇者とは、ウォーリア系統三種とソードマスターを極めた者のみが到達可能な一種の隠しクラスである。

そしてそれは、あの二百年前の英傑達の時代においてすらアリオトただ一人を除き誰も到達出来なかった剣の頂だったのだ。

しかしこの勇者はあろうことか、最初からそのクラスに就いている。

その、何と出鱈目《でたらめ》な事か！

レベルと戦闘力が釣り合っていない。観察眼で見た限りレベルは僅かに40未満。だというのにその強さは既に傭兵のガンツにすら並ぶほどとなっている。

これでは勝てない。いかに七曜の一人メルクリウスといえどこの状況は引っくり返せない。

だから彼は、望んではならぬ相手へと望んだ。

そして心の中のその問いに、確かな答えが返ってきてしまう。

『弱き人形よ。力を求めますか？』

心臓が跳ねるような鼓動音が耳に響き、絶大な存在感を持つ何者かの声が響いた。

一瞬彼の脳裏に浮かんだのは、海のような蒼い髪をなびかせたこの世のものとは思えぬ美しい女性の幻影。

彼のかつての同僚であったウェヌスと酷似した顔立ちの、だが彼女など比較対象にもならぬ力の持ち主だ。

そして理解した。ああ、こいつだ。

こいつこそが自分達の創造主。否、術者なのだと。

「ふん、私の足掻きもお前にとっては人形劇の一幕か。ああ、それでいい。人形になってやる。お前の出来の悪い喜劇の脇役になってやる。だから女神よ！　私に力を寄越せ！　何者にも負けぬ力を、この私に！」

クスリ、と女神が嘲笑した――気がした。

ああ、嘲笑っていろ。蔑んでいろ。

解っているさ。これをやってしまえば二度と元に戻れぬのだろう？

後戻り出来ぬ道に踏み込んでしまったと、理屈ではなく本能で解る。

『魔神族のメルクリウス』という完成された魔法の形を捨て、無理矢理に出力だけを上げるなら、それはもうメルクリウスではない、ただの強力な水魔法だ。

メルクリウスの形が崩れ、アメーバ状に溶けていく。自分が自分でなくなるのが実感出来る。

『いいでしょう』

メルクリウスの身体から凄まじいまでの天力が迸った。

本来ならば魔神族が決して発さぬはずの聖なる輝きに全員の表情が硬直し、突然の異常に思考が追いつかない。

だが変化は顕著だった。

メルクリウスが人の形を失い、ドロドロと溶けて広がっていく。

それだけではなく明らかに体積が増え、勇者達全員を飲み込まんと雪崩の如く押し寄せてきた。

咄嗟にウィルゴとクルスがシールドを展開するも、それも長続きしそうにはない。

「っ！」

黒尽くめのローブを脱ぎ捨ててアリエスが前に飛び出した。

拳に炎を灯し、一撃！　その気になれば大地だろうが砕く、外見を完全に無視した腕力でメルクリウスだったものを殴り飛ばす。

だが吹き飛びこそしたものの、効いていない。

蒸発はしているが、消えたそばから増えている。

「え？　あれ？　だ、誰⁉」

突然のアリエスの出現に瀬衣が戸惑っているが、答えている暇はない。

アリエスはすぐにこの狭い戦場を不利だと判断すると掌から火弾を発射して壁を溶かし、大穴を空けた。

そしてウィルゴを抱き上げると、彼女の意見を聞かずに跳躍。空洞から脱する。

「お、おい、今のはスヴェルにいた嬢……いや、坊主じゃ……」

「何言ってるんだおっさん！　とりあえず、よく分かんねえが俺達も逃げるぞ！　ここは何かやべえ！」

アリエスと一度会った事があるガンツが呆然としているが、彼以外には何の事だか分からない。

分かるのは、あの少女（？）が、狩猟祭に参加していた黒尽くめの男とは明らかに別人であり、すり替わっていたという事だけだ。

アリエスの空けた穴から皆が慌てて逃げる中、瀬衣は何かに気付いたように逆走した。

そして地面に落ちている小瓶を拾い、すぐに走って大穴から飛び出す。

その直後に空洞を完全に水が満たし、それればかりか霊峰そのものを覆い尽くしてしまった。

超人的な身体能力で山の斜面を滑り落ちるように下りた瀬衣達一行は、慌てたように山へ駆け寄ってきたカイネコと合流する。

「み、皆！　これは一体何事だ!?」

「分かりません！　メルクリウスが急に変身して……」

「ア、アレはメルクリウスなのか!?」

カイネコの問いに、クルスも混乱から立ち直れない荒い語調で語った。

とはいってもクルスだって何が何だか分かっていない。七曜が変身するなんて今までに例のない事なのだ。

もはや面影すらないメルクリウスは雄叫びをあげながら益々体積を増し、水が増量していく。

このままでは霊峰といわず、このドラウプニルそのものが飲み込まれてしまうだろう。

「なあクルス。アレどうすりゃいいんだ？　斧は……効くわきゃねえよなあ」

「ま、魔法だって無理ですよあんなの。私に聞かないで下さい」

ガンツが遠い目をしながらクルスへと問うが、答えが返って来るとは彼も考えていない。

そして案の定、クルスも『無理』の二文字を返し、全員が沈黙してしまった。

結局のところ、この場において全員の見解は一致していた。

即ち、どうしようもない。あんなのは人の手に負えるわけがないのだ。

＊　＊

「ま、待ってアリエスさん！　どこに行くの!?」

「え？　とりあえずルファス様達と合流だけど」

アリエスはウィルゴを抱えたまま木々や岩の上を跳躍してメルクリウスから距離を取っていた。

少なくともメルクリウスはアリエスにとって負ける相手ではない。

だが少しばかり厄介な事に違いはなく、ウィルゴを守りながら戦うのは面倒だし万一がないとも限らない。

ならばまずはルファスから与えられた任務を優先し、ウィルゴの無事を確保する。

本当はウィルゴに勝たせて自信を付けさせてあげたかったのだが、命の危険が出てしまっては話も変わる。

ここは一度ルファス達と合流して彼女の安全を確保するべき場面なのだ。

「合流って……あそこにいる人達は?!」

「んー？　まあ、頑張って逃げ……いや、無理かな。走る速度より水が増える速度の方が速いね」

「じゃあ駄目だよ!?」

アリエスにとっては見知らぬ人間がどうなろうと、あまり知った事ではない。

正直な話、この国だって消えようが残ろうがアリエスにとってはどうでもいいのだ。

彼は基本的に温厚な性格ではあるし、十二星の中では話の通じる部類である。

しかしその行動基準は一にルファス、二にルファス、三四もルファスで五がその他である。

しかもその他ですら八割は身内関係だ。身内以外に割く感情など実はほとんどない。

結局のところ彼は羊なのだ。まず群れを最優先に考えてしまうし、群れの先頭が間違えたら一緒に間違えてしまうのがアリエスだ。

つまり彼は割と、自分達以外の事に関しては無関心なのである。

その分、一度懐けば地獄の底までついてきてくれるのも彼なのだが。

「まだ皆あそこにいる。何とか助けないと」

「避難するまで時間を稼ぐって事？　でもあの量の水はちょっと厄介だと思うんだけど」

「でもアリエスさんなら出来るんでしょ？」

「……まあ、出来るけどさ」

「なら、お願い！」

身内の為ならば命がけで戦う事もするが、見知らぬ誰かの為に戦うのはアリエスにとって損しかない。

しかも勇者という事は要するにルファスの敵だ。

何が悲しくて無駄に戦って敵を助けなければならないのだろう。アリエスにはそこが心底疑問であった。

しかしこのまま見捨てていくとウィルゴの心に傷を残してしまうかもしれない。

アリエスはしばし考え、とりあえず今回はウィルゴの心の安定を優先する事にした。

あの戦いを見る限り、勇者ならいつでも焼き殺せる。向こうが敵対する意志を見せたなら、ウィルゴの見ていない所で焼いてしまえばいいのだ。

「分かった……戻るよ！」

アリエスは木を蹴って方向転換し、霊峰へと引き返した。

そして水の射程距離外ギリギリまで来た所でウィルゴを降ろす。

「ウィルゴは彼等を逃がしてきて。その間は僕があれと遊んでるから」

「う、うん、分かった」

ウィルゴを置いたアリエスは地を蹴り、先ほどまでよりも速く駆ける。

そして充分な加速を乗せ、全身を炎に包んでの体当たり。

メルクリウスごと霊峰をも貫き、反対側から飛び出した。

更にもう一度突撃。再びメルクリウスを貫いてその部分の水を蒸発させる。

しかし消したそばから水が増殖し、これではキリがない。

どうやら周囲のマナを手当たり次第水に変えて自分の身体に足しているらしく、マナごと消し飛ばさないといくら焼いても全くの無意味だろう。

「まあ、駄目元で色々試してみようか」

アリエスは再び突撃し、今度は拳を天へと掲げるように振り上げた。

その衝撃波だけで突風が舞い、竜巻のようにメルクリウスを空へと撥ね上げる。

追って跳躍し、一秒にも満たぬ間に数十発の蹴りを炎と共に叩き込んだ。

蹴り、殴り、貫いて、そして木や岩を足場にまた跳躍してメルクリウスが落ちるよりも早く攻める。

傍から見れば虹色の炎の弾丸が縦横無尽に駆け回り、巨大な水の怪物を滅多打ちにしているようにしか見えないだろう。

放たれた水の触手を避け、手から炎をバーニアの如く発して加速。距離を詰める。

そして渾身の蹴り――の衝撃波でメルクリウスを蹴り飛ばし、距離が開いた所ですかさず両手を広げた。

「はああ……！」

炎の弾丸を連射、連射、連射！

再生するよりも早く蒸発させてしまえば、あるいは完全に消滅させる事も可能なのではないかと考えての行動だ。

アリエスの放つ炎弾が次々とメルクリウスを消し去り、形を保てなくなった水はマナへと還元されていく。

山よりも巨大だった水はみるみるうちにしぼみ、遂に元のメルクリウスと大差ないサイズにまで縮んでしまった。

相手がいくら巨大だろうがアリエスには関係ない。

何故なら彼の攻撃は『割合ダメージ』。どんな相手だろうが等しくダメージを刻み込むのだ。

「『メサルティム』！」

アリエスが両手を掲げ、巨大な炎の塊を生み出す。

この炎こそ割合ダメージの真骨頂にして彼の得意技だ。

その効果は『接触している間割合ダメージを与え続ける』というものであり、長期戦であればあるほどアリエスが有利となる。

その炎の塊を投げつけ、メルクリウスを炎で包みこんだ。

この光景をルファスが見れば「だからそれ、そういう技じゃないって」と突っ込みを入れたかもしれない。

「オ、オオオオ、オオオオ！」

メルクリウスが断末魔の叫びをあげ、その身が消えていく。

炎が消えぬ限り永続的に焼かれ続けるのはまさに地獄だろう。

割合ダメージも積み重ねれば、やがて相手のＨＰは削りようもない１にまで落ちてしまう。

執拗なまでにメルクリウスの身体を焼き続ける炎はいわば、消火せぬ限り持続する割合ダメージの連射。下手な固定ダメージなどより余程恐ろしい。

やがてメルクリウスは小さな水の破片となってしまい、確認するまでもなくＨＰが１となってしまった。

アリエスは最後に小さな炎弾を発射して水の破片を蒸発させ、ここに完全にメルクリウスを抹消する。

普通ならばここで終わりだ。完全に焼き滅ぼしたのだから、この後があるわけがない。

「……あー……やっぱこうなるんだ」

しかし今のメルクリウスは普通ではない。

周囲のマナが再び水へと変化していくのを見ながら、アリエスは困ったように頬をかいた。

18

増え続ける水を見ながらアリエスは困ったように顔をしかめていた。

いくら殴っても焼いても、消し去ってもマナから再び水に戻ってしまうのでは手のうちようがない。

魔神族の死とは形を保てなくなってマナへと戻る事のはずである。

そして魔法の終了も同様に形を保てなくなりマナへ還元される事だが、それは決して消えているわけではない。

物質からマナへと変わっているだけであり、構成していたマナそのものは決して減る事なくその場に残っているのだ。

そして今のメルクリウスは文字通り殺しても死なない化物と化しており、身体の全てを破壊してマナへ戻してもそのマナから復活してしまう。

そしてマナそのものを消去する手段などアリエスにはなく、つまりは詰みであった。

負ける事はまずない。それだけの圧倒的な差が存在している。

だがアリエスではメルクリウスを倒し切る事もまた不可能に近かった。

これを倒し切れるのはアリエスの知る限りでは三人。

まず一人は主であるルファス・マファール。

彼女ならばメルクリウスになる前のマナを全て集めて黄金の林檎《りんご》に変える事で再生を阻む事が出

来る。

一人はアイゴケロス。彼もまたメルクリウスへと変わる前のマナを全て使って自身の幻像を造り出し――つまりは先にマナを使ってしまう事でメルクリウスの再生を阻めるだろう。

そして最後の一人はパルテノス。

彼女の秘技である『ヴィンデミ・アトリックス』ならばマナそのものを消去してしまえる。

つまりは再生の元から断つ事が可能だ。

だがこの三人の誰もこの場にはいない。

……いや、訂正しよう。三人ではなく四人だ。

アリエスはチラリ、と遠くにいるウィルゴを見た。

彼女ならば……パルテノスの後継である彼女ならばあの怪物をも消し去る事が出来る。

しかしそれは彼女に危険な橋を渡らせるという事だ。

アリエスとしては、そんな何一つメリットのない戦いをするよりもこの国を捨てて撤退するべきだと思うのだが、それはウィルゴが納得しないと思い知ったばかりだ。

となると、やはり彼女を主軸にしつつ何とか自分がサポートするしかないだろう。

奇《く》しくも、ルファスの下した命令通りに彼女の補佐に徹する形になってしまいそうだ。

「ヴィンデミ・アトリックス！」

そのような事を考えているとアリエスの横を光の波動が通過し、メルクリウスへ直撃する。

命中した部分のマナが完全に消失し、ウィルゴが翼を羽ばたかせてアリエスの横へと並んだ。

「避難誘導はもういいの？」

「うん。何とか帝都までは誘導したから、後はカイネコさんが何とかしてくれると思う」

どうやらウィルゴはあくまでやる気らしい。

見た目通りに随分お人よしだな、と思いながら、しかしアリエスは決して彼女を悪く思いはしなかった。

実力が足りないながらも、それでも出来る事を必死にやろうとする姿には好感が持てる。

何とか強くなろうと必死に足掻いていた昔の自分の姿が重なり、何だか妙に嬉しくなった。

「分かった。じゃあ僕が攻撃を防ぐからウィルゴは何とかマナを消せるだけ消してみて。全部消せなくても被害はかなり減ると思うから」

「うん、やってみる！」

ウィルゴのサポートに回る事を決めたアリエスが掌から炎を発し、大きく両手を広げる。

そして掌を突き出す事で両手を合わせ、そこから収束させた炎を一気に解き放った。

直後、熱風が掌を中心に吹き荒れ、アリエスの髪をなびかせる。

衝撃で彼の立っている地面が抉れ、掌から放たれた炎の激流がメルクリウスを蒸発させていく。

そこに合わせるようにウィルゴがマナの消去を放ち、更にメルクリウスの身体を削り取った。

しかし増殖する速度が思ったよりも速い。

メルクリウスは今や山よりも巨大な水の塊であり、そして帝都へ向けて着実にその魔手を伸ばしていた。

「こ、このままじゃドラウプニルが！」

「落ち着いてウィルゴ。あいつを構成してるマナだって無限じゃない。消し続ければ、それだけ帝都の被害も減るはずだ」

慌てて帝都へ向かおうとするウィルゴを止め、飛んで来た水の触手に火炎を放って蒸発させる。

レヴィアの時といい、どうも相性のよくない敵とばかりぶつかるなあ、などと少し嘆きたくなった。

何でこう、毎回水属性ばかりと戦う羽目になるのだろうか。

ともかく、確実に効いているのだけは確かだ。

ならば後は帝都が飲まれるのが早いか、それともウィルゴが敵を完全に消すのが早いかの差でしかない。

まあ……帝都は多分大丈夫だろうという確信にも似た安心があるから、こうも余裕でいられるわけだが。

とりあえずこの場は、ウィルゴを守るのが最優先だ。

そう考え、アリエスはこの場で『全力』を出す事を決意した。

＊　＊

「何か騒がしいですね」

『射手』の捜索を帝都で続けていたものの何一つ成果を得られなかったディーナが顔をあげ、山の方向を見る。

それに合わせてアイゴケロスも山を見ると、丁度雪崩の如く大量の水が接近しているのが目に映った。

どうやらウィルゴ達が向かった山の方で何かトラブルが起こったらしい。

水はこのままだと帝都に直撃するコースであり、必然的に自分達も巻き込まれる事となってしまう。

しかし水魔法ならばディーナの最も得意とする分野だ。

彼女はクイ、と指を動かす事で迫りつつあった水を全て巻き上げ、一箇所へと集めてしまう。

更にエクスゲートを発動。

固めた水を全て呑み込み、移動先を別世界に指定して、移動の最中に中断。

そうする事によりどこへも行けなくなった水の塊は次元の狭間に放逐された。

こうなればもう自力で脱する事は決して出来ない。永遠にミズガルズと『もう一つの世界』の間を漂う事になるのだ。

エクスゲートを悪用する事で成立するこの『亜空間封印』の術は同じエクスゲートの使い手であっても、術の性質を完全に理解していない限り完成しない。

恐らくはあの賢王だろうと同じ事は出来ないだろう。

つまり、ある意味ではディーナの固有技能とも呼べる奥義だ。

「ふん！」

アイゴケロスが手から黒い波動を放つ事で水を霧散させる。

だが消えてマナへ戻ったはずの水は再生し、何事もなかったかのように進んだ。

それを見てアイゴケロスは一目で理解する。あれは消してもマナからすぐに再生してしまう特異な水だと。

通常魔法は形を保てなくなればマナへ戻り、そこで完結する。

だがあの魔法はどういうわけか、マナに戻しても再び水という形へ逆行するように出来ているようだ。

正直ありえない事象だとは思う。

まるで術者が近くにいて、消えるたびに魔法を再発動しているようだ。

だがマナから戻るならば話は早い。

要は、そのマナを先に使ってしまえばいいのだ。

アイゴケロスはそう判断するや、周囲のマナを使い己の幻像を生成。

ルーナと戦った時以上の巨大な悪魔の幻影を生み出し、その姿はみるみるうちに巨大化していった。

10mを超え、20を超え30を超え、遂に悪魔は天にも届くサイズとなってその禍々《まがまが》しい姿をドラウプニルに降臨させる。

空は暗く染まり、雲は黒く、雷光が響き渡る。

その様はまさに魔王の顕現。平和なドラウプニルに破滅を齎《もたら》すべく地獄より魔の王が現れたかのようだ。

「ばっ、化物だあー!?」

「お、お助けー!?」

当然のように獣人達はパニックを起こし、我先にと逃げ出してしまう。

その豆粒のような哀れな獣人達を見下ろし、アイゴケロスは聞く者の精神すらも軋ませる声で高笑いをあげた。

「ふはははは！　愚かなる獣人達よ、恐れるがいい、逃げ惑うがいい！　それが汝等に最も相応しき姿だ！　ファーハハハハ！」

それにしてもこの山羊、ノリノリである。

仕方ないね、だってこいつ悪魔だもの。

人が怯える姿とか大好物だもの。

「……あの、アイゴケロス様。今回の敵はドラウプニルじゃありませんよ？」

「む。そうであったか」

「そうですよ」

ディーナに諌《いさ》められ、巨大な悪魔はポリポリと頭を掻いた。

そして本来の目的を思い出し、遠くを見る。

そこではウィルゴとアリエスが戦っており、割と手こずっているようだ。

だらしのない奴等め、と思いながらもアイゴケロスは彼等の援護をする事を決めて移動を開始した。

本体は未だ老紳士のままなのだが、もはやそれは巨大な幻影に包まれてしまい外からは見る事が出来ない。

傍から見れば、天を衝くほどの巨大な悪魔が山へ向かって前進しているようにしか見えないだろう。

少なくとも、離れた位置にいた瀬衣はそう感じてしまった。

「な、なんだあれは……!?」

「あ、あれは……間違いありません！　あのおぞましい姿、まさしく覇道十二星、『山羊』のアイゴケロス！　十二の星の中で最も邪悪で、善と正義を憎む者です！」

「善と正義を……ま、まさか！」

「ええ……恐らくは。きっと彼にとってウィルゴさんの輝きは何よりも目障りなもののはず……。憎き天使を始末するためにこの場に出現したとしか考えられません！」

クルスのとんでもない勘違い発言に瀬衣が顔色を青くした。

脳裏に浮かぶのはあの黒翼の覇王の姿。

なるほど、主が化物ならば部下もまた化物。

あのラスボスとしか思えない巨大悪魔もルファスの部下と言われれば納得出来る。

そして白く輝く翼のウィルゴへとアイゴケロスが近付く様は、天使を殺すべく大悪魔がやってきたようにしか見えない。

実際は全くの逆で、山羊さんと乙女さんは仲間同士なのだが、一体誰がそれを初見で信じるというのだ。

そして更に混沌は加速し、山の方向から炎が噴き上がったかと思うや否や、そこにアイゴケロスにも劣らぬ巨大な怪物が姿を現した。

「メエエエ゛ェ゛ェ゛ェ゛エエエエェ!!」

虹色に輝く炎を纏った巨大な羊。

それこそまさに覇道十二星が一角、『牡羊』のアリエス！

その姿を知るガンツが顔を真っ青にし、指先を震わせた。

そして思う。最悪だ、と。

後ろには『山羊』。前には『牡羊』。

白い翼の天使は完全に前後を塞がれてしまった形になる。

誰がどう見ても分かる、詰み。

実際は山羊さんと同じく羊さんもウィルゴのお友達なのだが、初見でそれを理解しろというのは無茶振りすぎるだろう。

「！　おい瀬衣、どこに行く気だ!?」

「決まってるだろう、ウィルゴさんを助けに行く！」

「馬鹿言うな！　お前に一体何が出来るってんだ！」

駆け出そうとした瀬衣の手首をガンツが掴んで制止する。

メルクリウスだけならばまだしも、もう状況は完全に変わってしまった。

覇道十二星の恐ろしさは彼自身が、かつてアリエスを近くで見たからよく知っている。

あれは人智を超えた化物の中の化物だ。

戦うだとか勝てるだとか負けるだとか、そんな次元の話ではない。

まず戦闘そのものが成立するはずもない歩く大災害。それが十二星なのだ。

しかもそれが二体！　どう考えても戦っていい相手ではない。

「いいか、勇気と無謀を履き違えるな。勝てない相手に無策で突撃するのはただの無謀だ。お前は今は未熟だが、いつか必ず俺達なんか比べ物にもならねえ強さになる。それまで、あんな化物とは関わろうとするな。今は堪えるんだ」

「……っ！」

瀬衣が己の無力に歯噛みする。

ウィルゴを見殺しにする事など絶対に出来ない。

だが現実問題、自分に出来る事がないという事もまた理解出来てしまう。

何故自分はこんなにも弱い。何故こんなにも頭が悪い。

女の子一人救うだけの力もなく、この状況を打開する策も思い浮かばない。

そうして少年が悔しさに拳を震わせていると更に状況は悪化し、今度は巨大な蠍の怪物が天を衝いて顕現した。

続けて森の中から巨大な蟹の怪物が姿を現し、バーニアを吹かしながらミズガルズ最強のゴーレムである『天秤』のリーブラが飛翔してきた。

かくしてここに『牡羊』、『山羊』、『蠍』、『蟹』、『天秤』の五星が揃い、しかし次の瞬間彼等は揃って地面に頭《こうべ》を垂れた。

一体何があったのだろうか？

そう思い瀬衣が目を凝らすと、巨大な怪物達の前に真紅のローブの誰かが立っているのがかろうじて見えた。

あの怪物達を従えるなど、一体――？

そう考えていると一際強い風が吹き、顔を隠していたローブがめくれる。

そして見たのは、毛先にかけて黄金から朱へ変色している金髪の女性。

間違いない。一度見ただけだが忘れるものか。

「……ルファス・マファール……」

そう、人智を超えた化物を従える者がいるとすれば、それは更に人智を超えた化物以外に有り得ない。

瀬衣は戦慄に唇を戦慄《わなな》かせ、ドラウプニルは絶望に染まる。

そしてクルスは「世界の終わりだ」と呟いて失神した。

19

「ごめんなさい」

目の前で土下座する馬鹿三人――アイゴケロスとスコルピウス、カルキノスを前に、俺は頭を抱えたくなった。

一体何から話せばいいものやら……とはいっても、そう長い話にはならないだろう。

まずそうだな、スコルピウスと一緒に『射手』を捜していた所から説明しよう。

まあ、これといって語る事はない。情けない話だが俺達は結局何の手掛かりも得られなかったのだからな。

で、とりあえず一度皆と合流しようと考えた時に、山からあの水が流れてきたわけだ。

そこまでは別にいい。いや、全然よくないんだがぶっちゃけあの程度はどうとでもなる事だ。

錬金術で壁を造ってもいいし、拳の風圧で吹っ飛ばす事だって出来る。

ま、あれだ。魔神王さんと戦った時に空振りで海が割れたりしたが、あれの応用だな。

問題は水を消す為に周囲のマナを取り込んでアイゴケロスが巨大幻影を出した事に端を発する。

更にアリエスが巨大化したのも不味かった。

それを見たスコルピウスが何やら対抗心を燃やして意味もなく巨大化し、更に森にいたカルキノスも一緒に巨大化した。

何故わざわざここで大きくなったのかを問うてはみたが、返って来た答えがこれだ。

「つい、ノリで」

俺はカルキノスを思いきりド突いた。

そんなわけでドラウプニルにでかい蟹と蠍と山羊と羊が登場する大惨事になってしまい、俺は慌てて現場に急行してこのアホ共を叱ったわけだ。

いや本当、どうするんだよこれ。ドラウプニルの獣人の皆さんが完全に怯えてるじゃねーか。

アイゴケロスなんか無意味に天候まで変えてくれやがって、せっかくの晴天だったのに今や禍々しい暗雲が覆っている。

どうでもいいがこれは月属性魔法の『ムーンリットナイト』といい、ゲームでは昼夜を逆転させるという設定の魔法だった。

エクスゲート・オンラインは現実の時間とリンクして早朝、朝、昼、夕、夜、深夜の六段階に明るさが変化し、時間帯によってイベントや出て来る魔物の種類が変わったりする。

あるいは同じ魔物でも出現地点が変わったりな。

例えば日中は活発で夜になると寝静まるなんて設定の魔物は夜になるといくら草原や森を探しても見付からず、洞窟の中に出てきたりするわけだ。

ついでにそういう奴は大体戦闘を開始して最初のうちは寝ているので夜のＩＮは狩りが楽になるというメリットもある。

で、プレイヤー側に一種類だけこの時間帯の影響をモロに受ける種族が存在した。

そう……夜の貴族『吸血鬼』だ。

彼等は夜のＩＮだとアホみたいに強いのだが、朝や昼だとステータスにマイナス補正がかかってしまう極端な連中で、当然のように運営へ「このクソ仕様どうにかしろよ」とのクレーム……もとい要望が殺到した。

そりゃそうだ。いくらアバターが吸血鬼だからってプレイヤーは吸血鬼じゃない。

これに関しては、そもそも吸血鬼を選ぶ方が悪いという意見もあったんだが他にもＩＮ出来る時間が限られているプレイヤーにとってもこの仕様は面倒だった。

リアルの事情でどうしても昼しかＩＮ出来ないとか、夜しかＩＮ出来ない奴ってのはいるからな。で、運営が仕方なくアップデートで加えた修正が昼夜逆転の魔法やアイテムなわけだ。

勿論本当にゲーム内の時間帯が変わるわけじゃない。

そんな事してたら何人ものプレイヤーが何度も何度も昼夜を入れ替えるせいで昼と夜が頻繁に入れ替わる大混乱を起こしてしまうし、そんな事をやってたらサーバーの負荷もやばい。

要するにこれは実際に昼夜が入れ替わるわけじゃない。あくまでそれらの時間帯の効果を得られるってだけの話だ。

例えば昼にこれを使えば本来は夜しか出てこない魔物が付近に出易くなったり、吸血鬼なら昼でもマイナス補正がかからなかったり、だな。

――もっとも……この『ゲームの知識』ってやつは最近どうも信用出来ない。

語っている俺自身、実のところこれおかしいんじゃないか？　とは薄々は思っている。

だって、なあ……？　ありえるのか、こんな滅茶苦茶なゲームって。

……っと、話が逸れたな。一度考え始めると長々と余計な事まで補足してしまうのが俺の悪い癖だ。

ともかく本来は昼夜が入れ替わるはずもない魔法なのだが、やはりこの世界にそんなゲーム内の常識は通じないらしい。

アイゴケロスはマジで世界を夜へと変えてしまい、空はこの世の終わりのような暗黒で包まれている。

てーか、あれだな。星の回転とかマジにどうなってるんだこの世界。

一瞬で昼夜が入れ替わるって事はつまり星が凄い速度で回転したって事なわけだが、自転速度変えるってやばいだろ……常識的に考えて。

そもそも惑星の自転は慣性の法則で回っているわけで、一度速度を変えたらずっとそのままになると思うんだがな。

例えば地球なんかも、昔は一日が五時間しかなかったという説もあるが、あれは徐々に自転速度が緩んでいき、今の二十四時間になっているらしい。

だから遠い未来には更に一日の時間が延びるかもしれない……っと、また脱線したな。

ま、あれだな。やっぱこの世界、物理法則さんが全然仕事してねーわ。

頭の悪い俺でも解るくらいに色々おかしい。流石ファンタジーだ。

それとスマン。最初に『そう長い話にはならないだろう』と言ったがありゃ嘘だ。少し長くなっちまったな。

「仕様のない者達だな……で、リーブラ。何故其方まで頭を下げている」

俺は風でめくれてしまったローブを戻しながらリーブラへと尋ねる。

俺が現在叱っているのは巨大化した三馬鹿であってリーブラではない。

しかし何故か彼女は俺に頭を下げており、それが疑問を誘った。

「いえ、こうした方が絵になると思いまして。あそこで見ている勇者一行への牽制にもなりますし、マスターの強大さをアピールする事も出来ます」

「ちょ!?」

リーブラに言われ、俺は慌てて遠くを見た。

マジだ。本当にいるよ、勇者一行。何か凄い怯えた顔でこっち見てるよオイ。

これ完全に俺等侵略者じゃねーか。勇者一行の前に突然出てきた敵キャラ集団にしか見えないだろこれ。

アイゴケロスのアホがさっき余計な事口走ったせいで獣人達もすっかりびびってるし、また俺のイメージが悪化したじゃないか。

んー、これどうするかな……敵じゃないよ、怖くないよって言っても説得力ないよなあ。

「んん?」

そんな事を考えていた俺だが、ふと妙な事に気が付いた。

いや、妙な事という程でもないのだがやはり客観的に俺達を見れば『彼』の行動は妙なものだろう。

何故か勇者一行の中にいた勇者らしき少年がこちらへと歩いて来ているのだ。

何だ？　まさかここで俺に挑むつもりか？

少年よ、そりゃ悪いが勇気じゃなくて無謀だぞ。いくら相手が勇者でも流石にレベル30ちょっとじゃ負けようがない。

まあ、とりあえず出方を見るかな。もし本当に斬りかかって来ても今の実力差ならまだ全然問題ないし。

その時は軽く流して気絶でもさせてやろう。

＊　＊

心臓が五月蠅《うるさ》い。

手に汗が滲んで、まだ何もしていないのに息が切れる。

仲間達の制止を振り切って瀬衣が訪れたのは魔神王と並び立つと呼ばれるミズガルズの巨悪、ルファス・マファールとその配下達の目前。

幸いにして今の所、覇王はこちらを殺す意志がないと解る。

もしも彼女がその気ならば、自分の首はもう胴体と繋がっていないはずだからだ。

突然のルファスの出現に、正直に言って瀬衣は怯えた。

今更取り繕う事など出来るはずもなく、心底恐れた。

だがかろうじて彼を踏み止まらせたのは、そもそもここに来た目的が覇王の情報を集めるため……つまり彼女と会う事だったからだ。

そうだ、メグレズに言ったではないか。あの賢王が教えてくれたではないか。

ルファス・マファールは敵ではないと。

ならば……ならば逃げるな。相手から逃げて和解は有り得ない。

こちらから歩み寄らなければ何も変わりはしないのだ。

「……ルファス・マファール……さん、ですね？」

「ふむ。どうやら既に気付かれているようだな。ならば顔を隠す意味もないか」

瀬衣の絞り出すような問いにルファスは何の緊張もなく答え、顔を隠していたローブを外した。

すると黄金の髪がこぼれ、絶世の美と呼んで過言ではない顔立ちが露《あらわ》になる。

見た目は……そう、見た目だけは本当に美しい女性だ。

華奢で、麗しく、男なら守ってやりたくなる。

だがそう思わせないのは、彼女が纏う強者のオーラのせいか。

外見と存在感が一致しない。まるで幻か何かで美しい女性を見せられているだけで、実際はあの巨大悪魔などよりも更に巨大な大怪獣か何かと対面しているのではないかと錯覚させられる。

なまじ、半端に強くなってしまったからこそ以前より鮮明に解る。解ってしまう。

これが覇王。これがレベル１０００。これがミズガルズにおける強さの最高峰！

改めて、覇王打倒の為に自分を呼び出したレーヴァティンの判断が根本から間違えていると確信出来る。

これと戦うなど、正気の沙汰ではない。

仮に自分ではなく、現代日本の自衛隊を全武装をセットで召喚したとして果たして勝負になるかどうか……否、無理だ。それでも勝てる図が思い浮かばない。

この女は単騎の暴力だけで地球の一国が保有する軍事力すら易々と上回っている。

核兵器ですら殺せるかどうか……。

比喩ではなく、一人で全世界を敵に回せるのがルファス・マファールなのだ。

しかも部下である覇道十二星まで集まっており、確実に全盛期に戻りつつある。

（……呼ばれたのが……俺でよかった）

今、心底思う。召喚されたのが自分でよかった。

勇者には相応しくない臆病者の自分でよかった。

もしも他の誰か……ルファスと戦う道を選んでしまう『勇気』ある者、即ちこの世界にとっての正しい真の意味での勇者を召喚してしまっていたならば、確実に世界は終わっていた。避けようもない破滅の未来が確定していた。

女神と魔神族と覇王。この三勢力を同時に敵に回して人類が生き残れるわけがない。

あの召喚はきっと大失敗だったのだろうが、失敗したのが結果的にはよかった。

今のミズガルズに巨悪に勇敢に挑む勇者など、呼んではならない。

（ま、贅沢を言うなら俺なんかじゃなく、もっと頭が切れて冷静で、場を見極められて交渉力もあ

る……そんな奴が呼ばれた方がよかったんだろうけどな）

瀬衣は思う。客観的に見て自分は恐らくベターといったところだ。

最悪ではないが最善でもない。呼ばれてはならない人間ではないと思いたいが、呼ばれるべき人間でもない。

ともかく、呼ばれてしまったのは自分なのだ。

ならば自分は自分にしか出来ない事をしなくてはならない。

この世界の人間ではきっと考えもしないだろう、ルファス・マファールとの和解。

それを行う義務が己には生じている。

「異界の子よ。そう硬くならずともよい。こうして余の前に単身出向くとはなかなかどうして、見所がある」

「！」

瀬衣は思わず息を呑んだ。

開口一番にルファスが口にした『異界の子』という言葉に驚かずにはいられない。

一体何故なのかは分からないが、自分の正体がいきなりバレている。

やはりこの女は底が全く読めない。

「さあどうした？　話したい事があってここまで来たのだろう。何でも問うてみよ。余は今、気分がよいのだ。大抵の事には馬鹿のように答えるぞ」

ルファスがクスリ、と妖艶に哂う。

試されているのか、それとも本心なのか。

どちらにせよ、せっかく問いを発する権利を貰えたのだ。

ならば気が変わる前に尋ねてしまうべきだろう。

「で、では、お言葉に甘えて……」

ゴクリ、と唾を飲み込んで必死に頭の中で質問内容を纏める。

ただ纏めるだけでは駄目だ。それを口にした結果まで予想し、ともかく不興を買って殺される結果だけは避けて通る。

だが安全策ばかりでは重要な情報は得られないし進展もしない。

だから考えろ。今自分が使える武器はこの出来の悪い脳味噌だけだ。

他の武器など何一つとしてルファスには通じない。

忘れてはならない……目の前のこの美しい女は、その気になれば戯れで人を肉塊に変えてしまえるのだという事を。

「では、まず……貴女達は、これからこの国で、一体何をしようとしているのでしょうか?」

さあ、ここからが本番だ。

そう強く心に言い聞かせ、瀬衣はいつ落ちてもおかしくないギリギリの綱渡りを一人で行う決意を固めた。

20

ルファスは瀬衣の言葉に考え込むように腕を組む。

瀬衣は覚悟を決めてその様子を見守るしかない。

次に口を開いた時、その口からどんなとんでもない言葉が飛び出しても平静さを保てるように心を強く保つ。

だがそんな彼の、まるで死地に赴く兵士のような心境とは裏腹にルファスが発した答えは何とも気の抜けるものであった。

「特に何も」

「な、何も？　何もないって事ですか？」

「うむ。元々この国に来たのも部下にちょっとした腕試しをさせる為だ。それも済んだ今、この国に対して積極的に何かを仕掛ける気などない」

ルファスのその返答に瀬衣は表情に出さないように考える。

恐らく、嘘は吐いていない。だが全てを話しているわけでもなさそうだ。

何故なら、本当にもう用が済んでいるのなら彼女がこの国に残っているはずがない。

狩猟祭が終わってまだこの国に滞在しているという事は、そうする理由があるという事だ。

だがそれは、恐らくこの国に対して何かを行うというものではない。

「時に其方等、いつまでその姿でいるつもりだ。その図体は何もしていなくとも無駄に相手を威圧する。早く人化しておけ」

ルファスが後ろに声をかけると、そこに佇んでいた巨大な怪物達が一斉に掻き消えた。

代わりに白髪の老紳士、露出の多い女性、赤い服装の青年が姿を現す。

その姿を瀬衣は覚えていた。

そうだ、間違いない……二日前、ウィルゴと一緒に列に並んでいたあの奇人集団だ。

という事はつまり、ルファスが言う所の『腕試しをしていた部下』とは、ウィルゴだという事になる。

（道理でやたら強いわけだ……）

瀬衣はその事実に驚きはしなかった。むしろ妙な納得すらあった。

英雄でも覇王でもなく、それでいてフリードリヒに匹敵しマナそのものを消し去る異能の持ち主。

ああ、なるほど。只者であるわけがない。

だがルファス・マファールの部下だというなら納得出来る。

何せ彼女は他者のレベルを簡単に上げてしまえるのだから。

（……騙されていた……わけじゃないな）

一瞬ウィルゴが自分達を欺いていたのかという疑惑が生じるが、すぐに瀬衣はそれを自ら否定した。

少なくともウィルゴ自身は本当に純粋だったし、いい子だった。

そこに間違いなどなく、もしあれが演技だったならそれは自分の人を見る目がなかったという事だ。

どうせ己の頭の出来など良くはないのだ。ならばここは直感を信じる。

実際に接して、話して、共に戦った彼女の事を信じる事にした。

そしてここでウィルゴを信じるという選択肢を選ぶ事により、また一つ新たな道が瀬衣の前へと開かれる。

「……今、あの山の麓では俺達と一緒に戦っていたウィルゴという子が残って、七曜と戦っています。彼女は……貴女の部下ですね？」

「なるほど、其方も狩猟祭の上位入賞者だったか。……リーブラ」

「はい、間違いありません。確かに山の方にウィルゴの生体反応を感知しました」

ウィルゴの事を聞いてルファスがすぐに傍に控えている侍女へと声をかける。

すると侍女は待ってましたとばかりに、まだ言葉にすら出されていない主の命令を実行に移して同胞の無事を確認した。

瀬衣としてはこの距離でも相手の事が分かるのか、と戦慄するしかない。

「そ、それで、俺としては彼女だけを戦わせるのは正直、情けなく思っています。けど、実際問題として俺達は、その、物理攻撃に偏ったメンバーだから、いくら意気込んでも出来る事がなくて……みっともないとは思うけど、こうして何とか出来そうな人に助けを求める事しか出来ない」

「……」

「だから、俺達と一緒に、戦ってくれませんか？」

――さあ、どう出る!?

瀬衣は汗で掌を濡らしながら、ルファスの次の台詞を待った。

彼の狙いは、言い方は悪いがウィルゴを引き合いに出しての共闘関係の構築であった。

いや、共闘というのは少しどころではなくかなりおこがましいか。何せ力の差がありすぎる。

だがここで友好関係を築けるか否かが未来に直結すると直感が告げている。

そして決して勝算は低くない。ルファスがメグレズが教えてくれた通りに悪党の類ではないのならば、部下の一人くらいは助けてやろうという寛大さを持っているはずだ。

逆に言えばここでウィルゴを見捨てるような人物ならば、瀬衣は考えを根底から変えねばならないだろう。

果たして、ルファスが発した答えは彼が期待した通りのものであった。

「うむ、よかろう」

「ほ、本当ですか!?」

「ああ。元々ウィルゴはこちらの身内だ。其方に止められても助けに向かうさ」

柔らかな笑みを浮かべてそう言うルファスに、瀬衣は表情を綻ばせる。

何だ。聞いていたよりもずっと話の通じる人じゃないか。

もしかしたら、伝説だけが一人歩きしてしまっただけでそんなに恐ろしい人ではないのかもしれない。

そう安堵した直後、ルファスを後ろから飲み込もうとするように水が激流となって押し寄せた。

どうやら話している間にここまで来ていたらしい。

瀬衣は咄嗟に「危ない」と叫ぼうとした。

だがそれは声にならず、何より彼が叫ぶよりも早くルファスは行動に出ていた。

すぐ後ろに立っていた青髪の少女の襟を掴んで射線上から退避させる。

そしてすかさず、まるで羽虫でも払うかのように掌打を放った。

すると驚くべき事に、眼前まで押し寄せてきていた激流が霧散し、更に拳圧によって遥か後方へと弾き飛ばされる。

「!?　！！？」

——物理攻撃無効の水を殴って吹っ飛ばした!?

物理法則も何も関係ない。圧倒的な力とレベルこそが法則だ。

そう言わんばかりの出鱈目ぶりに瀬衣は口を広げ、そして思う。

前言撤回。やっぱりルファスは怖い人だ。

＊　＊

思いがけぬ勇者からの共闘の持ちかけに俺のテンションは今鰻登《うなぎのぼ》りであった。

今ならこの鰻で鰻重《うなじゅう》が作れる気がする。

勿論そんなのは無理に決まっているのだが、要するにそれくらい最高にハイってわけだ。

いやね、正直勇者との関係をどうするかは問題点の一つではあったのよ。

下手に敵対すると多分二百年前の焼き直しからのフルボッコルート突入の可能性もあったし。

今はまだ負ける相手ではないが、何せ勇者だ。女神のテコ入れが入ればどう化けるか分かったもんじゃない。

物語でもあるだろう。本来なら勝つどころか戦いすら成立しないはずの実力差だったはずなのに、勇者があれよあれよという間に理不尽に強くなって覚醒やら仲間の死からの怒りやら、封印されていた力やらであっという間にラスボスより強くなる展開。

勿論それは架空の物語だ。現実とは違う。

だから俺のこの考えは単なる空想と現実の混在になる。

だがな……困った事に、この世界は女神の物語なんだ。

そして彼女は王道展開が大好きで、その為ならば多少の矛盾や整合性を無視してしまう奴なのだろうと俺は思っている。

だから彼女の創り出したこの世界では物理法則が全く仕事をしていないし、もしかしたら鎧の重量で落ちる速度が変わったりするかもしれない。両手に爪の武器を装着すればパワーが二倍になるのかもしれない。

つまり勇者を侮って無視していると、女神のテコ入れで気付いたら俺を超えていた、となっても全く不思議ではないのだ。

そんなわけで俺としても勇者との友好関係の構築は歓迎すべき事態だ。

とはいえ、サジタリウスの事は隠しておいた。

下手にベラベラ話して『サジタリウスやっつけよう』とか思われても困るし。

「ところでルファス様、何かあちらの方でずっとルファス様を見ている人達がいるんですけど」

「ああ、あれか」

「はい、しかもそのうちの何人かは顔見知りです」

ディーナに言われ、俺は多分勇者パーティーだろう人達の顔をよく見る。

虎の獣人とゴリラの獣人は分からないが、それ以外は確かに見覚えのある顔だ。

スキンヘッドのおっさんは確かスヴェルで会ったガンツだし、あっちの冒険者は確かジャンだったか。

他の三人は印象が薄いのでよく覚えていないが、とりあえずウォーリアばかりのバランスの悪いパーティーだった事は覚えている。

それに泡吹いて気絶してるのは俺が初めて召喚された時に色々教えてくれたエルフのイケメンさんか。

これなら案外、すんなり話せるかもしれんな。

俺はそう考え、とりあえず一行へと近付いてみる事にした。

すると虎の獣人が真っ先に逃げて木の裏へ隠れ、ジャン達が警戒を露にする。

あまり警戒してないのはガンツくらいか。

まあ一人でもこういう人物がいてくれるのは有り難い。

「久しいな、ガンツ。元気そうで何よりだ」

「……ああ、アンタもな。スファル……いや、ルファス・マファール」

ガンツは意外にもあまり驚いている様子はない。

むしろ、どこか納得しているようにすら見える。

「その反応、もしや気付いていたか？」

「まあ、何となくな。アリエスを殴り飛ばせる奴なんて七英雄か魔神王くらいしかいねえ。となりゃあ、まあ只者じゃねえって事くらい馬鹿な俺でも分かる。ところで、アンタが偽名だったたって事はディーナの嬢ちゃんも別に名前があるのかい？」

「いえ、私は本名です」

ガンツの言葉にディーナが答えるが、果たして本当に本名なのかどうか……。

いや、今はこいつの正体を考察している場合でもないか。

ともかくガンツがいてくれたのは嬉しい誤算だ。

これならば存外楽に話を進める事が出来るだろう。

後は……そうだな、ジャン達の記憶操作も、もう要らんだろう。

俺を見てしきりに考えているジャンを一瞥し、それからディーナへ目配せをする。

すると彼女も頷き、指を鳴らした。

「っ！　そうだ、思い出した！　自由商人のスファルさんとディーナさん！　それに、十二星のリーブラ！　な、何で俺達は今まで自分で墓を攻略した気になってたんだ？」

ジャン達冒険者組は一斉にハッと我に返り、そして唐突に戻った記憶のせいで混乱してしまったようだ。

まあ彼らからすれば覚えていなければならない重大な事を今の今まで忘れていたわけだから、自分で自分が不思議になってしまったのだろう。

とりあえず彼が混乱から立ち直るまで少しかかりそうなので、俺はその間にエルフの兄さんを起こす事にした。

あまり治癒の術は得意じゃないんだが、使えないわけじゃない。

とりあえず……この気絶している状態をステータス異常の『睡眠』と仮定し、異常治療でもかければ何とかなるかな。

『睡眠』は本来ならば敵から攻撃を受ける事でも解除されるので軽く叩く事でも起きるのだが、これは明らかに気絶だから叩いても起きないだろう。

術をかけるとエルフは起き上がり、そして俺を見て顎が外れんばかりに驚いた。

「ル、ルル、ルファス・マファールゥゥゥ！！？」

俺を見るやエルフさんは座ったままの姿勢で後ずさりながら自らを覆う半球状のシールドを展開した。

おい、地味に傷付くぞその反応。

それにしても随分うっすいシールドだな。大丈夫かこれ？

なんか極薄の硝子《ガラス》を張ったみたいになってるぞ。

俺は少しばかり強度が心配になり、とりあえずシールドを軽くノックしてみた。

するとシールドは音を立てて崩れ去り、エルフが呆然としている。

おお、脆《もろ》い脆い。まるで昭和アニメのよく割れるバリアのようだ。

「落ち着け。余は其方を害する気はないし、そのつもりならこんな薄いシールドなど何の意味も成さん」

別に怖がらせたいわけではないのだが、それにしてもノックで割れるシールドって正直どうなのよ。

これじゃシールドじゃなくてシールだよ。

ペタッとその辺に貼り付けておくくらいにしか使えそうにない。

「そ、それでは一体……」

「詳しい話はそこの勇敢な子と、ディーナにでも聞いておけ。結論だけを先に言うと、其方等と共闘する事になった。まあ、この国にいる間だけだろうが……よろしく頼むぞ？」

俺はそう言い、勇者一行へ笑みを向ける。

すると彼らは呆けたような顔になり、そして瀬衣を見た。

やれやれ、俺の悪名を考えれば仕方のない事かもしれんが普通に接する気があるのは勇者とガンツ、それから……勇者の足元で舌を出して尻尾を振っているワンコだけか。

虎の獣人に至ってはさっきよりも後ろに下がってるし。

俺は犬の頭を撫でながら、自業自得ではあるがこの先を思い、少しだけ溜息を吐いた。

21

さて、共闘と言ったはいいが実際のところ勇者パーティーはこの戦闘じゃほとんど出番がないだろう。

レベル差もあるが、単純に相性が悪すぎる。

相手は物理攻撃はほとんど通じない水の塊で、対する勇者パーティーは剣聖に傭兵、冒険者と騎士だ。

唯一の支援要員であるエルフの兄さん……クルスは俺にびびってるだけで動こうともしないし、かろうじて使えるのは勇者である瀬衣少年くらいだろう。

確か勇者って低レベルのうちでも結構優秀な支援技覚えたはずだし、援護としてなら役に立たない事はない。

まあ一番いいのはウィルゴとアリエスをもどしてリーブラの火力で薙ぎ払い、マナに戻った所を俺が林檎に変えてしまう事なんだろうが。

「しかしあれは……何やら無節操にマナを集めているようだが」

「ええ、ちょっと面倒ですね。この国周辺だけじゃなく、他の地域からも掃除機みたいにマナを集めてますよ」

遠目で見る感じ、ウィルゴが頑張ってマナを消しているようだがありゃ間に合いそうにないな。

というかあれ、パルテノスのスキルじゃないか。

名前は確か『ヴィンデミ・アトリックス』だったか……魔法を一つ打ち消すだけの便利なような使いどころが限られているような微妙スキルだ。

しかし魔神族＝魔法なこの世界なら魔神族への有効な攻撃と成り得るわけか。

パルテノスの奴、あんなのをウィルゴに教えていたんだな。

しかし、それでもまだ手が足りていない。水が増える方が早い。

多分当初はこの国周辺のマナだけで実体化していたんだろうが、ウィルゴの存在に対抗して他所《よそ》のマナまで集め出したんだろう。

水の化物はこの国の周辺のみならず、関係ない場所からもマナを集めてどんどん巨大化している。

今はまだ俺達でも手に負えるが、このままミズガルズのマナを全部集めたらやばいかもな。

ま、要するにそれをさせなきゃいいだけの話なんだが。

俺は手の中に白い光球を生成し、それを空へと打ち上げた。

「災禍なき宮殿《ブレイザブリク》」

俺の宣言と同時に光球が弾けて広がり、帝都全域を覆う光のドームとなる。

『災禍なき宮殿』、その効果は全体に対するデバフだ。

効果発動中は敵味方問わず魔法の威力がそこそこダウンする。

味方に魔法型がいると逆に味方の邪魔をしてしまうので、場合によってはマイナスに機能してしまう扱い難い技だ。

しかし反面、魔法なんか知った事ではない脳筋前衛パーティーならばこの上ない助けとなってくれる。

設定上はマナを遮断しているらしいので、役立つだろうと思って試してみたのだがどうやら当たりのようだ。

外からのマナの流入を完全に防ぐ事に成功している。

しかし、ドヤ顔をしていた俺の後ろで誰かが倒れるような音が響き、振り返れば何故か虎の剣聖さんがぶっ倒れていた。

「あー……ルファス様。そのマナ除けの結界は魔物や獣人にはかなり効いてしまうといいますか……この結界の中では獣人は自由に動けなくなります。ましてやルファス様の力で無遠慮に張られた結界となれば、十二星クラスじゃないと満足に指すら動かせないんじゃないかと……」

ディーナの困ったような説明を聞き、俺は耳を疑った。

え、マジで？　これ敵に対するデバフのはずなのに味方にまで影響《デバフ》がいくってどうなのよ。

俺は慌ててアイゴケロス達へ視線を移し、彼らへの影響を確認した。

「ご安心下さい、主よ。多少の影響はありますが、我ら程の実力ともなれば十分に活動は可能です」

「ああん、ルファス様からの拘束プレイなんてご褒美ですわあ」

「Ｎｏ　ｐｒｏｂｌｅｍ！　丁度いいハンデです！」

「全く影響ありません」

ふむ、どうやらアイゴケロス、スコルピウス、カルキノスは多少の影響はあれど活動には支障なし。

リーブラは全く影響なし、か。

ゲームだとこれ、プレイヤーだろうがゴーレムだろうが弱体化させる事が出来たんだけど、随分違うな。

リーブラに全然効いてないし、味方に影響出るし。

今回みたいな事態でもない限り、あんま使う事はなさそうだな。

「マ、マナ除けの結界……それも帝都全体を一瞬で……」

「クルスさん、この帝都って広さどんだけあったっけ？」

「……3000㎢です。純粋な面積だけならばスヴェルをも上回ります」

「東京都の約一・五倍かあ……それを一瞬で覆うとか、規模ちょっとおかしくないかな、これ」

クルスの説明を聞き、俺は改めて一国としては有り得ざる狭さに溜息を吐きたくなった。

仮にも数種類の種族が共存する、皇帝専制の国の面積が東京都にちょっと毛が生えた程度って。

改めて人類の生存圏の狭さを痛感する。

これ、下手すると人類の生存圏って全部合わせても日本よりはマシくらいの狭さなんじゃないのか？

……まあいい。この件に関しては魔神族を根絶すればどうにかなるだろう。

「今からウィルゴの援護に向かう。全員付いてこい」

俺は瀬衣少年を脇に抱えると翼を広げて飛翔し、その後をディーナを掴んだリーブラと、カルキノスを掴んだアイゴケロスが続く。

忘れがちだけどアイゴケロス、飛べない事はないんだよな。

スコルピウスは束ねた髪を伸ばして山（フニットビョルグというらしい）に突き刺し、髪を縮める事で一気に跳んだ。射程距離半端ないな、おい。

どうでもいいが髪を突き刺している都合上、後ろ向きに跳んでいるのが何か間抜けだ。

ついでに勇者パーティーは久しぶりの出番となる俺の念力で運んだ。

俺達は山の麓で戦っているウィルゴのすぐ近くへと着地し、改めて水の塊を見上げる。

こうして間近で見るとでかいな。全長にして……もう１㎞を超えてるんじゃないのか？

このまま巨大化を続ければブルートガングすら飲み込めそうだ。

「ルファス様！」

「ウィルゴ、怪我はないか？」

「は、はい！」

瀬衣少年を近くに下ろし、ウィルゴを『観察眼』で確認する。

ダメージはほとんどなし。アリエスはちゃんと彼女を守り切ってくれたようだ。

そしてアリエス自身もあまりダメージは受けておらず、割と余裕をもって戦えていたらしい。

彼は俺に気が付くと人化し、俺の隣に着地した。

どうでもいいが服はちゃんと着ている。戻る瞬間に早着替えでもしているのだろう。

「ルファス様、ごめんなさい。あいつ、いくら焼いてもすぐに戻っちゃって……」

「ああ、気にするな。よくぞウィルゴを守ってくれた」

アリエスに命じたのはウィルゴのサポート。

彼はその指示を見事に果たし、こうしてウィルゴを守り抜いてくれた。ならば俺がそれを責める道理などどこにもない。

この巨大水に関しては、相性が悪かっただけだ。アリエスはマナを消す技なんか持ってないからな。

そして俺やアイゴケロスならばいくらでも手はあるが……折角だ。

ここはウィルゴに手柄を上げさせてやろう。

俺は『エスパー』のスキルを起動して巨大水に念力をかける。

『サイコ・コンプレッション』……まあ、何て事はない、相手の動きを短時間だけ鈍らせつつダメージを与えるスキルだ。

それを強めにかける事で巨大水を圧迫し、更に圧縮する。

子供の頃、考えた事はないだろうか？　仮に絶対壊れない入れ物があったとして、その中に水を入れてどんどん容器を小さくしたら中の水がどうなるのか？

水をある程度圧縮するとそれ以上圧縮出来なくなり、水の反発で容器が壊れる。

だがこの仮定では容器は絶対に壊れない。

俺がやっているのはそれだ。今、俺は巨大水を囲う目に見えない不壊容器を作り上げ、水を閉じ込めたのだ。

そして遠慮なくどんどん容積を縮めて水を圧迫し続けている。

昔、ちょいと授業で教師が雑談代わりに語ったのを聞いただけなので自信はないが……温度にもよるが水は数千、あるいは数万という気圧で圧力をかけると結晶になるという。

俺の念力による圧力がどれだけかなど測った事もないので、水が何という名の物質になっているかなど知らないし、そもそもマナで構成されている水に現代の科学が当てはまるとも思えないが、とりあえず小さな氷になっている事だけは見て確認出来る。

炭で試したらどうなるんだろう……ダイヤモンドになったりするのかな？

まあ、物理法則さんがサボタージュしてるこの世界じゃ、案外何が起こっても不思議ではない。この世界なら、炭どころか石がダイヤモンドになる可能性すらある。それくらいに何でもありだ。

ともかく、これでチェックだ。巨大水はもう氷としての形も保てずマナに分散し、そのマナを俺が無理矢理圧縮した事で変な水晶になってしまっている。

「………た、大量のマナを極限まで超圧縮する事によってのみ生成可能な伝説の魔金剛石……マナ・ダイヤモンド……じ、実在したのか……というか人の手で造れる代物なのか、あれ……」

クルスが何やらブツブツ呟きながら放心しているが、どうしたのだろうか。

そう思っているとディーナが俺に耳打ちして教えてくれる。

「ああ、今ルファス様が造った水晶ってミズガルズじゃ誰も見た事がないとまで言われる幻のアイテムなんですよ。二百年前もルファス様達が騒ぎになるのを面倒……もとい、恐れて外には一切公開せずに自分達のアクセサリーの材料とかに使ってましたし」

「なるほど、レアアイテムか」

どうやら意図せずに結構レアなアイテムを造ってしまったらしい。

案外錬金術の材料とかに役立つのかもしれないな。

だが今はウィルゴを活躍させてあげるのが最優先だ。レアアイテムの一つくらいその為なら惜しくない。

俺はさっさとそう決断すると、水晶を宙に浮かせてウィルゴが狙いやすい場所へ置く。

「さあウィルゴ、止めだ。派手に決めてくれ」

「は、はい！」

結晶化させたこのマナの塊だが、ここで破壊してしまうとまた水へ戻ってしまう。

ならばここはウィルゴの出番だ。

彼女は俺の声に応えて両手を掲げ、手の中に純白の輝きを生み出す。

「ヴィンデミ・アトリックス！」

マナを完全消去してしまう完全魔法無効スキル。

ゲーム時代でもパルテノスしか使用出来なかった微妙スキルをもってウィルゴが結晶を照らす。

すると限界まで圧縮された結晶が薄れ、この世から完全に消え去っていく。

「マナ・ダイヤモンドがー！　伝説の結晶がー!?」

クルスが何やら死にそうな声で絶叫しているが、残念ながら誰も彼の心情を察する事はなかった。

俺は一応説明を受けていたので分からないでもないが、それでもああまで叫ぶような事だろうかと疑問を感じてしまう。

あ、真っ白に燃え尽きて倒れた。オーバーな奴だな。

＊　＊

「…………」

玉座に腰をかけたまま魔神王オルムが閉ざしていた目を開く。

今、遠く離れた地で一つの仮初の命が消えた。

そして、その死地へと赴かせたのは他ならぬ彼である。

ウェヌスが追い出された事で七曜を踊らせる者はいなくなった、そうテラは考えている。

それは全くの事実であるし、彼の下した判断は正しい。

だが種はもう蒔《ま》かれていた。

ドラウプニルの守護竜が毒に冒され、それを知ったメルクリウスがドラウプニルへと向かう事は彼の性格とルーナへの秘めたる想いを知る者なら容易く予想出来た事であり、結局のところメルクリウスは用意された破滅のレールの上を走っていたに過ぎないのだ。

後は魔神族を呪われた宿命から解放出来る力を得た魔神王が、本当はさして興味もない守護竜の生き血を欲しているように振る舞えばいい。

それだけでメルクリウスは勝手に自滅への道を歩んでくれるし、事実そうなった。

そう――内部から七曜を破滅へと導いていたのはウェヌスだけではない。

彼らの頭目である魔神王こそが、誰よりも女神の魔法である魔神族が自分の近くから消える事を望んでいる張本人なのだ。

オルムは、以前にカストールから奪った鍵を手の中で弄び、憂鬱気に目を伏せる。

「悩み事ですか？」

後ろから声がかかり、玉座の背もたれからディーナが顔を出した。

相変わらずの神出鬼没ぶりだ。気付けば彼女は何処かにいて、さも当然のように話しかけてくる。

オルムは薄く笑い、鍵を懐へと戻した。

「いや、なに……メルクリウスの目を思い出してな」

「目、ですか？」

「ああ。……ルーナの事を想って私へ懇願する奴の目は、いつになく真剣だった。時折な、私は思うのだ。彼らは本当に人形なのだろうかと」

オルムの呟きにディーナは意外そうに眼を細め、それから静かに、情を捨てた口調で語る。

「人形ですよ。自我があろうと誰かを好いていようと、お人形はお人形です。持ち主の思うままに動き、遊ばれて最後は捨てられる。そういう運命なんです」

「厳しいな」

「事実ですから。持ち主の意に反して勝手に動くお人形なんて不気味じゃないですか。だから、持ち主に気付かれないようにコソコソと動く事しか出来ないんです。捨てられるのが嫌なら、見付かる前に元の位置に戻って転がって、『私はお人形です』ってアピールしないとダメです。じゃないと……ポイされちゃいますよ」

オルムは目を閉じ、背もたれに身体を預ける。

その表情は無表情で、本心は読めない。

「だがメルクリウスは女神の意に反した動きをしたわけではない」

「そうですね。なら答えは簡単、他の人形を壊して回る悪いお人形が紛れ込んでいるんです。バレたらゴミ箱直行ですね、これ」

「怖いな。私も捨てられるのかな？」

「かもしれません。あるいは、もう捨てられてるのかも？」

ディーナが嘲るようにクスリと哂い、オルムも釣られて笑う。

二人しかいない玉座の間で、魔の王と青髪の少女の目だけが不気味に輝いていた。

22

無事に七曜の一人であるメルクリウスを退けた——というよりは退けてもらった瀬衣一行はゲルへと戻り、そこでカイネコからの惜しみない称賛を受けていた。

しかし瀬衣としてはどこかこの称賛は喜べないものであり、何だか手柄を横取りしたような後ろめたさを感じてしまう。

いや、『ような』という曖昧な表現は止めよう。まさしく瀬衣達はルファスの手柄を横取りしてしまっているのだ。

現在この場所にウィルゴを除いたルファス一行はおらず、下手に騒ぎになるのを嫌って彼らの所有する移動型ゴーレムとやらの所まで戻ってしまっている。

手柄に関してはルファス本人が『そんなのは要らんからウィルゴと山分けしておけ』と言ったので本人公認の横取りなのだが、それにしても落ち着かない。

一応報酬を多めにウィルゴへ分配する事で話は落ち着いたが、一番の報酬であるエリクサーをこちらが独り占めというのは気分的にあまりよろしくない。

だがルファスはこれに関しても『要らん』と切り捨ててしまったので、結果的に瀬衣達はほとんど何もしていないのに七曜打倒の名誉とエリクサーを手に入れてしまったのだ。

余りにも気前がよすぎて裏があるんじゃないかと勘繰りたくなってしまう。

「勇者達よ、本当によくやってくれた。諸君等はこの国を救ってくれたのだ。国を代表して吾輩から心からの礼を述べたい。また、諸君等の名は今後永遠に我が国に刻まれる事だろう」

無事エリクサーを手に入れて上機嫌のカイネコが瀬衣達を労う。

そして彼が手を挙げて合図をすると後ろに控えていた獣人達が瀬衣の前に金塊を次々と置き始めた。

その光景を前にジャンを始めとする冒険者組は目を輝かせ、瀬衣は価値も分からず困惑している。

「数えてくれ。全て合わせて500万エルの価値はあるはずだ」

「あの……一桁多くないですか？」

瀬衣がこの依頼を受けた当初、成功報酬は参加で1000エル、エリクサーを持ち帰った者に50万エルと説明された。

だがこうして依頼を終えて実際に渡された額はその十倍だ。

僅かとはいえエリクサーまでも譲渡された事を思えばまさに破格の報酬である。

その疑問に対し、カイネコは当然のように答える。

「諸君等はレーヴァティンが認めた正式な勇者一行だ。それを働かせ、冒険者と同じ程度の報酬しか与えんのでは我が国が周辺諸国から常識を疑われてしまう。これは諸君等が受け取るべき正当な報酬だ。遠慮はいらない」

カイネコの説明は、この世界に生きる者ならばさして疑問を抱くようなものではない。

冒険者とはそういうものであり、社会的な地位は最底辺に位置する。

そんな彼らに払う額など、50万でも多すぎるくらいなのだ。

瀬衣がこれに僅かな不快感のようなものを感じてしまうのも、彼が比較的労働者が恵まれている日本の出だからに過ぎない。

ジャンはそんな瀬衣の気持ちを察して彼の肩を叩き、気にするなと告げた。

「それと勇者セイ殿。此度《こたび》の活躍を聞いた我が国の皇帝と皇女が是非貴方に会いたいと仰った。そしてもし貴方がよろしければ、我が国の皇女の婚約者として貴方を迎え入れ、我が国の皇族にその名を並べたいと皇は仰っている。どうだろうか？」

カイネコが笑みを浮かべながらとんでもない事を語るが、その瞬間クルスの目が鋭くなった。

やはり来たか――クルスはそう思い、そして前へと踏み出す。

勇者の名が売れればこうして唾を付けようとする王族や貴族が現れるだろう事は最初から予期出来ていた。

ならば後は早い者勝ち。先に勇者と皇女を婚約させてしまえば他からちょっかいをかける事は出来ないし、今後勇者が立てた手柄は全てドラウプニル皇族のものとなる。

恐らく今回の活躍を見てドラウプニルの皇は瀬衣を見込み有りと判断したのだろう。

少なくとも、何人いるかも分からない皇女のうちの一人を与えてやってもいいと思う程には。

「待たれよカイネコ殿。それは早計に過ぎるというもの。瀬衣殿にはやるべき事があり、全てが終われば帰るべき故郷もある。申し出は有り難いのですが、そのように縛るべきではありません」

「ええ、勿論存じておりますとも。ですからセイ殿さえよければ、と申したのです。どうだろう瀬衣殿。ひとまず一日だけでも皇女様に会っては貰えぬか？　皇女様も勇者殿にお会いしたいと仰っている」

カイネコの申し出にクルスは歯噛みし、カイネコがニタリと笑った。

それはまさしく鼠を追い詰める猫の笑み。

このクソ猫、人畜無害のような顔をして瀬衣の逃げ道を塞いでやがる！

そうクルスは確信し、拳を強く握った。

皇族が会いたがっている、などと言われては断る事も出来ない。

「皇女、ですか」

そして瀬衣は結構満更でもなかった。

何せ今までが今までだ。ここに来て降ってわいたファンタジーらしいイベントに少しワクワクしてしまうのも仕方のない事だろう。

勇者に王女、使い古された王道ではあるがそういうのはやはり少しも憧れないといえば嘘になる。

「ふふふ、皇女様が気になるかな?」

「あ、いえ、その」

「隠す事はない。男児ならば当然の事。そして喜ぶがいい、これから君が出会う第四皇女のリーチュ様は美姫として名高い。大きくつぶらな瞳に純白の雪のような肢体。愛らしいお顔に全てを包むような包容力。国中の男達が嫉妬する事間違いなしだ」

カイネコの畳みかけるようなアピールに瀬衣は揺らいだ。

皇女という事で多少の誇張表現はあるのだろうが、そこまで言われると見てみたいと思ってしまう。

それにルファスやウィルゴと出会って分かったのだが、この世界の美少女という生き物は、美しい人物は本当に常識外れに美しいのだ。

化粧もしていないすっぴんで画像加工アプリによる加工もせずに、あんなのが普通に外を歩いているとか今でも少し信じられない。

「じゃ、じゃあ、会うだけなら」

「うむ、決まりだな！」

瀬衣の返事にカイネコは内心でほくそ笑み、勝利を確信した。

後は瀬衣が皇女を気に入るかどうかだが、気に入るという確信が彼にはあった。

一目見れば心惹かれずにはいられない。

きっと元の世界に帰りたいという気すら失せて、この国への永住を決めてくれる事だろう。

それほどにリーチュは美しく、実のところカイネコですら瀬衣に嫉妬してしまいそうなのだ。

「そうと決まれば早速、皇帝陛下のおられるゲルへ向かおうではないか」

カイネコは勇者の気が変わる前にと話を進め、外へと出る。

用意のいいもので外には既に馬車が用意されており、またしてもクルスは顔をしかめた。

この糞猫、既に手をまわしてやがった……！

これで瀬衣がその皇女とやらに惹かれてしまえばお終いだ。

勇者をドラウプニルに盗られてしまう。

しかし打てる手もなく、そもそも下手に動けば皇族への無礼と取られてしまう。

結局クルスは何も言えず、渋々同行するしかなかった。

瀬衣達が連れて来られたゲルは、最早ゲルと呼んでいいかも分からぬ代物であった。

まず単純に大きい。恐らくは数階建てになっており、余程骨組みがしっかりしているのだろう。

床には赤い絨毯《じゅうたん》が敷き詰められ、照明はシャンデリア。

ここまで来ると最早テントではなく宮殿だ。

というか、テントをここまで無理にグレードアップさせるくらいならば素直に普通の宮殿を造れと瀬衣は考えてしまう。

人間から見るとやや大きめの玉座の上にはモンゴルの民族衣装を思わせる衣装に身を包んだ白熊が座っており、頭の上で王冠が輝いている。

この時点で瀬衣は既に嫌な予感しか感じていなかった。

「勇者よ、よくぞ来た。此度の働き真《まこと》に見事であったぞ」

偉そうに話しているそれは、どこからどう見てもまさしく熊であった。

熊の獣人、とは言うが元々熊は結構二足歩行で歩いたりする生物である。

指の爪は本物の熊と違って引っ込める事も可能で若干人間の指に近い形状をしているがやはり太いし毛皮に覆われているせいであまり違いが分からない。

つまりは服を着ている事と喋る事以外、ほとんど普通の熊と見分けが付かない。

そして玉座の隣にはもう一つ椅子があり、そこにドレスを着た白熊が座っている。

……うん、もう読めたよ。オチがもう見えている。

確かにつぶらな瞳で、白い肢体（というか体毛）で、可愛らしい顔だ。

包容力？　確かに相手を抱きしめる事が出来そうな大きさだ。

間違いない、あれが皇女様だ。

畜生こんなオチだと分かってたよ、と瀬衣は泣きたくなった。

それはそうだ。ここは獣人の国だぞ。なら皇女だって獣人に決まっている。

だが少しくらい夢を見てみたかったのだ。

「して勇者よ。もしよければ我が娘を……」

「へ、陛下。申し訳ないのですが自分はまだ未熟の身。大事な娘さんを預かる事の出来る身ではございません」

「そ、そうか？　朕《ちん》は別に気にしないのだが」

「い、いえ！　陛下に許して頂けても、自分で自分が許せないのです！」

早速娘との婚姻の話に持っていこうとする熊王だが、瀬衣はそれを丁重に断った。

無理、絶対に無理。差別とかそういう問題じゃなくて熊のお嫁さんはどう考えても無理。

ちょっと小突かれただけで自分など死にそうだし、何よりやっぱり美的感覚が違いすぎる。

可愛いのは間違いない、事実だ。

だが可愛いの方向性が違う。犬とか猫を見て感じる『可愛い』とウィルゴなどの異性を見て感じる『可愛い』は全くの別だ。

少なくとも異性としてみる事は出来ない。というか服装で違いがかろうじて分かるものの、服がなければ性別の違いすら見分けが付かないし、それどころか個体差すら判別出来ない。

「そ、そうだ！　エリクサーを守護竜様に与えなければ！　さあ行きましょうカイネコさん！」

「え？　いやしかし」

「こうしている間に守護竜様が毒で死んだら一大事です！　さあ！」

「……解せぬ」

瀬衣は言うだけ言うと逃げるようにテントを飛び出してしまった。

これは言うまでもなく無礼に当たる行為なのだが、幸いにして熊王は全く気にしている様子はない。

流石は獣人の王というべきか。細かい作法など彼自身もさして気にしていないのだ。

ただ少しばかり残念そうに耳が垂れており、気落ちしているのは見て取れた。

「……朕、何か悪い事したかの？」

「い、いえ、何も！　後で勇者には私共からきつく言っておきますので！」

「ん？　あー、別によいぞ。朕は勇者を称える為に呼んだのであって、叱る為に呼んだわけではない。此度の事は全て不問とする」

クルスは必死に頭を下げながら、しかし内心では安堵していた。

よかった、瀬衣がこの国の皇女になびかなくて。

皇帝を前にしてのあの態度は少しばかり問題ではあったが、まあ彼が言うにはそもそも王族と顔を合わせる機会など滅多にない国の生まれだというのだから仕方のない事なのだろう。

それに分からないでもない。誰だって熊と結婚なんて御免だろう。

そう思っていると、仕切りの奥から一人の少女が歩み出てきた。

純白の雪のような肌に、白い頭髪。

大きくつぶらな瞳に柔和な顔立ち。そしてふくよかな胸に、頭に付いた人ならざる熊の耳。

疑う余地もなく美少女である。

それも、獣人と人間のカップルの圧倒的な少なさや美形として生まれる可能性の低さなどから絶滅危惧種とまで呼ばれ、幻想の存在とまで言われる『半獣人の美少女』だ。

（は、半獣人⁉　それも奇跡的なまでに美形⁉）

驚愕するクルスの前で半獣の少女は熊王へと声をかける。

「お父様、遅れて申し訳ありません。あの、勇者様は？」

「ああ、それなのだがなリーチュ……すまん、どうやら朕は何か対応を間違えたらしい。勇者はつい今しがた出て行ってしまったのだ」

二人の会話を聞き、クルスは思わず噴き出しそうになった。

そっちかよ⁉　皇女そっちの子かよ⁈

じゃあ隣に座ってるドレスの熊は誰だよ⁉

そう突っ込みたいのを必死で堪え、何とか体裁を保ったまま熊王へと尋ねる。

「あ、あの、そのお方がリーチュ皇女様なのですか？」

「うむ、そうだ。朕に似て愛らしかろう」

「わ、私はてっきり隣の方がそうかと……」

「ん？　ああ、隣に座っているのは第一王妃のクマールだ。美人だろう？　……ああ、なるほど。獣人同士で何故半獣の皇女がいるのか疑問なのだな？　リーチュは第四王妃の子なのだ」

――熊のくせに一夫多妻かよ！

クルスはそう突っ込みたいのを鋼の理性で押し止めた。

つまりは何だ。この熊王様は結構色々と旺盛で、奥さんが何人もいて、それでリーチュ皇女は多分人間の奥さんとの間に儲けたわけだ。

しかしここまで考え、今度こそクルスは心から安堵する。

(よかった……瀬衣がリーチュ皇女と会わなくて本当によかった……!)

23

逃げるように飛び出してしまった瀬衣は空を見上げて黄昏ていた。

つい勢いに任せて逃げてしまったが、よく考えなくても結構無礼だったかもしれない。

しかし、あのままあの場にいると本当に流れで熊姫と婚約させられていただろうし、どちらが正しいかなど終わってみないと分からないのだ。

しかしエリクサーを守護竜に使うという名目で出てきたものの、今エリクサーを持っているのはカイネコだ。自分ではない。

つまりこれでは本当に逃げただけで、やる事が全くなかった。

こりゃ失敗したなあ、と今更ながら額を押さえる。

「瀬衣!」

そうしているとテントからクルスやウィルゴ、ガンツやフリードリヒといった他の面々も出てくる。

クルスは瀬衣の近くまで寄ると、怒ったように声を発した。

とはいっても怒っているフリであって本気で怒っているわけではないという事は何となく声の調子で分かってしまう。

「いけませんよ。あのように皇帝の御前から許可なく退室しては。ベアー皇が能天気……もとい、おおらかな方だからいいものの、他の王の前でやれば最悪無礼者として牢に投獄されかねません。特に吸血姫などに同じ事をやれば死罪にされてもおかしくないのですよ」

「す、すみません」

「いやまあ、今回はそれで助かったというか……とりあえず次からは絶対にやらないように。いいですね」

今回は国を救った功績もあり無罪となったが、本来ならばやってはならない事だ。

その事を厳しく指摘され、瀬衣は項垂れる。

そんな瀬衣の様子に、とりあえずこのくらいでいいかと判断したクルスは軽く咳払いをすると、これ以上の追及を止めて話を切り替える事にした。

「さて、それでは守護竜様の元へ向かいましょう。こうしている間にも守護竜様は苦しんでおられるはずですからね」

「うむ、異論はない」

クルスの言葉にカイネコも賛同し、一行はカイネコ先導の下歩き始めた。

守護竜の居場所は国のトップシークレットだ。したがってカイネコ以外は誰も守護竜の居場所を知らない。

しかし瀬衣達は国を救った英雄であり、隠す必要もないと思われたのだろう。

カイネコはさも当然のように瀬衣達を連れたまま歩き、やがて一行は森の中へと足を踏み入れる。

瀬衣もここには見覚えがあり、間違いなく恐竜のテリトリーだというあの森だ。

木々の間から日差しが差し込み、鳥のさえずる音色が聞こえてくる。

キラキラと輝いているのはマナだろうか？

人の手が加わっていない自然というのはそれだけで神秘的であり、幻想的だ。

そこにマナの輝きが加わっているのだから、現実離れした空間となっても不思議はないのかもしれない。

ふと顔をあげれば人間サイズの蝶がヒラヒラと飛び、人の腹まで届くサイズの小鳥のような何かがピョンピョンと跳んでいる。

……いや、でかいよ。せっかく幻想的な光景だったのにいきなり魔物の巣窟に見えてきたよ。

それよりも興味深いのは、森に踏み入ってから目に見えてウィルゴが上機嫌になった事か。

今にも鼻歌でも歌いだしそうなくらいで、楽しそうに森を見まわしている。

「ウィルゴさん、森が好きなの？」

「ウィルゴでいいですよ。さん付けは何だかくすぐったいので」

「あ、うん、分かった。それで、妙に機嫌がいいみたいだけど」

「ええ。私、物心付いた時から森で暮らしていましたから。普通の天翼族は山の上が好きだってよく聞きますけど、私は森の方が落ち着きます」

獣人は草原に住み天翼族は高山に住む。

ドワーフは洞窟を好み、フローレシエンシスは決まった住処《すみか》を持たずに放浪する。

人間はどこにでも町を作り、吸血鬼は闇に棲む。

そしてエルフは森の中……これがミズガルズにおいて一般的に知られている七人類の主要生息地だ。

そう言われる事からも分かるように本来天翼族は森ではなく山の住人である。

山、というよりは単純に高い場所が好きなのだろう。ルファスもその例に漏れずかつて建設した居城は天まで届く塔であった。

その中にあって、ウィルゴはなかなか珍しい天翼族なのかもしれない。

「それは珍しいですね。天翼族はマナの溢れる森をあまり好まないはずなのですが」

「それもよく聞くんですけど、私はあんまりそういうの気にならないみたいです」

「ほう、随分と興味深い。もしかしたらウィルゴさんはご両親のどちらかがマナを豊富に取り込んでいたのかもしれませんね」

「そうなんですか？」

クルスが指を立て、マナを嫌わない天翼族の数少ない例外について語る。

「ええ、親が多くのマナを取り込んでいた場合、天翼族の中にも稀にマナを嫌わない者が現れます。

例えば彼のルファス・マファールなどは我らエルフですら立ち入る事に躊躇する高濃度のマナの只中《ヘルヘイム》にすら顔色一つ変えずに踏み込んだという記録が残っていますから」

「でもウィルゴの翼は真っ白ですよ？」

「マナによる変化は必ずしも外面に現れるとは限りません。ルファス・マファールの両親も普通の白翼だったと言われています」

クルスの説明を聞き、瀬衣が思い出したのはメグレズの語った仮説だ。

そういえばメグレズも、ルファスの遠い祖先が禁断の実を食したが実際にそれが外面に出てしまったのはルファスだけだった、と推測していた。

ウィルゴは恐らくその逆パターンで、親がマナを取り込んだのが外面には現れずに純白の翼を保っているケースなのだろう。

しかしそうなると気になるのはウィルゴの親の正体だ。

娘であるウィルゴがこうしてマナに一切の拒否感を示さず、それどころか森の中が好きだとまで言う以上、親は相当量のマナを取り込んでいる計算になる。

つまり、ウィルゴの両親、あるいは親のどちらかは二百年前に存在していたという英傑の誰かという可能性が非常に高いのだ。

「着いたぞ。この先だ」

そうして話している間に目的地に到着したらしい。

先頭を歩くカイネコが声をあげ、歩調を速める。

それに合わせて瀬衣達も進み、開けた空間へと出た。

そこは不自然なまでに木が生えておらず、竜が住みやすいように自然の側から円形の空間を作ったかのような場所だ。

柔らかな草が地面に生い茂り、平常時であればさぞ絵になった場所なのだろう。

だがその場所へ立ち入った瀬衣達がまず感じたのは戦慄と驚愕であった。

地面に横たわる、全長にして50ｍを超えるだろう巨体。

それはまさしく幻想の中に生きるドラゴンそのものの出で立ちであり、青い鱗《うろこ》も普段ならば日光を反射して神々しく輝いているに違いない。

だが今、その巨軀は激しく傷付いていた。

鱗は罅割れ、至る箇所から流血し、息も絶え絶えだ。

病気による影響？　いや、違う。病気だけでこうはならない。

それを証明するように竜の上には四人の影が立っており、今瀬衣達に気付いたように顔をあげた。

「おや、こんな森の中にお客さんとは珍しい」

まず最初に声を発したのは異形の女であった。

上半身のシルエットは人のそれなのだが身体の表面には鱗が生え揃い、下半身は蛇となっている。

ラミア、と呼ばれる魔物の一種でありその知性は人間にも決して劣っていないと言われている。

だが現在の人類の定義では魔物に分類され、迫害を受けている一族だ。

「どうやら守護竜の病気を治しにきたみたいなんだな。でも無駄なんだな」

次に声を発したのは魚の頭を持つ怪物であった。

こちらは人魚と呼ばれる魔物であり、雄は上半身が魚、雌は下半身が魚という特徴を持っている。

人間との共存も不可能ではないと長年言われておきながら未だに魔物にカテゴライズされ、今では海の中で独自の文化を築いているとも言われている。

「去れ、少年達よ。俺達の目的はお前達ではない」

次いで声を発したその存在に、思わず瀬衣は悲鳴をあげそうになった。

虫――であった！

身体の全体的なシルエットこそ人間に酷似しているがその頭部は蜘蛛《くも》のそれであり、更に背中からは何本もの蜘蛛の手足が生えている。

『蟲人《ちゅうじん》』と呼ばれる魔物の一種であり、獣人などと同じく蟲《むし》が変異して人に近くなってしまったものだ。

あるいはマナを取り込んだ蟲を喰らい続けた人間が変異してしまったのかもしれない。

どちらにせよ今の世界においてはその醜悪極まりない姿から魔物へ分類されてしまっており、人と同じ権利を与えられていない存在だ。

「キャハハッ、怖がってる怖がってる！　だから軍曹はその見た目でもうアウトなんだって！」

最後に声をあげたのは頭に花を載せた少女であった。

こちらも全体的なシルエットは人間に近いがしかし手足からは草や花が生えておりやはり人間ではない。

更によく見れば足は植物の根が変化したものであり、肉ですらなかった。

ドリアード、あるいはドライアドと呼ばれる植物の特徴を持った限りなく人類に近い魔物だ。

しかし彼女達も現状においては魔物として不公平な扱いと迫害を受けている。

つまりはここにいる四人、そのいずれもが人類に限りなく近い存在でありながら定義の問題だけで魔物に分類されてしまっている、ある意味でのこの世界の被害者であった。

「おのれ魔物め！　守護竜様から離れろ！」

カイネコが怒りの声をあげて剣を抜く。

だがその言葉に更なる怒りを示したのは竜の上の四人だ。

彼等はまるで親の仇のような目でカイネコを見据え、そして蜘蛛男が代表して言葉を発する。

「魔物か……そうだな、俺達は今の世界では魔物だ。そう区分けされてしまっている。だが俺達とお前達とで、一体何が違うというのだ？」

「何!?」

「俺達はこうして言葉も通じる。意思疎通だって出来る。見た目が違うだけでお前達と同じなんだ。なのに何故、俺達は魔物として扱われねばならん。何故迫害され、追い立てられねばならん」

蜘蛛男の問いに、すぐに答える事が出来る者はそこにはいなかった。

何が違う——そんなの、問われても分からない。見た目が違うとしか答えられない。

だがラミアの女が蜘蛛男の肩に手を置き、彼を諌めた。

「止めな。そんな事を問うても意味はないよ。アタシ等はそうやって何百年も権利を主張し続けて、歩み寄ろうとして、それでも無視されてきた。だから決起したんだ。そうだろう？　それが今更こんなところで、こんな連中に話して何が変わるもんか」

「……そう、だな。その通りだ」

「アタシ等を救えるのはレオン様だけだ。もう人類に期待するべきじゃない」

ラミアと蜘蛛男の会話を聞きながら、瀬衣は今までにない動揺を感じていた。

違う……こいつ等は今まで出会ってきた魔物とは違う。

理性がある、知性がある、言葉も通じる。

見た目こそ怪物だが、歩み寄れる存在だ。

この世界の事など何も詳しくはないし、魔物と人類の明確な区分けも瀬衣は知らない。

だがそれでも、彼等が苦しんで悩んで、その挙句にここまで来てしまった事は何となく理解出来た。

しかしそれは彼が異世界の住人だからだ。

元々この世界に生きる者はそう思わない。魔物が何か勝手に喚いているとしか感じない。それが彼等の常識だからだ。

「黙れ魔物め！　守護竜様をそこまで傷付けておいて歩み寄れるとは笑わせる！　お前達が魔物として扱われる理由だと？　笑止！　今吾輩達の前にある現実こそがその答えだ！　歩み寄るなどと口でほざき、手には武器を持ち我が国の誇りを傷付ける！　荒唐無稽なり！　我が剣の錆《さび》となるがよい、魔物め！」

カイネコが怒りの咆哮をあげ、猫ならではのしなやかな身の軽さで跳躍をする。

まずは先頭にいる蜘蛛男を仕留めようというつもりだろう。

しかし振りかぶった剣は蜘蛛男の腕の一本に容易く阻まれ、反撃の蹴りで吹き飛ばされる。

「グオオオォォォオオ！」

カイネコがやられた事で怒りを露にしたフリードリヒが吠えた。

人類最強との呼び名も高い剣聖が守護竜の上を駆け上がり、圧倒的な膂力で斬撃を放つ。

だが蜘蛛男はそれすらも正面から受け止め、僅かに後ずさっただけで剣聖の攻撃を完全に止めてしまった。

更に無防備な剣聖の背中にドライアドの腕が鞭のように叩き付けられ、そのまま全身を縛り上げてしまう。

「グ、オォ……」

「キャハッ、脆い脆い！　人類最強の剣聖ってこの程度なのお？　ほんっと、今の人類って弱くなってるのねえ。レオン様が言った通りだわ」

「くっ！」

今度はウィルゴが飛翔し、ドライアドへと斬りかかる。

一閃で腕を断ち、二閃で咄嗟にガードした葉を切り裂いてドライアドへと亀裂を刻んだ。

人間ならば間違いなく致命となる傷。だがドライアドは多少驚いてはいるものの大きなダメージを負ってはいない。

「あ、あれ？　お嬢ちゃん、結構やるじゃない！」

ドライアドが触手を伸ばすがウィルゴが高く飛翔してその全てを避ける。

それを追って蜘蛛男と半魚人が跳び、空中で激しくぶつかりあった。

瀬衣の動体視力では到底捉え切れない速度で半魚人の銛《もり》と蜘蛛男の腕がウィルゴを攻め、だがウィルゴも素早い剣捌《けんさば》きでそれを何とか流す。

ラミアが手から魔法の弾幕を放ち、ウィルゴは咄嗟に空を翔け巡って魔法を避け続けた。

だがその隙を突いて半魚人がウィルゴの上へと跳び、銛を叩き付ける。

間一髪で剣による防御は間に合うものの墜落は免れず、何とか地面寸前で勢いを止めて浮遊したのも束の間、横から飛び込んできたドライアドの触手に殴り飛ばされてしまった。

木に打ち付けられる寸前に瀬衣が割り込んでウィルゴの背中を受け止めた事で大ダメージは免れたものの、そこに蜘蛛男が口から糸を吐く事で二人の動きが拘束されてしまう。

「し、しまっ……!?」

「ちょ、翼で前が見えない!?」

ほんの短い間にカイネコ、フリードリヒ、瀬衣、そしてウィルゴまでもが無力化されてしまった。

その事実にクルス達が戦慄する中、ラミアがウィルゴを見て溜息を吐く。

「驚いた。結構出来る子もいるじゃないか。しかしそれだけの力があると今後アタシ等の障害にもなる。悪いが、ここで死んでもらうよ」

「待て。見た所まだ幼い娘だ。何も殺す事は……」

「軍曹、アンタ甘いんだよ。いいから引っ込んでな」

ラミアがウィルゴへ手を翳し、水の槍を生成する。

いかにウィルゴでも身動きの出来ないこの状態であれを受ければ致命傷となるだろう。

躊躇なく放たれる槍だが、しかしその前にリヒャルト、ニック、シュウが飛び出した。

それぞれの得物を叩き付けて水の槍を何とか軽減させようとするが逆に武器が折れてしまう。

更に水の槍は鎧すらも貫通し、三人の男の脇腹や足を抉って突き進んだ。

「――――！」

ウィルゴが目を瞑《つぶ》り、瀬衣は何とか身体の向きを変えて自分の背で受けようと四苦八苦する。

だが結果からいえばどちらも必要のない動作であった。

森の奥から錨が回転して木を薙ぎ倒しつつ飛来し、水の槍を弾いたのだから。

「な、何者!?」

ラミアが驚愕に目を見開き、錨を見る。

一同の視線が集まる中で錨は弧を描いて旋回し、持ち主の元へと戻った。

そして森から出てくるのは一人の男だ。

白いコートを羽織った、片目を眼帯で隠した金髪の美青年は巨大な錨をまるで軽い武器であるかのように持ち、亜人四人を威圧するように見据える。

「何者、という程の者ではない。ちょっとしたアクシデントで偶々《たまたま》この付近に墜落しただけの情けない男さ。しかし、どうも見過ごせない事態だったようなのでね。状況は知らんがひとまず手を出させて貰った」

コートをなびかせ、男は錨を構える。

よく見ればその全身は傷付いており、服もあちこちが破れている。

だがそれでも尚、対峙しただけで分かる力強さに満ちている。

瀬衣もまた、かろうじてその強さを肌で感じ、そして思う。

(この男……強い！　それも、桁外れに！)

彼に一体何があったのかは知らぬがダメージを負っている。

万全とは程遠いコンディションだろう。

だがそれでも、単騎で四人を圧倒するだけの存在感を示して男――覇道十二星の一角である『双子』の片割れ、妖精姫の剣カストールは不敵に笑った。

24

森の中で四人の亜人と一人の美丈夫が対峙する。

数の上では四対一。加えて男は何故かは知らないが勝手に浅くないダメージを受けている。

そして亜人四人は先程の戦いでも見せたように人類最強とまで呼ばれる剣聖フリードリヒをも容易くあしらった猛者だ。

だが彼等は踏み込めずにいた。

たった一人の、激しく傷付いた得体の知れない男に完全に気圧《けお》されていた。

隙がまるで見当たらない。どこから攻撃しても返り討ちに遭う己の姿が想像出来てしまう。

なまじ半端に強いからこそ明確に分かってしまう格の違い。

しかし相手は手負い……決して勝てぬ相手ではあるまい。

そう判断した四人は散開してカストールへと飛びかかった。

「おおおっ！」

「ふん！」

まず最初に蜘蛛男と半魚人が突撃し、それぞれの武器でカストールへ攻撃を仕掛ける。

だが半魚人の銛は錨で防がれ、蜘蛛男の腕は指先で止められてしまった。

いくら二人が力んでもビクともせず、カストールはまず半魚人を蹴り飛ばして次に蜘蛛男へ裏拳を叩き込む。

咄嗟に避ける事で直撃は避けるも——重い！

恐らくはダメージで動きが鈍っているのだろうが、それでもこの威力はどういう事か。

直撃を受けてしまった半魚人は木に叩き付けられてのびてしまっており、蜘蛛男も腕がへし折れている。

「アクアブラスト！」

「エアスラッシャー！」

ラミアが水の弾丸を発射し、ドライアドが風の刃を放つ。

だがカストールはそれを羽虫か何かのように錨で叩き落とし、素早く反撃へと移った。

「ターミガン!」

カストールの呪文名宣言と同時に彼を中心として翼の如く雷光が広がり四人を打ち貫いた。

黒煙をあげて倒れ込むが、まだ死んではいない。

しかしただ一度の攻撃で深手を負ってしまい、両者の間の実力差を明白としてしまった。

膝を突く四人へとカストールはあくまで余裕の表情のまま告げる。

「あえて命は奪わなかった。だがこれ以上続けるというならばその覚悟を抱く必要もあるだろう。さあ、まだ続けるかな?」

「ぬう……」

恐らくは纏め役であろう蜘蛛男はくぐもった声を漏らし、そして手を挙げて仲間達へ指示を下した。

「……退くぞ」

「ちょっと、本気!? こんな半死人、アタシ等でかかれば余裕っしょ? 次は油断しないわよ!」

「目的はもう果たした。これ以上留まる意味はない」

冷静に退却を指示した蜘蛛男にドライアドが噛み付くが、蜘蛛男の結論は変わらない。

実力差は明白。いかにダメージがあるとはいえこのまま戦えばこちらに死人が出てしまう。

それに本当の実力者というのは手負いで追い詰められた時こそが最も危険なのだ。

だからここは無理をせずに退く。それが最善であると考えたのだ。

「ま、待て！　お前達は一体何なんだ！　どうしてこんな事を！」

退こうとする四人へ、瀬衣が咄嗟に声をかけた。

すると蜘蛛男は一度振り返り、そして静かな声で語る。

「我らは、世界の変革を望む者」

「世界の、変革？」

「そうそう。アンタら人類がでかい顔をしてられるのも後少しだけだからね。レオン様が本気になればすぐにアンタ等も魔神族も蹴散らして、アタシ達の時代が来るんだから」

答えなくてもいい瀬衣の問いに律儀にも蜘蛛男が答え、ドライアドが追随する。

だがその二人の頭をラミアの拳骨が叩いた。

「ちょっと、余計な事話すんじゃないよ。さあ、早く帰るよ」

ラミアは気絶している半魚人を尻尾で掴んで引き寄せ、ドライアドが渋々といった様子で手を掲げた。

すると彼女を中心として突風が吹き、四人の身体を宙へと舞い上げる。

そして引き留める間もなく亜人達はその場から飛んで離脱し、やがて見えなくなった。

「何だったんだ、あいつ等は」

「どうも嫌な予感がしますね。言葉から推測するに何か非常にまずい事が起きようとしているのかもしれません」

ガンツが瀬衣とウィルゴを糸から解放しつつ言うと、クルスが汗を流しながら憶測を口にした。

世界の変革、人類と魔物、そしてレオン……どうにも嫌な予感しかしない。むしろプラスのイメージを抱けない。

ともかくそれを考えるのは後だ。今は守護竜や傷付いた仲間達をどうにかするのが先である。

クルスは仲間達へと駆け寄り、傷の具合を確かめる。

「くっ、これは酷い……」

「お、俺達はいい……それよりも守護竜様を」

クルスが見たリヒャルト、ニック、シュウの傷は凄惨なものであった。

いずれも骨まで届く深手であり、高位の治癒術でも完治にはしばらくの日数を要する。

これではこの先の旅に付いてくる事も出来ないだろう。

ようやく自由を取り戻したウィルゴは助けてくれたカストールに頭を下げ、すぐに守護竜の所へと駆け寄る。

本当はもっとゆっくりとお礼をしたかったのだが、まずは守護竜の様子を見なくてはならないのだ。

「ハイ・ヒーリング!」

守護竜へと手を翳して癒しの光を当てる。

ハイ・ヒーリング――回復天法の基本であるヒーリングの上位に位置する術であり、その効果は使い手の技量にもよるがウィルゴならば一度の術の行使でＨＰにして３万程を回復させる事が出来る。

つまりは今の世界ならばほとんどの生き物を全回復させる事が可能というわけだ。

しかし傷はまるで消えず、守護竜も目を開かない。

その姿を見て、ウィルゴは顔を青褪めさせた。

これは……もう手遅れだ。いかなる回復の術を以てしても助ける事など出来はしない。

何故ならもう――死んでいるのだから。

「ど、どうしたのだウィルゴ殿？　何故回復しない？」

「……ごめんなさい。私の技量じゃ、もう……」

カイネコがウィルゴの肩を摑んで震える声で言うが、ウィルゴは目を伏せて首を振った。

死者を蘇生させる術は確かに存在している。

死んでからほんの短時間の間しか効果を及ぼさない術ではあるのだが、死者蘇生の天法は確かにある。

だがそれは最上位に位置する術であり、ウィルゴもまだ身に着けてはいない。

ルファスならばあるいは使えたのかもしれないが、ウィルゴには無理だ。

「そ、そんなはずはない……セ、セイ殿から聞いたぞ。君はあのルファス・マファールの仲間なのだろう。だ、だったら不可能など……」

「……ごめんなさい。私は、皆の中じゃ一番レベルが低くて弱いから……」

「……ッ」

ウィルゴの返事を聞き、カイネコは沈痛な面持ちでウィルゴから手を放す。

その顔は歪み、嘆いているようにも憤っているようにも見える。

だがウィルゴへその怒りや嘆きをぶつける事など騎士として出来るはずもなく、ぶつける先のないその感情はやがて魔物へと向ける事でかろうじて精神の均衡を維持した。

「おのれ、おのれ魔物共ォォ！」

全身の毛を逆立ててフギャー！　と怒りを体現するカイネコを他所に今の発言に興味を惹かれたカストールがウィルゴの隣へと立った。

それから彼女の顔をまじまじと観察し、やがて視線に耐えられなくなったウィルゴが声をあげた。

「あ、あの？」

「ああ、すまない。女性の顔を眺めるなど不躾だった。許してくれ。君はルファス様の知り合いなのか？」

「あ、はい」

ルファスの仲間か？　と問われて素直に頷くのは相手によっては悪手もいいところだ。

そのまま捕縛されても決しておかしくはない。

しかし男はなるほど、と嬉しそうに頷くと懐に手を入れて一つの小瓶を取り出す。

そしてその液体を守護竜の口へと落とした。

「あの、それは……？」

「アムリタという。ウルズの泉の水を壺に入れ、エリクサーや竜王の血、不死鳥の血などの様々な素材と掛け合わせて創り出された錬金術の最高峰だ。その効果はエリクサーを上回り、死後短時間のうちに使わねば効果はないが、死者の蘇生すら可能とする。ルファス様をして少量しか生産出来なかった逸品だ」

彼の言葉は実のところウィルゴにはあまり理解出来なかったが、とりあえずとんでもなく貴重なものである事は何とか理解出来た。

それを証拠にクルスなど、白目を剥いている。

「竜王の血……不死鳥の血……ウルズの泉の水……あばばばばば……」

「あ、あの。いいんですか？　そんな貴重な品を」

「ああ、構わない。どうやら君は私の新たな同志のようだからな。これはささやかながら私からの祝いとでも思って欲しい」

「じゃあ、やっぱり貴方も」

「ああ、紹介が遅れてすまない。私は覇道十二星が一角、『双子』のカストールだ」

十二星。その名を聞いてガンツ達は咄嗟に警戒態勢を取ってしまった。

しかし瀬衣は不思議とそんな気にならず、ウィルゴとカストールの様子を見守っている。

何というか……違うのだ。

他の十二星にはない落ち着きのようなものがこの男からは感じられる。

少なくとも今すぐ身構える必要を感じない程度には彼は穏やかだし、何より自分達を救ってくれた存在だ。

ここで身構えるのはむしろ失礼な気がする。そういう思いが瀬衣に戦闘態勢を取らせなかった。

「ん？　どうやら竜が息を吹き返したようだぞ。流石の生命力だな」

カストールの言葉に全員が反応し、守護竜を見た。

すると確かに、守護竜の身体の傷は完全に癒えて穏やかな寝息を立てている。

それを見てカストールは満足そうに笑い、そして近くの木の付近まで歩くと木に背を預けて座り込んでしまった。

「だ、大丈夫ですか？」

「ああ、問題ない。ここに来る前に少しヘマを踏んでしまって休養が必要なだけだ。少し休めばまた歩けるようになる」

瀬衣の心配そうな声にカストールはあくまで落ち着いた様子で答える。

それから全員を見まわし、言葉を続けた。

「それよりいいのか？　事情はよく分からんが、随分複雑な事になっているのだろう。私などに構っているより話し合った方が有意義だと思うが」

カストールの言葉に瀬衣達は顔を見合わせる。

確かに彼の言う通りだ。今はすぐに引き返し、今起こった事を報告しなければならない。

恐らく今回の件は単なる魔物の襲撃ではない。

もっと明確な、国……いや、人類全体に対する敵対の意思表明に思えてならないのだ。

「そうだな。それにニック達も本格的に手当てが必要だろうし、一度戻ろう」

「だがもしかしたら、あいつ等がまた来るかもしれねえ。守護竜を守る見張りが必要じゃねえか？」

瀬衣が戻る事を提案し、ガンツが守護竜の近くに誰かを残すべきだと提案する。

すると、それに立候補したのはウィルゴだ。

「なら私が残ります。カストールさんとも少し話がしたいですし」

「分かりました……しかし、何かされそうになったらすぐに逃げるんですよ。何せ相手は十二星、何をしてくるか分かりませんから」

「あ、はい」

残ると言ったウィルゴに、クルスが心配そうに言う。

だがウィルゴも十二星の一人なので、これはある意味本人に対して『お前何するか分からない』と言っているに等しい行為だ。

勿論クルスには、そんな他意など微塵もないのだが。

かくして瀬衣一行は森を離れ、後にはウィルゴとカストール、そして守護竜だけが残された。

一難去ってまた一難。カストールにヒールをかけながら、これからまた色々あるんだろうな、と思いウィルゴは溜息を吐いた。

25

「私のカードはAです。よってディーナ様の順番はスキップされます」

「あっ、酷い！」

「我は……出せるカードがないな。山から引かせてもらおう。……ふむ、ハートの3か」

「あ、3がないや。じゃあ三枚引くね」

ウィルゴが皇帝の所に行っている間、ひたすら暇なだけの俺達は現在、錬金術で作ったトランプに興じていた。

今やっているのはアメリカンページワンと呼ばれるものだ。

前の人が出したカードと同じマークか数字のカードを出し、また特定の数字には特殊な効果がある。

例えばリーブラが出した『A』は次の人の順番を飛ばす。アイゴケロスが出した『3』は次の人が同じ3を所持していなければ三枚引かせる、てな具合だ。

そして出せるカードがなければ、一枚山札から引き、より早く手札を0にした者から上がっていくわけだ。

ちなみに一番に上がったのはカルキノスで二番がスコルピウスだ。

つまり俺達は今、三位争いをしている最中である。

そしてアリエスが出したのは『8』。これはどのマークの時も出す事が出来て、出した後にマークを指定する事が出来る。

「スペードを指定します」

「では余はこれだ」

スペードを指定され、俺は手札からスペードの5を出した。

こいつは特に何の効果もない。

次にリーブラはスペードの9を出し、ディーナから悲鳴があがる。

9の効果はリバース。つまりディーナへと順番が回らずに再び俺へと回る。

少し哀れだがディーナの手札は残り一枚。下手に順番を回すと上がられてしまうのでリーブラのやり方は正しい。

「あっ、これで上がりです」

だが残り一枚はアリエスも同じだった。

彼は最後のカードであるスペードの6を出し、これで三位が決まってしまった。

いかん、これは下手すると俺のドベも有り得るぞ。

「ところでルファス様、このトランプというものは商品化しないのですか？　上手くいけばＢｉｇな収入源にもなると思うのですが」

「こんな単純な札などすぐに真似されるだけだ。大した稼ぎにはならんよ」

カルキノスの質問に俺は手持ちの札を見ながら答える。

この世界には著作権なんてものはない。よっていいものはいくらでもパクリ放題だ。

だからドワーフなんかはそれを嫌って、特許というシステムを自分達で作ったのだろう。

多分ブルートガングだけは著作権に似たものも存在してるんじゃないかな。

そんな事を考えながら俺はようやく手持ちの札を使い切り、上がる事に成功した。

やれやれ、今回は四位か。微妙な順位だな。

「ルファス様！」

丁度俺が上がったタイミングでドアが開き、ウィルゴが入ってきた。

ようやく皇帝からの礼と守護竜の治療が終わったのだろう。

思っていたよりも少し長かったが、まあ暇潰し用のトランプを作っておいてよかったって所か。

しかしウィルゴの顔は何やら焦りが含まれており、俺はすぐに考えを改める。

これは……何か面倒事が発生したな。

「どうした、ウィルゴ」

「お話ししたい事があって……でも、その前にルファス様に会わせたい人が」

「ふむ？」

俺はソファから立ち上がり、ドアまで歩いていく。

すると、外には白いコートを羽織った海賊風のイケメンが立っていた。

見覚えはないが、妙な懐かしさを感じる。

多分だが、彼は俺の知り合いなのだろう。少なくとも俺はそう感じている。

どれ、少し記憶を掘り返してみるか。最近では切っ掛けさえあれば『ルファス』の記憶を引っ張り出す事もあまり難しくなってきたからな。

俺はしばし己の内に意識を傾け、俺の知らない記憶を探る。

――…………。

こいつは……。ああ、そうだ。思い出した。こいつは確かカストールだ。

覇道十二星の一つである『双子』の兄の方で、魔法と物理の両方をバランスよく扱えたはずだ。

ゲーム時代は『妖精兄妹』という魔物名で、妹とワンセットだったがこちらでは完全に独立して動いているらしい。

その分ステータスも俺の知らないものになっているわけだが。

【十二星天カストール】
レベル　800
種族：妖精
属性：木
HP　32500/55000
SP　2300/9800
STR（攻撃力）　4208
DEX（器用度）　2100
VIT（生命力）　3005
INT（知力）　6000
AGI（素早さ）　3995
MND（精神力）　800

LUK（幸運）　1092
装備
頭　―
右腕　アンカーランス（STR＋1200　AGI−1200　両手使用）
左腕　―
体　空賊の衣装（木属性魔法使用時の消費SP減少）
足　―
その他　空賊のコート（物理ダメージ半減）

ふむ、妹とセットになっていないステータスは俺も初めて見るが単騎でもそこそこいけるな。

だがやはり元々は妹とセットだったからか、総合的な強さは装備込みでもアリエス未満だ。

タイプとしては前衛もこなせる魔法攻撃型で、役割としてはサジタリウスと少し被り気味かな。

まああっちは純粋なスピード＆魔法攻撃特化に対し、こちらはある程度の前衛もこなせるわけだから住み分けは出来ていなくもない。

しかし言っちゃ悪いが微妙なステだな。器用貧乏ならもうアリエスがいるし。

というか魔物扱いの頃は装備なんて着けてなかったはずなんだがな……そもそも魔物は装備なん

か出来ないはずだし。

もしかしてこれ、俺がアリエスやアイゴケロス専用の装備作ってやればあいつ等も今より強くなれるんだろうか?

しかし今気にするべきは、ＨＰのこの妙な減り具合だ。

「お久しぶりです、ルファス様。いつか戻られると信じておりました」

「うむ、息災のようで何よりだカストール」

カストールは俺の前に跪き、頭を下げる。

第一印象は悪くない。見た目はイケメンで少し気に入らないが、アリエス達のように問題を起こしたわけでもなくカルキノスのように変なキャラをしているわけでもない。

これは遂にきたか?　ボケだらけで突っ込み不在のパーティーにようやく加入してくれる常識人枠が。

「あらあ、カストールじゃなあい。何でこんな所にいるのよお?」

「Ｌｏｎｇ　ｔｉｍｅ！　二百年ぶりですねカストール」

既にトランプ勝負から抜けているスコルピウスとカルキノスが俺の後ろから顔を出し、カストールへ声をかけた。

更にそこにアリエスとリーブラも加わり、ひょこっと顔を覗かせた。

どうやらビリ争いはアイゴケロスとディーナの二人のようだ。

横目で見れば二人は手札を睨んで唸っている。

「ところで随分消耗しているようだが?」

「その件なのですが……申し訳ありません! ルファス様より預かった『天へ至る鍵』を先日魔神王めに奪われてしまい……!」

……天へ至る鍵? なんぞそれ?

俺は土下座しかねない勢いで謝るカストールを見ながら記憶を掘り返すも、全く該当する名前が出てこない。

ゲームには少なくともなかったよな、そんなアイテム。

俺も膨大なアイテムの名前を全部暗記しているわけではないが、重要なものは一通り知っているという自負はある。

だがそんな名前のアイテムはなかったはずだ。

ダンジョンのどんな扉でも開ける一回限りの使い捨てアイテム、ダンジョンキーとかなら知っているが。

とりあえず後でディーナに聞こう。あいつなら多分知ってるだろう。

それよりこいつ、魔神王さんと一戦やったのか……そりゃ無茶ってもんだよ。

このステータスじゃ逆立ちしたってあれには勝てん。

「よい、気に病むな。ディーナ、こやつを手当してやれ」

「ま、待って下さい。もうちょっとで上がれそう……」

「あ、我の上がりだ」

「…………」

どうやら無事に勝負も付いたようだ。

ビリになってしまったディーナがトボトボと席から離れ、こちらへと歩いてくる。

とりあえずカストールとは初対面だろうし、紹介しておくか。

「カストール。こいつはディーナといい今の余の参謀を務めている。二百年前もいたと本人は言っているが影が薄くて真偽が分からん。色々怪しい奴だが仲良くしてやってくれ」

「そ、それは……大丈夫なのですか？」

「まあ悪い奴ではない。多分な」

俺の色々とぶっちゃけた紹介にカストールが顔をしかめるが、怪しいものは怪しいのだから仕方ない。

下手に取り繕ってもどうせ後で矛盾が出るし、そもそも俺はそんなに口が回らない。

ならいっそ、最初からぶっちゃけた方がマシというものだろう。

ディーナが後ろから俺を呆れたように見ているがスルーする。

「こっちはウィルゴ。パルテノスの後継で新しい『乙女』の星だ。まだ未熟ではあるが素質はいい。仲良くしてやってくれ」

「はい、分かりました」

ウィルゴは特に怪しむべき部分もないので普通に紹介する。

ディーナとの差が酷いって？　日頃の行いの差だ。

「さて、それでは何があったかを聞こうか」

俺はウィルゴへと視線を移し、彼女の話したい事とやらへ話題をシフトさせた。

何やら厄介事の気配がするが、聞かないわけにもいかない。

「はい、実は……」

そしてウィルゴの口から語られたのは予想に違わず厄介な出来事が発生した、というものであった。

守護竜を殺しにきた亜人四人に彼等が語った現人類への憤り、差別への嘆き。そして背後にいるレオン、か。

これは……あれだな。どう考えても現人類への宣戦布告が近いうちに行われそうだ。

そもそも守護竜を攻撃する事自体が既に宣戦布告に等しい。

要するに、人類に分類されていてもおかしくない魔物達が我慢の限界を迎え、人権寄越せと決起したわけか。

更にリーブラから語られたサジタリウスの裏切りの理由もこれとほぼ一致しており、レオンが彼等を煽っているのは簡単に想像出来る。

あいつ、魔神族と人類を纏めて敵に回すつもりか?

「どう思う?」

俺は後ろに控える十二星達に意見を聞いてみる。

すると全員が揃って、ほぼ同じ答えを口にした。

「短慮としか」

「ｆｏｏｌですね」

「救いようのない馬鹿です」

「僕もちょっと無いかな、と思います」

「死ねばいいわあ」

「無計画すぎます」

リーブラ、カルキノス、アイゴケロス、アリエス、スコルピウス、ディーナが容赦なくレオンの無計画ぶりを罵倒するがぶっちゃけ俺も同じ意見だ。

うん、もうね。馬鹿かと。阿呆かと。

他はともかくとしてベネトナシュがいる事をあいつ忘れてるんじゃないだろうか。

そりゃ今のメグレズやメラククらいなら何とかなるだろうよ。レヴィアやブルートガングにだって勝てると思うよ？

けどベネトナシュと魔神王を同時に敵にするとかアホの所業以外何物でもない。

こう言ってはなんだが、レオンはもう放置しても自滅するんじゃないかな。

ただ、可哀想なのはその自滅に巻き込まれる他の亜人達だ。

彼等は追い詰められた末にレオンの言葉に乗せられてしまったわけで、レオンと一緒に全方位からフルボッコにされるのは不憫に過ぎる。

レオンだけならあえて泳がせて、ベネトナシュと魔神王にボコボコにされてボロ雑巾になった所を回収してしまえばいいのだが、これでは他の亜人が余りに哀れだ。

「でも変ねえ。レオンはともかくサジタリウスってそんなお馬鹿さんだったかしらあ？　情勢くらいは見れる奴だと思ってたのに……買いかぶってたのかしらねえ？」

「ん～、確かに妙ですね。ミーの知るサジタリウスはもっと慎重でｃｏｏｌだったはずです」

会話から察するに、どうやらレオンは元々そういう奴らしい。

まあこれに関しては前から言われていた事だし、ベネトナシュと似たようなタイプなのだろう。

だがスコルピウスとカルキノスの反応から見るにサジタリウスは違うようだ。少なくとも全員が違和感を覚える程度には。

つまり、まだ何か裏があるという事だ。

あるいはレオンに協力せざるを得ない事情でも抱えているか。

リーブラにわざわざ伝言を伝えたのだって意味不明だ。罠を張るなら自分がいる事を俺に伝えない方がいいに決まっている。わざわざ『自分はレオン側に付きますよ』なんて言うのは『レオン側に俺がいるから気を付けろ』と言っているようなものだ。

これは次の目的地は決まったようなもんだな。

次はレオンとサジタリウスを回収する為にあいつ等のいる場所へ向かう。

そして真意を改めて俺から確認するしかあるまい。

26

次の目的地は決まり、もうこの国に残る理由はない。

ならば後は出発してしまうだけなのだが、俺達はまだドラウプニルにいた。

それというのもウィルゴが勇者から伝言を預かっており、何でも勇者が俺との話し合いを望んでいるらしいからだ。

だから出発は少しだけ待ってくれ、というものだった。

仕方ないので俺は田中の中に設置しているソファに背を預けて勇者達が来るのをこうして待っている。

アイゴケロスは『主を待たせるなどと……』とご立腹の様子だったが、まあ亜人襲撃の事などを皇帝に説明するのなどで色々時間がかかっているのだろう。

ま、気楽に待つさ。俺は窓の外に見える月光を眺めながらリーブラが淹れてくれた紅茶を口にした。

これからの旅を見据えて茶葉はドラウプニルで結構買い込んだらしい。

「ところでディーナ。『天へ至る鍵』というのが何だか分かるか?」

俺は隣に座るディーナへと小声で問いかける。

どうもカストールの話では俺はそれを知っていなければおかしいはずなのだが、いくら記憶を掘り返してもさっぱり全く出てこない。

『ルファス』の記憶の方にならばあるのだろうという確信はあるのだが、引っかかったように取り出す事が出来ない。

どうもこれに関しての記憶はかなり深い所にまで追いやられているらしい。

「いえ、私も詳しくは。ただ、手にした者は世界の摂理すらも変え得る力を手にするとか……」

「世界の摂理、か」

世界の摂理、つまりはルールを捻じ曲げる力か。

そりゃ、まるで運営だなというのが俺の正直な感想であった。

あるいは運営から権限を与えられたGMか。

どちらにせよ現状では『何かやばい鍵』くらいの事しか分からんな。

そんな物を使って何をする気だったのやら、二百年前のルファスは。

いや、というか……何故七英雄との戦いで使わなかった？

使うのに条件があって使用そのものが出来なかったのか、それとも使えたのに使わなかったのか。

前者ならばいい。辻褄は合う。

問題は後者だった場合であり、もし使用可能だったのならばそれを二百年前に使わなかったルファスの意図が全く分からなくなってしまう。

何故ならそれは勝てたはずの勝負を自ら捨てた事と同義だ。ルールを捻じ曲げるっていうのがどれだけの事を可能とするかは分からないが、それでも使えば有利にはなるだろう。

なのに使わなかった。使わずにカストールへと預け、そして負けた。

……意味が分からない。これでは二百年前のルファスがわざと負けたとしか考えられないぞ。

ダメだな、これ以上は情報不足で推測の域を出ない。もう少し推測材料が必要だ。

「あ、ルファス様。セイ君達が来ましたよ」

「む」

ウィルゴの声に俺は思考を中断し、ソファから立ち上がる。

そしてドアを開けると、呆けたような顔をした勇者一行と鉢合わせた。

特に瀬衣少年などは「ファンタジーなのにキャンピングカー……」と遠い目をしている。

ああ、うん。そういや他はともかく彼だけは反応するか。

確かにこれ、現代を知っていないと出来ないデザインだからな。

というか客観的に見ると、キャンピングカーで移動する覇王とかちょっとシュールな気もする。

どこぞの世紀末覇者だって巨大な馬で移動してるから格好いいのであって、車に乗って移動したら何か格好悪いしシュールな光景になってしまう。

で、実際にそれをやっちゃってるのが俺なわけだ。

威厳が崩壊しそうな気もするが、周囲に怖がられるだけの威厳とか要らないのでむしろ崩壊してしまえ。

「よく来たな、勇者よ。待っていたぞ」

俺はまずは友好的に勇者達を出迎える事にした。

向こうがせっかく歩み寄ってくれているのだから、俺としても無下に扱う趣味はない。

見た所、瀬衣少年は緊張が三割、恐怖が三割、そして覚悟が四割といったところか。なかなかいい顔をしている。

ガンツは俺の事を既に知っているのでそこまで恐怖や緊張は感じられない。

ジャンも同じで、全然緊張や恐怖というものが感じられなかった。相変わらずのようで少し安心だ。

一方エルフの兄さんは俺を見てひたすらに恐怖していた。

こいつも相変わらずというか……確かこの兄さん、最初に俺を召喚した時もこうだったな。

あの時もひたすら俺に怯えていたが、もしかすると上がり症なのかもしれない。

その後ろにいるのは虎の獣人と猫の獣人のモフモフコンビに、ゴリラの獣人だ。

勇者に冒険者に傭兵にエルフ。そんで後は獣人が三人か。

ちょっと前衛寄りすぎやしないか、このパーティー。

「あれ？　ニックさん達はどうしたんですか？」

俺が何かを言う前にウィルゴが不思議そうに声を発する。

ニック……ああ、確かジャンの仲間の脳筋冒険者達か。

言われてみれば確かに姿が見えない。

「ああ、あいつらはちょっと傷が深いんでしばらくドラウプニルで養生する事になった」

「左様。代わりに我輩が勇者殿達の仲間に加わり、彼等の抜けた穴を埋めるつもりだ」

俺は場に居合わせなかったので詳しい事は分からないが、冒険者三人がリタイアして代わりに猫が加入したらしい。

いや、それ大丈夫なのか？　言っちゃ悪いがあの猫人、滅茶苦茶弱そうだぞ。

見た目も二足歩行する虎猫って感じで微笑ましさはあるが、どう見ても強そうには見えない。

相手が猫好きの日本人なら居るだけで相手が勝手にＫＯされてくれる最終兵器になるだろうが、ガチバトルで活躍出来る姿が想像出来ない。

猫は愛でるものだ。戦わせるものではない。

「それでだ。話を聞こうか」

「はい。実は――」

瀬衣少年の話は単純なものであった。

要するに俺が本当に敵なのかどうか疑問を持って、それを確認する為に俺と話しに来たらしい。

それはまた、随分と勇敢な事だ。

俺は自分で言うのもあれだが、この世界では結構怖い相手と思われている。

更に前回は十二星がノリで巨大化してしまったりと、正直俺が彼の立場なら俺にいいイメージは抱かないだろう。

メグレズの保証があるとはいえ、そのメグレズは俺と二百年前に敵対しているのだ。

ならばもしかしたら殺されるかもしれない、くらいの考えは彼にもあっただろう。

だがそれでも彼は『先入観のない存在』という自分の立場を自覚し、俺に歩み寄るという選択を取った。

これ……なかなか出来る事じゃないんじゃないか？

「ふむ。確かに今の余は積極的に其方等と敵対するつもりはない。そもそも、最初に呼ばれた時にそう言ったはずなのだがな」

俺が咎めるようにエルフの兄さんを見ると、彼は小さく悲鳴をあげた。

この人、ちょっと俺の事恐れすぎなんじゃないかな。

別にそんな怖がらんでも取って食ったりしないっての。

「それはつまり、俺達と協力して魔神族と戦ってくれると考えても？」

「それも悪くはないが、まだ先だ。その前にやる事があるのでな」

勇者達と共闘するというのも悪くないだろう。

しかし次の俺の目的地はレオンとベネトナシュが戦争している地域だ。

他はともかく、ここだけはレベルが低いと本気で死にかねない。

少なくともレオンやベネトナシュと遭遇して生き延びるならば十二星クラスの力が必要だ。

そうでなければ逃げる事すら敵うまい。

つまりはあれだ。言い方は悪いが勇者一行は足手まといにしかならない。

「やる事？」

「うむ。レオンの奴が魔物を焚き付けて何やら破滅の道に巻き込もうとしているらしいのでな。レオンは自業自得だが、付き合わされる魔物達が哀れだ。部下の失態は主である余の失態でもある。故に、ここらであの馬鹿を止めねばならん」

「なら俺達も無関係じゃねえ。魔物共が団結して戦争を仕掛けて来たら一大事だ。そのレオンってのを止める為に協力するぜ、ルファスよ」

俺の説明にガンツが迷いなく共闘を持ち掛けてきた。

相変わらず気のいいおっさんだが、共闘か。

気持ちは嬉しいんだが……その、あれだ。正直彼等程度のレベルだと俺とレオンの戦いの余波だけで死にかねない。

しかもいつベネトナシュが動くか分からないのだ。

彼等を連れていくのは余りにリスキーすぎる。

しかしだからといって、『お前ら弱いから要らん』なんて言っては折角芽生えてきた和解フラグがポッキリと折れてしまうだろう。

ここはとりあえず、比較的安全な所をさも重要な場所であるかのように任せるのが妥当か。

「いや、レオンのいる所は激戦区になる。我等だけで向かいたい。其方等は代わりに、ケンタウロスの里を捜して調べては貰えんか？」

レオンとベネトナシュも気になるが、同じくらい気になるのがサジタリウスだ。

今回の件はレオンはともかくサジタリウスにしては有り得ない短慮さだとスコルピウスが言っていた。

つまり、それだけ短慮にならざるを得ない理由があるという事だ。

そして俺が思うに、それは彼がリーブラとの会話中に発した彼の『守りたいもの』に繋がっているのではないか？

ならばそれをどうにかすれば、あるいはサジタリウスとの戦いは避ける事が出来るかもしれない。

とはいえ、ケンタウロスは結構強力な魔物だ。勇者一行だけを向かわせるのは少し危ない。

そこで俺は、彼等に同行するメンバーを即決で選出する事にした。

「ウィルゴとカストールを其方等に付ける。多少は見知った顔の方がやり易いだろう」

勇者一行に足りないのは魔法型だ。

だからといってディーナみたいな怪しいのや、アイゴケロスみたいなヤバイ奴を送るわけにはいかない。

というかアイゴケロスは勇者一行を背後から撃ち殺しかねないので絶対に一緒にしてはいけない。

となるとメンバーは限られており、俺達の中で最もまともであろうウィルゴと比較的まともそうなカストールに白羽の矢を立てる事とした。

というかウィルゴをこちらに付ける理由はむしろ危険から遠ざける為というのが本心だ。彼女をベネトナシュやレオンのいる所に連れていくのはリスキーすぎる。

代わりにアリエスは今回はこっちに入れる。彼の割合ダメージ攻撃はレオンとベネトナシュ、どちらと戦う事になっても有効だからだ。

特にボスキャラ時代にステータスが戻っているだろうレオンはＨＰが１００万を上回るはずだ。

それはつまり、アリエスならば９９９９９ダメージを軽々と叩き込める事を意味する。

アリエスは確かに十二星の戦闘要員の中では弱い部類だが、それでも彼より強い奴より役に立たないわけではない。

相手が強ければ強いほど猛威を振るうのが彼なのだ。

「後は、そうだな。サービスで移動手段も付けておこう」

ブルートガングで購入した有り合わせの材料で適当に二台目のキャンピングカー型ゴーレムを造る。

他はともかくウィルゴは女の子だ。身体も洗わずに野宿とか、そういう事はあんまりさせたくない。

だから最低限の設備をゴーレムに付け、寝室は男達と別個に個室も用意しておく。

限られたスペース内に個室、シャワールーム、トイレなどを付けてしまったせいで男達が寝る空間がやや狭くなってしまったが……野宿よりはマシだろう、うん。

贔屓《ひいき》しているというのは否定しない。

かくして完成したキャンピングカー型ゴーレム二号機だが、名前は考えるのが面倒なので鈴木と名付けた。

【鈴木】
レベル　350
種族：人造生命体
HP　20000

SP　0
STR（攻撃力）　620
DEX（器用度）　120
VIT（生命力）　700
INT（知力）　9
AGI（素早さ）　1650
MND（精神力）　75
LUK（幸運）　100

よし、微妙なステータスだが戦力にならん事もないだろう。

いざという時にはウィルゴ達を守るように指示も下し、後はカストールやウィルゴの命令通りに動くようにしておく。

一応勇者一行の言う事も聞くようには言っているが、もし鈴木を悪用しようとしたらそいつを放り出すようにも指示しておくか。

後、万一ではあるがウィルゴに手を出そうとする奴がいたら死なない程度に体当たりしろとも命令した。ま、あくまで保険だがね。

「あの……ルファスさん、何でキャンピングカーを？」

「旅に向いていると思ってな。トラックの方がよかったか？」

「いや、そうじゃなくてですね」

「分かっている。まあ詳しくは言えんが、余も向こうの世界の事を少しは知っているという事だ」

瀬衣少年の問いをはぐらかし、俺はそこで会話を打ち切った。

中身は現代日本人です、なんて言っても信用されないだろうし俺が彼の立場でも信じない。

だからこの情報を伝えるメリットはない。

瀬衣少年はしばらくこちらをいぶかしむように見ていたが、やがてこの場でいくら追及しても無駄だと悟ったのか何か言ってくる事はなかった。

＊　＊

「動いたか。感じるぞマファール……貴様が近くまで来ているのを」

薄暗い城内。

その玉座に腰をかけている少女が閉じていた瞼《まぶた》を開いた。

城の外では雷光が鳴り響き、逆光となって彼女の表情を隠す。

しかしかろうじて見える口元は弧を描き、牙が覗いている。

彼女はゆっくりとした動作で玉座から立ち、側に控えていた吸血鬼から外套を受け取った。

「出るのですね？」

「ああ、待つのも少し飽いた。此方《こちら》から出迎えてやるさ」

黒い外套を羽織り、白銀の髪をなびかせる。

血のように紅い瞳は爛々《らんらん》と輝き、全身からは隠しようもない強者の風格を漂わせていた。

もしも彼女と相対してしまえば七曜など……否、十二星ですら実力差を肌で感じずにはいられないだろう。

この世界でルファス・マファールと単独で渡り合えると言われる猛者は限られている。

一人は十二星最強と名高い獅子王レオン。

一人は魔神族の長である魔神王。

そして最後の一人……七英雄最強にして、最大の問題児。

彼女を知る誰もが『あいつは元々やばい』と口にし、事実二百年前においてもただ一人だけ女神の洗脳を受けていなかった存在。吸血鬼の頂点。

彼女は入り口まで行くのも面倒なのか窓を開くと、窓枠に足をかける。

そして跳躍――千里の距離を一瞬でゼロに詰め、宿敵の気配目掛けて一直線に飛翔した。

「さあ、あの日の続きを始めよう、我が宿敵よ。今度は誰にも邪魔はさせん。――私が貴様を殺してやる……ルファス・マファール」

七英雄の中でただ一人、操られたわけではなく本心からルファスの命を狙う危険な存在。

それが今、明確な殺意を伴って動き出した。

フェクダは冒険者に進化したい

陽気な小人族《フローレシエンシス》。

それはドワーフと並んで主要七人類の中で最も歴史が浅いと言われる一族だ。

元々は人間がマナの影響で変異して小人となり、更にそこから洞窟に住むか各地を放浪するかで陽気な小人族と陰気な小人族とに枝分かれした事に始まる。

ドワーフとフローレシエンシス。そのどちらが先だったのかは学者によって意見が分かれる所だが、現在の学説ではドワーフが先だというのが一般的な見解だ。

その学説を支える確たるものはやはり、その背の低さにある。

決まった住処を持たずに各地を放浪するならば、変異や進化によって背が低くなるのはおかしい。むしろ歩幅が広く、長距離を楽に歩けるように、それでいて厳しい環境や荒れ地にも適応出来る大きくてタフな姿に変わるはずだ、というのが学者達の言い分である。

実際、亜人の中にはまさにその理由で巨大化した『巨人』という種も存在しているのだ。

（もっとも彼等は巨大化に反比例して何故か脳が小さくなってしまい、知性を失った事で人類の定義から外れてしまったが）

だがフローレシエンシスは小さい。放浪を続ける彼等の生態を思えば、これは明らかに間違えている。

しかしドワーフが先だとすれば、小さい理由に説明が付くのだ。

まず小人達の祖となった人間が洞窟で暮らすようになり、狭く低い洞窟でも快適に暮らせるように順応して背が低くなった。そこから一部の者達が外で暮らす事を選び、フローレシエンシスへと分岐した。これが学者達の主張だ。

もっとも、これが正しいのかどうかは誰にも分からない。

洞窟から離れてフローレシエンシスが生まれたのかもしれないし、逆に旅に疲れてドワーフが生まれたのかもしれない。

どちらにせよ、彼等が元は同じ種から発生した最も近しい人類である事は間違いなく、そして最も性格の合わない者達である事も間違いなかった。

フローレシエンシスは旅を愛し、自由を愛する。だから同じ場所から動かないドワーフの事は理解出来ないし、逆にドワーフは静かに過ごす事を好む。だから落ち着きのないフローレシエンシスを変な奴等だと思っている。

そんな自由と旅をこの上なく好むフローレシエンシスだが、誰もが皆自由気ままに過ごしているわけではない。中には望まぬ不自由を強いられている者もまた存在しているのだ。

彼——フェクダもそんな小人の一人だ。

人類の住む国家としては最大規模であるクラウン帝国に兵士として所属する彼は、いつか世界を自由に旅する事を夢見ながら、毎日のように鎧を着て砦の中で過ごしていた。

「なあドゥーべよお。俺は何に見える？　最近思うんだが、俺って実はドワーフなんじゃねえのか？」

フェクダは自嘲するように隣に立つ同僚へと話を振った。

今日の任務は砦前の門の見張り。昨日の任務も見張りでその前も見張りだった。

きっと明日も明後日も、一週間後も死んでさえいなければ自分は門の前にいるだろう。

狭い場所から全く動かず、鎧なんて動きにくい物を着て立っている自分はまるでドワーフのようだ、と皮肉を込めた質問である。

「おかしな事を聞くベア。フェクダはどう見てもフローレシエンシスだベア」

変な語尾でキャラ付けをしつつ話すのは同僚にして白熊の獣人のドゥーベだ。

片や2m半を超える巨漢、片や1m30cm程度の小人。その二人が並ぶ様は何処か異様であり、この門のちょっとした名物となっている。

「ドゥーベよお。俺等は何でこんな所に毎日毎日突っ立ってるんだ？」

「いつドラゴンが攻めてくるか分からないからベア。クラウン帝国は絶賛ドラゴンと喧嘩中ベア」

「勝ち目のねえ喧嘩なんかしてねえで、さっさと逃げちまうべきじゃねえかな。ドラゴン一匹だって手に負えねえのに、相手の大将は『百の頭』の竜王だぜ？　人類が勝てる相手じゃねえって」

クラウン帝国は人類最大規模の大帝国である。帝王ボレアリスが統治するこの国は七人類全てが暮らしており、豊かな土地と世界最大の経済を誇っている。

しかしそれも数年前までの話。今ではドラゴンの脅威に晒される世界で最も危険な国でしかない。ある日突然、竜王という生きた大災害が人類に対し攻撃を仕掛け、瞬く間にこの大陸全体を恐怖で包んでしまったのだ。

今までにも竜はいた。決して戦ってはならない恐怖の具現として周知されていた。

だが今までは人類と竜は上手く折り合いをつけていたのだ。

竜は人類の数と団結した時の面倒臭さから積極的に手を出す事はせず、一部の悪なる竜とされる者を例外としてこちらから手を出さない限りは比較的温厚な種であった。

いや、あるいは単に眼中になかっただけかもしれない。

だが近年になって竜達の頭《かしら》となったラードゥンは違った。彼は人類を鬱陶しく思っていたのだ。

侵略が始まってからは一方的で、既にいくつもの村や町が炎の中に消えている。失われた命の数も五桁に上るだろう。

これに対してクラウン帝国は帝都やその周辺の町を囲うように四方に砦を設置し、兵力を配備した。

侵攻を食い止めるためではない。侵攻があった時、それを迅速に本国へと伝え、迎撃態勢が整うまでの間の時間を稼ぐ為に。いわばこの砦は戦死前提の決死隊である。

フェクダやドゥーベはその砦に勤める兵士であり、こうして毎日のように門の前で見張りをしているのだ。

「でもそう言う割にはフェクダは逃げないベア」

「まあ、な」

フェクダとて本当はこんな国からは早々に逃げたい。

しかしそれが出来ないからこんな所にいる。

彼には幼い妹と弟がおり、両親を早くに流行り病で亡くしてしまったフェクダには長兄として彼等を養わねばならない責任があった。

しかも悪い事は重なるもので、妹もまた病にかかって自力での長旅は出来ない身体だ。

そんな妹を連れてこの国から逃げる為にはまず金が必要だ。船旅に馬車代、食費だっている。

薬代は足元を見たように馬鹿高いし、完治させる為の治療費はもっと高い。

金、金、金。とにもかくにも金が必要だ。

だからフェクダは危険を承知でこの砦に志願した。もし襲撃があれば死亡確実なだけあって、給金だけはいい。それに襲撃さえなければ毎日ドラゴンの襲撃がないか見張っているだけで金が入って来る美味《おい》しい給料泥棒だ。

要するにフェクダは命を売ったのだ。弟と妹を守るために、危険極まりないこの仕事に就いたのである。

……それに、まあ必ず死ぬわけではない。もしかしたら別の方角から来るかもしれないし、竜王が飽きて侵攻を止めてくれるかもしれない。

最悪、腕か足でも失えば役立たずとしてクビにしてもらえる。そうなれば万々歳で妹達と一緒に逃げる事も出来るだろう。

もっとも、本当にドラゴンが来てしまえば都合よくそんな軽度の怪我で済む可能性は低く、ほぼ戦死してしまうだろうが……。

「なあドゥーベ。そういうお前はどうなんだ？」

「オイラは獣人でも受け入れてくれるこの国が好きベア。守りたいベアよ」

「は、お人好しが」

獣人を受け入れる国というのは少ない。それは彼等が限りなく魔物に近い種だからだ。

実際、獣人のうちの何種かは人類ではなく亜人として扱われており、魔物と同列に見られている。

その関係からか、獣人というのは基本的にどこに行っても社会の爪弾き者なのだ。

それからしばらく二人は黙って立っていたが、何せやる事のない見張りだ。

自然と退屈を紛らわす為に口数だけが増える。

「ドゥーベ。お前もしこの戦争が終わっても生きてたら何したいよ？」

「フェクダ、そういうのを語る奴は死ぬって勇者マイケルが言ってたベアよ」

「誰だよ」

「異世界からエクスゲートで呼ばれたっていう昔の強い勇者様ベアよ。剣も持たずグローブとパンツ一枚でどんな強敵とも戦ったと言われる凄い人ベア」

「ただの変態じゃねえか」

「オイラの憧れベア」

「捨てろ、そんな憧れ」

異世界の勇者というのは時折英雄譚に登場する存在だ。

チキューとかいう世界から来ているらしいという事は知っているが、それ以外は知らない。

フェクダは生憎と歴史に興味はないのだ。

「で、何かねえのかよ。やりたい事」

「そうベアねえ……獣人が大手を振って歩ける国を増やしたいベア」

「へえ、夢はでっかく国王様ってか」

「別にそこまでは考えてないベア。フェクダは？」

「俺は……そうだな、旅がしてえ。世界中をこの足で歩いて回ってよ、このミズガルズの全てを目に焼き付けたい」

叶わぬ夢だ。分かっている。

きっといつか、戦争の中で自分達は死ぬだろう。分かっている。

だが、だからこそ憧れる。決して届かない夢を見てしまう。

虚しいだけと分かってはいるのだが、それでも想像するくらいは自由だろう。

それしか楽しい事はないのだから。

いつ死ぬか分からぬ身だ。せめて夢くらいは見させて欲しい。

「……フェクダ」

「あ？」

「向こうから何か近付いてくるベア」

ドゥーベのいつになく真剣な声に、フェクダの表情も変わった。

ついに来たか？　来てしまったか？

心臓が高鳴り、だが同時に思うのは何故警報が鳴らないかだ。

高台にも見張りはいる。もしドラゴンなんて巨大な生き物がくれば分からないはずがない。

その疑問の答えはすぐに出た。遠くからやってきたのはドラゴンではなく――一台の馬車だったのだ。

＊　＊

やってきたのは隣の大陸から遥々《はるばる》海を渡って来た商人と、その護衛であった。

ジーノ商会という大商会のトップであるジーノは今年で七十になる老人だが、老いて尚現役で活躍するパワフルな爺さんだ。

その護衛は意外にも少なく、僅か四人。

黒い翼の天翼族の女に、筋肉質の人間の男。鎧を着こんだドワーフと、眼鏡をかけたエルフという珍しい構成だ。

冒険者――命を対価に危険を隣人として自由に生きる荒くれ者達。そしてフェクダが密かに憧れている職業だ。

兵士と冒険者の社会的な評価を語るならば比べようもなく兵士の方が上だ。冒険者を見下す兵士は星の数ほどいれど、冒険者に憧れる兵士は普通いない。

しかしフェクダは自由を愛する陽気な小人族。冒険者の生き方には何処か憧れる物があるのだ。

それにしても、ドワーフが洞窟を離れて冒険をしているとは珍しい。

フローレシエンシスであるる自分がドワーフのような事をしているのに、ドワーフがフローレシエンシスのように旅をしているとは何とも皮肉だ。

彼等は帝都へと武器を売りに来たらしいが、まずはそれを検分しなくてはならない。流石に調べもせずに通すことは出来ないのだ。

ジーノ商人もそこは理解しているのか快く了承し、検分が終わるまで彼等は砦に滞在する事となった。

その日の夜――門番の任を深夜の担当と交代したフェクダは食堂で夕食をとっている冒険者の一団を発見した。

その前の席には薄い金髪……というよりは黄土色に近い色の髪をオールバックにした褐色の肌の男がおり、何やら楽しそうに話している。

彼はアルフェッカといい、この砦の責任者を務める凄腕の剣士だ。

「あれ？　隊長じゃないっすか」

「おう、フェクダか。今少し冒険者の方々と話していてな。彼等は凄いぞ。今ちょっとした話題になっている竜殺しのパーティーだ」

「え？　竜殺しって……隣の大陸で魔竜ノーガードが数人の冒険者に討伐されたっていう眉唾物

の？」

「眉唾とか本人を前にして言うな。まあ俺も彼等に会うまではちょっと信じられなかったが」

隣の大陸の竜殺しの冒険者……それは少し前に話題になった者達だ。

何でも、偽竜ではない本物のドラゴンを数人の冒険者が倒してしまったという有り得ないものであり、フェクダはそれを誇張か何かだと思っていた。いや、現在進行形で思っている。

何故なら不可能だからだ。国の総力を挙げての数万人規模の軍でもドラゴンを倒せるかどうか分からないというのに、僅か数人で勝てるわけがない。第一ドラゴンがそんな簡単に倒せる相手ならば自分達は苦労などしていないのである。

「ルファスさん。さっきの剣、もう一度見せてもらっていいかい？」

「ああ、構わんぞ」

ルファス、と呼ばれた黒い翼の女性が腰に下げていた剣をテーブルの上へと置いた。

フェクダは決して剣に詳しいわけではない。

だが彼も兵士だ。目の前にある剣の途方もない存在感……力強さは一目で理解出来る。

いや、仮にここにいるのが剣の良し悪しすら分からない素人だったとしてもこの剣が業物である事は疑わなかっただろう。それほどの凄味があったのだ。

「ノーガードの牙数本を材料に造り出した剣らしい。偽竜の牙でそれらしく仕上げた物じゃあ、ここまでの存在感は出せない。本当の名剣ってのは鑑定しなくても分かるもんなんだって、この歳になって初めて知ったよ」

「あ、ああ……一目で分かった。こりゃとんでもねえ剣だ」

疑う余地もない。これは本物だ。

偽竜の牙で造り出した剣ならばフェクダも見た事があるし、それがドラゴンの牙から造られた剣だという謳い文句で売り出されている詐欺の現場を見た事もある。

だがこれは違う。そんな代物では断じてない。

「ただの冒険者がこれほどの剣を持っているというのが彼等の逸話の動かぬ証拠だ。実際に討伐してのけた張本人でもなけりゃあ、こんなものを国が冒険者に譲るわけがない」

アルフェッカの言葉にフェクダは反論の一言も返せない。

確かにそれも事実だ。仮に彼等が討伐に協力しただけの冒険者ならば、報酬こそ支払われても竜の牙などというお宝を譲られるわけがない。

実際に竜と戦って倒した者達だからこの剣を持っている。その事実が、理屈抜きに実感出来た。

「ところで蒸し返すようで悪いんだが……１００万エルでどうだろう？　一応俺の全財産なんだが。その剣を譲ってはもらえんだろうか？」

「すまん、無理」

アルフェッカはどうやらこの竜の剣を譲ってもらえるように交渉していたらしい。気持ちは分からないでもない……いや、むしろ痛い程分かる。

まさにドラゴンと戦争中であるこの国の最前線とも言えるのがこの砦だ。少しでも強い武器を欲するのは当然の事だろう。

しかしルファスはそれを即断で断り、アルフェッカもまた予想していたように落ち込んだ。

「隊長、いくら何でもそりゃ無理っすよ」

「だよなあ……国に売りつければそれこそ1億エルの値が付いてもいい品だ。こんなはした金で売ってもらえるわけないか」

「何、1億!? ルファス、それ売れ！　お前どうせ素手でも強いだろ！」

「売るか！」

値段を聞いてアリオトという剣士の男が目の色を変えたが、ルファスは売る気なしのようだ。

まあ、確かに戦士であれば優れた武器はいかなる財にも勝る。

早々に武器を片付けてしまったルファスにアルフェッカとアリオトが同時に残念そうな声を漏らした。

「なあ、もしよかったらアンタ等の冒険譚とかを聞かせてくれよ。冒険者ってのに興味があるんだ」

フェクダはルファス達に今までの冒険の話をせがみ、それにルファス達も快く答えた。

パーティー結成の切っ掛けにもなった恐竜との戦い。

遺跡の探索でアリオトが罠に何度もかかった話。

ゴブリンが住み着いた洞窟にミザールが入り口から爆弾を投げ込んで生き埋めにしてしまった時の事。

浜辺で魔物を狩っていた時に巻貝の魔物を捕獲しようとしたら間違えて蟹を捕獲してしまった失

敗談。

そしてミザールと出会った時に戦ったドラゴンの話。

その全てがフェクダにとっては心躍らせるもので、冒険への憧れが強まっていく。

聞かされる話の全てが夢のようで、だが唐突に響いた笛の音が彼を夢から現実へと引き戻した。

彼だけではない。食事をとっていた他の兵士達やアルフェッカの間にも緊張が走り、全員が耳へと意識を集中させる。

続いて響く笛の音。それが二度続き、フェクダの額から汗が流れた。

今の笛は、見張り台で遠方を監視していた兵士が吹いた物だ。

そして笛は敵の種類や規模によって吹く物が違い、吹く回数は相手との距離を意味する。

一度目の笛の音は警報度『中』。ドラゴンではなくその眷属などの襲撃を意味する。

二度目の笛は敵の規模。三回鳴ったのは敵が一個中隊以上の規模である事を示している。

最後に先程までとは違う笛の音が響き、アルフェッカとフェクダは頷き合った。

今のは敵との距離を知らせるもので、それによると大凡《おおよそ》50㎞程離れた位置にいるという。

この距離というのが厄介で、一見離れているようでも実際はすぐに距離が潰れてしまう事がある。

高いレベルの魔物というのは常識など置き去りにした速度で移動する事があるのだ。

「おい、何だ今の音は？」

「……お前さん達の荷物の検分が終わった合図さ」

アリオトの問いにアルフェッカは嘘の答えを返した。

これより、この場は戦場となる。その戦いに彼等を巻き込むわけにはいかない。

そう考えての言葉であった。

「あ？　でも一日くらいかかるって……」

「予想よりも早く終わったらしい。俺も驚いたよ」

アリオトの疑問を流し、アルフェッカは大した事ではないように振る舞った。

それにアリオトも一応は納得したのだろう。

そんなものか、と呟きながらもそれ以上は追及して来ない。

「さ、ジーノさんを連れてさっさと行きな。出てけ出てけ」

「おいおい、もう夜遅いぜ。それに泊まらせてくれるって話じゃなかったのか？」

「検分が終わるまではな。もう終わったんだからお前達を置いておく理由がねえよ」

向こうにしてみればアルフェッカのこの言い分は理不尽なものに感じるだろう。

実際、もしも本当の事を言ってこれならば理不尽以外の何物でもない。

しかしアルフェッカは兵士だ。戦いに無関係の者を巻き込むわけにはいかない。死地に残るのは自分達だけでいいと考えている。

なればこそ、憎まれ役を演じてでも彼等を追い出す必要があった。

ルファス達に背を向けてフェクダは門の前へと走り、そこに変わらずに立っていたドゥーベの隣に並んだ。

彼は体力があるからという理由と彼自身の希望で、他の者よりも長く勤めを果たしている。

だが今はドゥーベだけではなく、この砦に配備された全ての兵が集っていた。

やがて冒険者達を乗せた馬車が反対側から走っていくのを見届け、アルフェッカが姿を見せた。

隣にはこの砦の参謀でもあるメイジのメリディアナもいる。

彼女は今年で七十にもなる高齢であり、異様に長い鼻が折れ曲がった、物語の魔女のような風貌をしている。

こんな老人まで戦場に引っ張り出している辺り、この国がどれだけ追い詰められているかが分かるというものだ。

「敵の規模は？」

「偽竜が約二百。中隊規模です」

「偽竜が二百か……」

偽竜は本物の竜ではなく、よく似ただけの別種の魔物だ。

しかし彼等も今は強大な力を持つ竜王の配下に加わっており、幾度となく帝国に攻撃を仕掛けて来ている。

そしてその力は竜には及ばないといえど、それでも人類には脅威だ。

一体一体の戦闘力はレベル70～80にも相当し、人類のうちこれを単騎で討伐出来る者は極僅かだ。

それが二百体……この戦力は人間でいえば一個大隊を軽々と凌駕する。

対し、こちらの兵力は僅かに二千名。クラウン帝国の抱える総戦力は義勇軍や捕獲した魔物、アルケミストの造り出したゴーレム込みで十万を超えるが、その戦力のほとんどは本国の護りに回されている。

繰り返すが、この砦の役割は敵の殲滅ではない。

敵の襲撃を本国へ報せ、そして戦力と陣形が整うまでの時間稼ぎだ。

最初から勝利など望まれてはいない。

「数の上ではこちらが十倍か。余裕だな」

「ああ。余裕でこちらが全滅するのう」

「全くその通りだ」

アルフェッカの軽口にメリディアナが辛辣な言葉を浴びせた。

単純に計算するならば偽竜一体に十人がかりで挑む事が出来る。

だが先程も述べた通り、偽竜は決して弱い魔物ではない。

凄腕の兵士であるアルフェッカならば一対一でも屠れない事はないが、他の兵士は無理だ。

十人がかりでも勝率は極めて悪い。

「本国への伝令は？」

「伝書鳩を飛ばした。すぐに伝わるじゃろう」

「よし」

アルフェッカは必要最低限の事をメリディアナから聞き、それから早急に行うべき事を考える。

敵は偽竜で中隊規模。罠や戦術を駆使すれば絶対に勝てないとまでは言わないが、勝算の低い相手だ。

しかしこの程度であれば本国の戦力ならばどうとでもなる。

ならば行うべきは、本国が確実な迎撃態勢を整えるまでの時間を稼ぐ事。

無理して命を落とす事ではない。

「兵士全員に告ぐ。これより俺達は偽竜達との戦闘に入る。しかし目的は足止めだ。決して無理に倒そうと思わなくていい」

今回来たのは、向こうにしてみれば先遣隊とも呼べない連中だ。

ドラゴンにとってこれは、ほんのちょっと試しに突いてみた程度でしかない。

そんな相手に相打ち覚悟で挑んでは後が続かないし、その後に容易く本命を通してしまう。

だから何が何でもここで止めるなどと思う必要はない。

「作戦プランはAだ。焦る事はない、普段の演習通りやればいい。絶対に自棄《やけ》になって自分から希望を捨てるな。最後まで諦めず生き残るために足掻いて見せろ。これは命令だ——泥を啜《すす》ってでも生き延びろ！」

アルフェッカの短い演説に兵士達が熱に浮かされたように叫んだ。

士気を上げる為に、多少無理矢理だろうと自らを鼓舞して気分を高揚させなければ恐怖に呑まれてしまう。

そうだ、生きてやる。生きて本国の奴等の鼻を明かしてやる。

これは死ぬ為ではなく、生きる為の戦いなのだ。

全員が普段の訓練を活かした迅速な動きでそれぞれの持ち場へと就き、フェクダとドゥーベはそのまま現場待機をした。

彼等の役割は門の前まで来た魔物との直接交戦。最も危険が伴う役割だ。

偽竜達が門から目視出来る距離まで接近し……一斉に、砦から火矢が放たれた。

それに合わせてメリディアナの炎魔法が発射され、着弾と同時に炎の壁を作り上げた。

今、火矢が命中した場所にはあらかじめ草などで見えにくいようにした樽《たる》があり、中には油が詰められている。

突然炎に包まれた偽竜達が混乱したように走り出すがアルフェッカは腕を組んだままだ。

彼の両隣に陣取った錬金術師達が地面に手を突き、高く聳《そび》える土の壁を形成する。

更に地面は偽竜達の重みによって崩れ、あらかじめ鉄槍を仕込んでいた落とし穴へと数体を引きずり込んだ。

「突撃隊、出ろ！」

アルフェッカの指示に応え、門の前に待機していた兵士達が一斉に槍を手にした。

槍、というには余りに長く、取り回しの難しそうな得物だ。長さにして3mはあるだろう。とても実戦向きの装備ではない。

フェクダとドゥーベも同じく槍を持ち、一斉に駆け出す。

先程造られた壁には槍を通すだけの隙間が空けられており、そこから兵士達が同時に槍を突いた。

無意味に長い槍は敵からの反撃を受けぬためのものであり、こちらから一方的に攻める為のものだ。

一方、壁の両側からほぼ同時に爆発音が響く。

こちらはあらかじめ爆薬を仕掛けており、回り込もうとした連中を仕留める事に成功したのだろう。

だが偽竜の移動手段は何も地上だけではない。何体かは当然のように空を飛び——それと同時に弓矢隊が雨あられと矢を発射した。

それらは矢の先端に風船のようなものが取り付けられており、魔物にぶつかると同時に割れていく。

ダメージは皆無。だがその中には粘着性の高い液体が詰められており、偽竜達の翼に付着してその動きを鈍らせた。

すると満足に翼を動かせなくなった偽竜達は次々と落下し、惨めに這い蹲《つくば》る。

無論その隙を逃しはしない。フェクダ達は槍を上へと掲げ、長槍に自ら飛び込む形になった偽竜達を次々と串刺しにした。

討ち漏らしはアルフェッカが迅速に止めを刺し、仕留めていく。

「次の槍を！」

フェクダ達は槍を回収すべく一度戻り、それと入れ替わりで第二陣が同じ槍を持って壁の間から突きを放つ。

ここまでの攻防でとりあえず少しは仕留められただろうか。十体も仕留めていれば上出来なのだが、とアルフェッカは考える。

とりあえず最初のペースは握ったが、本当の戦いはこれからだ。

恐らく次はもっと旋回して壁を避けて来るだろうし、矢も警戒されるだろう。

壁だってそのうち正面から破られてしまう。

これがせめて地上に限定した戦いならば相手を取り囲むように陣を敷く事も出来なくはないのだが、飛べる奴がいるというだけでその戦術が選択肢から消える。

(全く……飛べるってのは反則だよな。ずるいぜ、畜生)

矢の包囲を潜り抜けて来た偽竜がアルフェッカへと突進し、すれ違い様二つに割れた。

アルフェッカはいつの間にか抜いていた剣を鞘へ戻し、何事もなかったように壁を見る。

他にも突破して来た偽竜はいるが、それはフェクダが見事な矢の腕前で撃ち落としており、思わず口笛を吹きたくなる。

フェクダは身長こそ低いが、優れた身体能力と矢の腕前を持つ頼れる兵士だ。

また、ドゥーベは正面から偽竜と組み合い、力で強引に捻じ伏せていた。

こちらは見た目通りのパワーファイターであり、この砦でも数少ない正面から偽竜を倒せる人材だ。

(死なせたくねえなあ……こいつ等はよ)

彼等は若い。そして素晴らしい可能性に満ちている。

きっと生き残れば、あるいは歴史に名を刻めるかもしれないと思うほどに。

死ぬのは自分のようにある程度長生きした者だけでいい。若い芽まで摘み取るべきではない。

それは戦場にあって酷く甘い考えであるが、しかしだからこそアルフェッカは部下達から慕われていた。

動き続ける戦場から目を離さず、何が起こってもすぐに最善の指示を下せるようにとアルフェッカは身構える。

こうして余裕こいて腕組みなどをしているのも、兵士達に安心感を与える為だ。

大将がどしんと構えているだけでも兵士達の士気は大きく変わる。ならばこうして何事もないように立っているのもまた己の仕事なのだ。

だがそんな虚構の余裕が、一瞬で崩れる絶望というものがある。

——戦場を、影が覆った。

全員が思わず上へ視線を移せば、そこにあったのは恐怖の具現。

月光すらも遮る巨体で空を舞う生態系の頂点が悠然とこちらを見下ろしていたのだ。

「……ド、ドラゴン……」

偽竜などではない。

本物のドラゴンが、こちらを見ている。

全ての兵士をまるでゴミか何かを見るような瞳で見渡している。

馬鹿な……先程までこんな奴は間違いなくいなかった。見張りもドラゴンが来たなどと言っていない。

見落とした？　馬鹿な、この巨体を？

全長50ｍはあるだろう、この化物を？　……有り得ない！

（と、飛んできたのか!?　見張りすら確認出来ない遠方から、笛を鳴らす間すらも与えずに飛んできたとでも言うのか!?）

ドラゴンはその巨体から愚鈍なイメージを持たれやすい。だがそれは間違いだ。

全生物中最強とまで呼ばれるこの怪物は一日もあればミズガルズを一周する事すら不可能ではない。

その最高速度は音の百倍以上と唱える学者もいるのだ。

ある学者は言う。『ドラゴンとは昆虫の身体能力と鯨《くじら》の大きさを併せ持った化物だ』と。

甲虫《かぶとむし》は自重の二十倍の物を持ち上げ、バッタは数十倍もの高さまで跳ぶ。だがそれは彼等が小さいからこそ出来る芸当で、もし人間大にしてしまえば己の重さに耐えきれず自壊するだろう。

だがそれを実際にやっているに等しいのがドラゴンだ。彼等はその巨体でありながら自身の数十倍の重さの物を持ち上げるし、一度の跳躍で空の果てまで至る。

そして人間にも匹敵する知能すら備え、魔法をも操る。それがドラゴンだ。

ドラゴンと戦うというのは即ち、鯨並みの大きさと人間の知性、魔力を持った昆虫と戦うに等しい。

「う、撃て！　撃て、撃て！」

弓矢隊が恐慌を来して次々と矢を放つ。

だが刺さらない。虚しい程に鱗に弾かれ、掠り傷すら負わせられない。

ドラゴンの鱗は固い。ダイヤモンドに匹敵する硬度を持ちながら高い靱性すらも備えており、マナへの抵抗力まである。

ドラゴンが鬱陶しそうに砦を見やり、軽く息を吸う。

「！　いかん、全員そこから逃げろォ！」

アルフェッカが叫び、それと同時に兵士達が撤退した。普段の訓練の賜物ともいえる迅速な行動だ。

そこにドラゴンが息を吹きかけると、強固なはずの砦が易々と抉られた。

まるで空間ごと削り取ったように砦が抉れ、全員の顔色が青くなる。

ただの吐息一つがこの威力。まるで机の上に積もった埃《ほこり》を吹いて飛ばすかのような、それだけの動作が抗いようのない破壊の具現だ。

「馬鹿、な……地面が、地の果てまで抉れ……」

ブレスとはドラゴンの持つ最も代表的にして強力な攻撃手段だ。

その威力は百の言葉で語られるよりも、一度直《じか》に見てしまった方が早い。

まるで降り積もった雪を巨大なスコップか何かで地平線まで削ったかのように地面が抉れている。

無論地面に雪など積もっていない。だがきっとドラゴンにとって地面とは雪なのだろう。

少し歩けば足が沈み込み、吹けば飛ぶ。人と竜では世界の見え方がまるで違うのだ。

——怪物。

アルフェッカはこの一瞬だけで自分達の勝ち目が微塵もない事を悟った。

無理だ、たった二千人で勝てる相手ではない。

いや、勝てる勝てないどころではない。傷を負わせる事すら困難。

まず戦うという選択肢を排除すべき、生きる災害だ。

竜巻を相手に剣を持って挑む馬鹿はいない。マグマを吐き出す火山に向かって俺が相手だと猛《たけ》る阿呆はいない。それを真っ先に理解するべきだった。

竜に目をつけられた時点で、戦いではなく逃げを選ぶべきだった。

（帝国《おれたち》は……間違えていた……。こんな砦を用意してたった二千人が命懸けたくらいで足止め出来る相手じゃねえ……！）

この砦に意味などない。

その事をアルフェッカは強く確信してしまった。

何故なら、ドラゴンはこんな砦などいつでも素通り出来てしまう。

あの圧倒的な飛行速度で悠々と通り過ぎていつでも本国へ飛び込めるし、体当たりの一つもすればこんな砦は倒壊するだろう。

どうすればいい？　どうすれば、一人でも多くの兵士を生きて帰す事が出来る？

自分が死ぬ事などどうでもいい。だが、預かった命を無駄に散らすのは駄目だ。

この無能な男に付き合わせて無駄死にさせるなど、あってはならない。

しかしそんなアルフェッカを庇うようにフェクダとドゥーベが前に飛び出し、竜に斬りかかる。

無論ダメージなどない。悲しいほどに通用しない。

ドラゴンは面倒くさそうに口を開き、小さな抵抗者を焼き殺そうと口内に炎を溜める。

そしてドラゴンの口から火が――放たれなかった。

「や、やめろおおお！」

次の瞬間、横から飛来した黒い影がドラゴンを殴り飛ばしたからだ。

一回転、二回転、三回転。

空中で錐揉《きりも》みしながらドラゴンが吹き飛び、現実離れした光景を作り上げる。

牙は一撃でへし折れ、頬の鱗は剝げて宙を舞い、地響きを立てながら地面を削り、遠くまで転がっていく。

「アプサラス！」

続けて水の鳥が宙を舞い、まるで意思を持っているように偽竜達だけを巻き込んで爆《は》ぜた。

兵士達が目を向ければ、そこには既に退避したはずの冒険者達がいた。

今の魔法はメグレズというエルフが使ったものだろう。

その威力と規模の何と桁外れな事か。二百はいたはずの偽竜の半分近くがどこかへ消えてしまっている。

だがそれすら霞んで見えるのは、やはり最初に飛び込んで来たルファスの一撃だ。

あろう事かこの天翼族は、殴ってドラゴンを吹き飛ばしたのだ。

「お、お前達」

「一食の恩だ、手を貸すぞ」

ルファスがそう言い、腰から剣を抜く。

すると剣はまるで蛇のように唸り、刀身を伸ばして戦場を駆け抜けた。

次から次へと刃が偽竜を切り刻み、僅か一撃で物言わぬ軀《むくろ》へと変えていく。

ミザールは地面に手を突いてゴーレムを量産し、人造の戦士達は兵士達を守るように横一列に整列した。

その後ろからメグレズの魔法が飛び、アリオトが戦場を駆けて偽竜達を討ち取っていく。

「こ、これは奇跡か……？」

「おいドゥーベ、俺夢見てんのかな？」

「オイラも同じ夢を見てるよ……」

「語尾忘れてんぞ」

それはまさに英雄譚であった。英雄達の戦いであった。

たった四人の冒険者が偽竜の群れを駆逐し、立ち上がったドラゴンの渾身の一撃をルファスが片手で受け止める。

圧倒的な重量差から放たれた一撃はルファスの立っていた地面を陥没させ、だがルファス本人は微動だにしていない。

そして反撃。一瞬でドラゴンの顔の前に跳び、右ストレート。

吹き飛んだドラゴンを追ってルファスが空を蹴ったと思った次の瞬間には追いついて追撃を加えている。

更に疾走。ドラゴンが飛ぶ速度よりも速く追いついて蹴り上げ、空中に先回りして殴り落とした。

だがまだ終わらない。落ちていくドラゴンを追い越して急降下し、落ちて来たドラゴンを蹴り飛ばした。

まるでボールのようにドラゴンが転がり、角や爪がへし折れて宙を舞う。

そこに止めを刺すべく、ルファスが両手を組み合わせた。

「主たる私が命じる。鋼の刃にて我が敵を両断せよ——来い、カルキノス！」

ルファスの呼び出しに応じ、空間の裂け目から深紅の影が飛び出す。

それはドラゴンと比肩しても見劣りしない巨大な蟹の化物であった。

その魔物はドラゴンの首を螯《はさみ》で掴み取り、強く地面へと打ち付ける。

そして両断——強固な鱗に守られたはずのドラゴンの首があっけなく胴体から切り離され、地に落ちた。

役目を終えた蟹は螯を振りながら空間の裂け目へと戻り、まさかの瞬殺劇にアルフェッカ達はただ茫然とするしかない。

だがやがて何人かの兵士が騒ぎ、それで正気に戻った兵士達が更に声をあげる。

やがてそれは大歓声となり、場を震わせた。

「すっ、すげえええ！　すげえ、すげえ！　お前等、その、あれだ。とにかくすげえ！　畜生、それしか言葉が思いつかねえ！」

「嘘だろオイ！　俺達、生き残ったぜ⁉」

「俺、好きな子に告白してくる！」

「何だこりゃあ夢か！　いい夢だな畜生！」

兵士達の歓声の中、アルフェッカは指先が震えている事を自覚せずにはいられなかった。

恐怖？　否、これは高揚だ。

ドラゴンの脅威を目の当たりにして人類の敗北を一度は確信した。戦う事そのものが馬鹿げていると思った。

だが、ああ……希望はここにあった。こんな所に英雄はいた。

勝てる――！　こいつ等がいれば、人類は竜に勝てる！


後にルファスの忠臣の一人となり、七英雄との戦いの際にも最後までルファスの側で戦い続けた希代の戦士アルフェッカ・ウィリアムは自伝にこう書き記している。

あれこそが英雄譚の始まりであった、と。

この日より人類は数々の奇跡を目の当たりにし、そして人類による竜への逆襲が始まったのだ。

俺はあの日、物語の始まりを目撃したのだ。そう彼は書き記した。

その自伝は彼の死後、多くの人々が読む事となりやがて英雄の在り方に一石を投じる事となる。

そして彼は己の書いた本の最後は、いつも同じ文で締めくくっている。


――ルファス・マファールがあれで終わるとは思わない。俺にはどうしても思えない。

きっと彼女はまた戻って来るだろう。
戻り、そしてまた奇跡の数々を見せてくれる。俺はそう信じている。

あとがき

皆様お久しぶりでございます。

私はファイヤーヘッド。一応作者であり、このバー『後書き』のマスターを務めております。

ここを訪れるお客様の愚痴などを聞きながら酒をお出しする。それが私の職務です。

おや？　今日も早速お客さんのようだ……。

物理法則さん「マスター！　酒をくれ！　強いやつだ！」

今日のお客さんは物理法則さんのようですね。

どうやら大分荒れているようだ。

しかし私のやる事は変わらない。ただ言われるままにお酒を出すだけだ。

「やあ。ようこそ、後書きへ。

このテキーラはサービスだから、まず飲んで落ち着いて欲しい」

私がテキーラを出すと、物理法則さんは一気に飲み干した。いい飲みっぷりだ。

彼は顔を赤くして息を吐き、テーブルに突っ伏してしまう。

物理法則さん「チクショウ！　ルファスの奴、とうとう本編でまで俺の事をディスりはじめやがった！

『物理法則？　知らない子だな』とか言いやがったぞ、あいつ！　マスター、もう一杯だ！」

どうやら本編で主人公本人に堂々とディスられたのが大分ショックだったようだ。

私は無言で物理法則さんの前にお酒を出す。

物理法則さん「あのアマ、俺がどれだけ影で苦労してるか知らないくせに！

重力とかそういう都合のいい場所でだけ俺を働かせて都合が悪くなったら知らん顔だ！」

物理法則さんの嘆きはもっともだ。

しかし私は彼よりも不幸な御仁を知っている。

……おや？　噂をすれば影だ。おいでなすった。

質量保存の法則「マスター、酒をくれるかい？　うんと強いやつさ」

「オレンジジュースでいいかな？」

質量保存の法則「ぶっとばすぞ」

やれやれ、ジョークも通じないとは寂しい世の中になったものだ。

私は言われるままにオレンジジュースを出すと質量保存の法則さんは一気にそれを煽った。

質量保存の法則「オレンジジュースじゃねえか！」

うん、すまない。そうなんだ。

私は今度こそウォッカをグラスに注ぎ、彼の前に差し出した。

物理法則さん「おお、質量さん。どうしたよ？」

質量保存の法則「……ふっ。クビにされたよ」

物理法則さん「え？」

質量保存の法則「解雇通告さ。もうミズガルズには来なくていいってよ」

ああ、とうとうクビにされてしまったか……。

まあ覇道十二星が当たり前のように巨大化するあの世界じゃ確かにいらないわな、質量保存さん。

むしろ邪魔だわ。

質量保存の法則「けっ！　せいせいすらあ！　どいつもこいつもポンポンポンポンポン巨大化しやがって！

あんなおかしい世界、こっちから願い下げだよ！」

そう言って彼はウォッカを煽り、顔を真っ赤にしてしまった。

弱いんだからオレンジジュースにしときゃいいのに。

「大変だねえ、お客さん達」

「「テメェのせいだ！」」

「あべし」

殴られた。世の中はとてもとても不条理で理不尽である。


——ちりんちりりん。

来客を告げるベルが後書きに響く。

どうやら次のお客さんのようだ。

メルクリウス「マスター、マティーニを」

これはこれは。本編で無駄死にしたメルクリウスさんではありませんか。

メルクリウス「無駄死ゆーな」

メルクリウスさんはマティーニを一口煽り、溜息を吐いた。

メルクリウス「なあマスターよ……私は一体何だったのかな？」

「好きな女の子に振り向いて欲しいのにアピールの一つもせずに一人で勝手に悩んだ挙句自滅した最高のアホ」

メルクリウス「ぶっとばすぞ」

まあ実際、彼は結構不遇な役回りだった。

弱った守護竜の血とエリクサーを回収するだけの簡単なお仕事のはずが、気付けばあの末路。

しかも、多分上手くいってもルーナは振り向いてくれなかっただろう。あの子、テラ一途だし。

メルクリウス「いや……知ってはいたんだがな。それでも何かしたくて……」

「というか何故このタイミングで行動をしたのかね。もっと慎重にやればよかったのに」

メルクリウス「仕方ないだろう、私だって焦っていたんだ。先日にはルーナが十二星のアイゴケロスと遭遇して殺されかけたとも聞いた。

今回は助かったが次はないかもしれない……そう思うと、いてもたってもいられなくてな……一日でも早く彼女を魔神族の宿命から解放したかった。

魔神族でなくなればルファス・マファールも手を出さないだろうと思った……。

振り向いてもらえずとも、彼女が幸せにさえなれば私はそれで……」

「うわ、なに後書きでシリアスやってるの？　あの子さえ幸せなら……キリッ！」

メルクリウス「ぶっとばすぞ」

そう言いながらメルクリウスは私を殴った。

とても理不尽である。

メルクリウスは更に酒を煽り、やがて寝てしまう。

すると、二巻であっさりリーブラにやられてみっともなく退場したユピテルさんが迎えに来た。

ユピテル「いつもすいませんね。こいつは俺が連れて帰りますんで……あ、お勘定はここに」

「毎度」

こうして店からは誰もいなくなり、私一人だけが残った。

おや、そろそろ文字数限界《へいてん》だ。

それでは皆様、また次巻でお会いしましょう。See you again.

ファイヤーヘッド

第四巻、お読み頂きありがとうございます！
自分もカルキノスバリア欲しいです…!!

Yahako

連載決定!!!!
ソードアート・オンライン
フェアリィ・ダンス／マザーズ・ロザリオ
葉月翼先生
執筆!!
6月頃開始予定!
鋭意制作中!!!

コミカライズ

『野生のラスボスが現れた!』

EARTH STAR NOVEL

野生のラスボスが現れた！　4

発行 ―― 2017年4月15日　初版第1刷発行

著者 ―― 炎頭（ファイヤーヘッド）

イラストレーター ―― YahaKo

装丁デザイン ―― 百足屋ユウコ＋石田 隆（ムシカゴグラフィクス）

発行者 ―― 幕内和博

編集 ―― 齋藤芙嵯乃

発行所 ―― 株式会社 アース・スター エンターテイメント
〒107-0052　東京都港区赤坂 2-14-5
Daiwa 赤坂ビル 5F
TEL：03-5561-7630
FAX：03-5561-7632
http://www.es-novel.jp/

発売所 ―― 株式会社 泰文堂
〒108-0075　東京都港区港南 2-16-8
ストーリア品川 17F
TEL：03-6712-0333

印刷・製本 ―― 中央精版印刷株式会社

ISBN 978-4-8030-1035-0